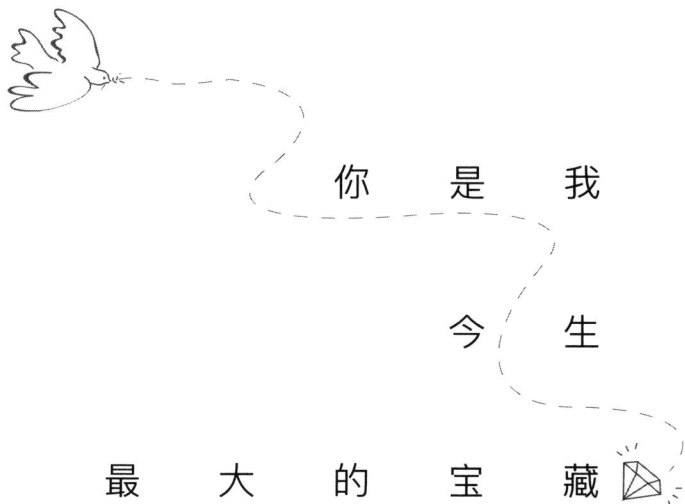

你是我今生最大的宝藏

三蛊 著

浙江工商大学出版社
ZHEJIANG GONGSHANG UNIVERSITY PRESS

图书在版编目(CIP)数据

你是我今生最大的宝藏 / 三蛊著. —杭州 : 浙江
工商大学出版社，2017.7

ISBN 978-7-5178-2124-3

Ⅰ. ①你… Ⅱ. ①三… Ⅲ. ①长篇小说－中国－当代
Ⅳ. ①I247.5

中国版本图书馆 CIP 数据核字(2017)第 090345 号

你是我今生最大的宝藏

三　蛊著

出 品 人	鲍观明　汪海英
策 划 人	方晓阳
责任编辑	沈　娴
特约编辑	胡珊珊
封面设计	叶泽雯
责任印制	包建辉
出版发行	浙江工商大学出版社
	(杭州市教工路 198 号　邮政编码 310012)
	(E-mail:zjgsupress@163.com)
	(网址:http://www.zjgsupress.com)
	电话:0571-88904980,88831806(传真)
排　　版	杭州朝曦图文设计有限公司
印　　刷	杭州五象印务有限公司
开　　本	889mm×1194mm　1/32
印　　张	10
字　　数	246 千
版 印 次	2017 年 7 月第 1 版　2017 年 7 月第 1 次印刷
书　　号	ISBN 978-7-5178-2124-3
定　　价	36.00 元

目　录

第 1 卷　否极泰来

01. 危机　003

02. 较量与自裁　011

03. 山寨海归　018

04. 小赌一把　025

05. 鸽子小夜曲　032

06. 审亲裁判团　038

07. 见光未死　045

08. 下注　053

09. 失韧的弹簧　061

10. 借酒失身　068

11. 完美的分手　077

12. 桃花签　084

13. 苦海无涯　091

14. "混帐"　099

15. 雷公伴枕　108

16. 老公，我要嫁给你　115

第 2 卷　蜕变

17.再赌一把　　　　　122

18.美女宴　　　　　　129

19.地狱分九层　　　　137

20.赏画之战　　　　　145

21.天降横财　　　　　153

22."鸽宝"?　　　　　163

23.宝藏?　　　　　　171

24.初级版跟踪器　　　179

25.升级版跟踪器　　　187

26.董卓戏貂蝉　　　　195

27.落空的美人计　　　202

28.追踪八百公里　　　209

29.初战告负　　　　　216

30.绝处逢生 223

31.倒塌 232

32.妲己的发簪 240

33.空中交易 247

34.我为卿狂 254

35.求你，救救他 263

36.第二次分手 270

37.11 月 4 号广场 277

38.定时炸"蛋" 284

39.末路狂奔 290

40.归途 297

41.苏醒 301

42.再见，鸽子蛋 307

你 是 我 今 生

第 一 卷

否极泰来

最 大 的 宝 藏

[摘要]

双祸临门，他顷刻滑落人生谷底……
一次旅途中的邂逅，令他于旧爱新欢之间徘徊……
飞来横财，欲望在他灵魂里发酵……

01. 危机

冯大川是个超级幸运儿！在上海这样一个竞争可谓惨烈的现代化大都市里，一个棚户区里长大的孩子，一夜间竟意外收获一笔超越任何彩票头奖的飞来横财，并从此步入富人圈，过上了从前想也不敢想的奢华生活，这讲出来有人信吗？

说那是一笔飞来横财，并非故弄玄虚，那的确是从天上"飞"来的，且"横"到令人难以置信。那是一颗重达 9.53 克拉的裸钻，传说中的"鸽子蛋"！很少有人见过那么大一颗钻石。而更让人立即联想到《天方夜谭》的是，那颗巨无霸"鸽子蛋"居然真的是鸽子所生。而就在三周前，他——冯大川，还是个一文不名、失魂落魄的倒霉蛋。当他一眼发现那"鸽子蛋"时，做的第一件事是用榔头去猛敲，第二件事是用它去划玻璃，第三件事便是行色匆匆地去了趟药店，别误会，他可没病……

三周前——

"冯大川。"邻桌小刘脚下一阵清风似的飘入了视野,鼻梁上的高度近视镜遮不住眼里充盈的滚滚得意之光,瘦弱的身体愈发显得轻飘了许多,"到你了,范经理有请!"说这话时,小刘用笨拙的肢体,做了个回身"请"的动作,手里捏着的本子,险些脱手甩出去。不用说,这个平日里刻板得像个小老头,从不擅长用手脚讲话的软件工程师,这回饭碗一定是保住了。记得他方才进人力资源部经理办公室的时候,双手捧着一本崭新的黑色笔记本,头脚重得像甲流病人,端本子的双手夸张地恭敬,像极了古时候的诸侯来朝敬贡,又似乎是专用来接鼻涕用的,看那十足病态的背影,想得见他满面垂涕的尊容。

冯大川表情凝重,眉头挂着些不安的褶皱,本就不太宽敞的眉眼,被牵得更紧更窄,显出一脸的纠结。听到召唤,他心如弹簧,可身子却慢吞吞从位置上立起来,双膝微曲顿在那里,仿佛被押赴刑场的死刑犯人,就要走那人生的最后一段路。

通往范经理办公室的路仿佛有一公里长,可供冯大川从容整理出好几套面部表情样式——超然淡定型,老成持重型,轻松活泼型,英勇就义型……他最终选定了老成持重型,就好像早上出门前左挑右选才锁定在颈上的那条藏青色真丝提花领带,那不是他最喜欢的一条领带,却是最昂贵也是他认定最为庄重的一条,至少是适合今天用以聆听判决的。

走道是两边写字隔间谦让出来的,窄得两人迎面对走时总免不了行擦肩礼,若其中一人是从茶水间回来,必将手中滚水高举过顶,侧身以慢动作贴壁缓行，正应了那句"低头不见抬头见"，何止是见，还日日行相互贴面这般特殊的礼节。难怪公司上下、员工彼此间，大是大非是从来没有的，面子上的小摩小擦，也一贯像蜻蜓点水起不了多少涟漪，断没有事态扩大的险情。如此一巴掌空间里，各人早已练就了超常的克制与忍耐，如同荷马史诗《奥德赛》里风神送给俄底修斯的那条用来装逆风的口袋。在别家做忍一尺足矣，来此做事便非要能忍一丈不可。表面"举案齐眉"，骨子里倒未必需要十分多情，该怨该恨该骂皆锁在心里，只可用意念咒人、以眼神打人，不可不晓分寸信口大放厥词，只道是不盼柔情蜜意，但求相安无事，否则何以直面这积年累月的擦肩大礼？

人都说小公司里往往可孕育大志向，但决然不是说眼下这间注册资金不过五百万，用至多容纳五十人的职场来担负八十几人呼吸的公司……若在这间公司里能够做到中层以上，譬如"总监"一职，那便更是志向全无。每每进出那小得只摆得开一套桌椅橱柜的独立办公室，瞥见大厅里那乌鸦鸦一片时，心中便可自慰不用挤那条羊肠过道，不用呼吸那污浊的空气，仿佛一刻间自己的斗室徒然放大而成海阔天空，尊贵感也一刻间跃升起来。可总监一职偏又向来不靠晋升，清一色"空降兵"，皆是些擅长经营履历自抬身价的跳槽尖兵，实际能力不过尔尔。此类人尽管家常便饭似的跳来跳去，可但经此地，便如折了翅的鸟儿，无力跳，也再不想跳了。这倒是怪事一桩，仿佛这公司里总能找到长此留住他们的坚实理由，又好像俄底修斯途经食莲人王国，一船人被不相干的美味莲子诱惑得流连忘返、乐不思蜀……他们似乎全然忘却了下一站兴许还有更高的职别与待遇正向他们抛着妩媚的飞吻。所谓美丽、优越及一切其他褒义，皆于比较之下产生,鸡头与凤尾说的原不是一回事,如若放到一处来比较,那些人以为还是鸡头体面些,作为大公司里曾经的凤尾,学会做事之后,便纷纷涌向稍小些的公司里来做人。

此间走道上空无一人,怕是谁都晓得这条走道今天不是通往欢乐的茶水间,而是审判庭。平日里那些活跃的"水分子",在这一天,2009年4月27日周一的上午,全部固态化了,仿佛专为烘托审判的庄严与肃穆。

冯大川似双脚拖着镣铐,缓缓行进于两旁壁垒般的隔断之间,打眼通览,一块块液晶显示屏上再也不见了往日的五彩斑斓,一码色公司内网主页上做得像Word表格一般的公告栏。各间主机风扇里发出的低频轰鸣声,平日里只当作习以为常的背景声一向被耳膜过滤,此刻却浮出台面,游荡翻滚在整个开放式办公大厅的上空,似有重物压顶之感。同事们的表情似有商定般漠然,冷静得诡异,默契得可怖,所经之处,无一人拿正眼照他,只从睫际溢出格外的关注,眼瞳失神地锁在屏幕里,魂灵全附在他一人身上。周遭潜于言表之下的紧张与焦躁不安都被沉重的机器噪音摁在了身下狠狠地抑着。身后只听得见小刘归位整理台面时发出的轻松欢快的响动。

冯大川一路踏着同事们紧绷且脆得担不得惊的心弦,小心翼翼地叩开了走廊尽头范经理的门,进门时因手中空无一物,局促得直搓掌肉。

范经理是个三十岁刚出头的女人,听说当初是被聘来任HR总监的,好像确有老板的口头许诺,且有旁证。这旁证不是猎头或白纸黑字的协议,而是她的举荐人,一个姓王的前任人事部经理。怎奈王经理举荐范的目的恰是合同期内想跳槽,范来了他便能免责脱身。

于是王经理一走,两人便身居不同的公司,平日疏于往来,几乎失去了联络,如今这旁证的效用,充其量只相当于关羽那八十二斤的青龙偃月刀确不敌李元霸八百斤的铜锤,难以求证。范经理因此也就很难得到总监职位,倒并非老板出尔反尔,个中道理她自己心里明白得通透,管八十几人公司的人事,设人力总监无异于给站岗放哨的士兵配个专职炊事员。

范经理五官平淡,无突出美丽之处,然因其一贯的轻描简妆,平淡中亦无令人生厌之处,倒与她这间迷你办公室相得益彰,干练、紧凑、实用,常使人忽略她的年龄与性别,只关注她所司之职与她身上类型明确的职业气质。偶尔也有人发现她是个极讲究穿戴细节的女人,譬如她那些色调含蓄的名牌职业套装及精致但含而不露的配饰。她的手边正有一堆卷宗,抬眉间双眸擎着虚弱的疲乏之光,但微微上挑的口角使她看起来还算亲和友善。她本就是个中性和蔼之人——是那种擅与人保持距离的和蔼,寡言,耳朵比嘴巴勤勉,喜怒常不形于色,也许是多年磨炼而成的 HR 职业习性。

范经理客气地示意冯大川于对面桌畔的椅子上就座,那张椅子的靠背几乎已贴近了范经理对面的墙,无一线回旋空隙,与桌子的间距也是小得使人绝望,宛如连锁快餐店或幼儿园食堂里那样袖珍。大川偏是个中等偏胖的敦实身板,侧身嵌腿坐进去自然有些费力,只有抬脚越过椅子扶手,自上而下……就在大川犹豫之际,范经理脸上掠过淡淡的笑影,为免他做出设想中的不雅动作,示意他可以将椅子侧过来面朝门口坐。大川顿时如蒙大赦,依她吩咐坐下来,却发现必须拗出"向右看齐"的姿势,否则便有悖于同事间的相互尊重,别扭到了极点。可想想总好过真的以几十厘米间隔面对面坐着时那令人尴尬的四目对视,尽管此刻他比任何时候都迫切渴望与眼前这女人建立同事间的亲密友谊,却还不至于这般深情款款。大川此刻是不会意识到的,眼前这个女人从这一刻起将对他今后的人生产生多么大的影响。

"你是今天第六位,希望像数字这么顺。讲是讲所有人都要谈,今天全谈完,但你也看到了,这是没可能的,五分钟一位,到下班我也面瘫了,只能每部每组挑着来,谈到的未必走,没谈到的也未必留,看工作成绩,看态度,有弹性。"范经理的面部表情依然十分经济,绝不愿浪费哪怕一条不必要的神经,她双肘架于零乱的台面上,双腕松弛,十指极随意地于下巴的位置交叉,时而会抽出纤细的手指,优雅地做着可有可无却又似指挥家用以掌控乐曲节拍的手势。这开宗明义式的开场白,顺着高贵的指尖,不假掩饰地从心理优势的上游肆意倾泻而下,令大川的脸上添了些畏缩与慌乱。他额头微汗,心想,这可真是一个冷得不易亲近的和蔼女人。看到冯大川脸上略显错愕的神情,范经理垂下了疲倦的眼睑,淡漠地低视指尖,"话也可以再反过来说,留下的未必是幸运,走的也未必是坏事。"

大川不明白公司葫芦里卖的是啥药,你干脆说此次谈话人人有份,那倒也不失给了人另一种心安。他时常会有这样的感想,小公司的闹腾,根子往往就在于文化里总有那样一些讳莫如深的神秘感,莫名、混沌、零散、不成形,仿佛一个局,只有设法令人难以看得通透,才方便驾驭。譬如古希腊及中国秦以前夏商周或更早那截远古文明,非借助神的影子而不能尽述,一及神,便一切渊源不必追溯,神总是你无法看透的了,完美的一个句号! 当然,这个句号是留给老实人的,心机稍重之人,得到的是一个参禅的时机,善于弄权之人得到的是盘点手中筹码甚而洗牌的空隙……想必范经理这种人,弄权倒不至于,老实人可也数不上,充其量属于参禅并布道的一类,不过是个循规蹈矩的执行官罢了,尤其于这种需要大规模开罪人的节骨眼上,更逃不脱被人当枪使的宿命。

冯大川雾眼斜视,"怎么说?"

"事已至此,我也不瞒你,前脚刚出去的刘学,降薪留用,基本定为七折,够他挣扎一番的,他没的选,公司需要他,不会跟他解聘,这应该不算什么幸运的事。"

"哦——那为什么说走未必是坏事呢?"

"公司违约,自然会有相应补偿——比如你,你是两年半的老员工,你就有的选,要么补偿四个月薪水解聘,要么降薪留用。"想不到范经理如此直截了当地谈到了大川头上,她的目光并未回避,反而放亮眸子直逼大川的双目,仿佛答案能够从大川的脸上立等可取。

冯大川再也顾不得事先设定的老成持重型形象,扭转过大半个身来急问:"几折?"

范经理从大川的反应中果然得到了她想要的答案,不过她不露声色,"呵呵,有点像促销,可笑!不过大环境所逼,大家都现实些、务实些比较好……你对折。"

冯大川一惊,"为什么? 这也太残忍了吧?"他的手开始不听使唤地在扶手上微颤。

"你这算够意思的,排前头的四位那才叫残忍,补偿两个月薪水解聘,行情如此。"范经理不便火上加油,安抚他道,"老板已经照顾你是老员工了,有选择、补偿多,像我们这种软件公司,外面遍地都是,你也不必立即答复,不妨先去了解一下,能做到这样有情有义的公司可真没几家呢……"她顿了一下,像是想到了些必须补充的话,"你主要是平时工作太懒散,特别是最近一年,迟到早退的记录不用我报给你听了吧?听说你在家里养鸽子,只是听说。有业余爱好很好啊,不过影响了工作就不好了,所以无论你将来在哪里高就,处理好这个关系对你至关重要。"

02. 较量与自裁

"那么范经理开头指的'弹性'体现在哪里？就是这二选一？"此言一脱口大川便懊悔不已，这本是句废话，棱角分明，触及了"神"，且相当于默认了范经理所述"罪状"，但凡开口便是要拉开纠缠的架势叫板神之威严，忙自圆道："我是说，还有没有其他选择？"在范经理面前大川承认自己很稚嫩。

冯大川情绪上的刃转锋回，范经理尽收眼底，训练有素的职业外壳此刻不允许她显露半点动容之色。不过脚下发出的轻微搓响还是隔着台板出卖了她，范经理索性调整了一下坐姿，放下手来，抽身靠在了椅背上，"基本上吧，成绩与表现我说过了，这个没弹性；我还说了态度问题，员工对待谈话的态度，这个有弹性。至于公司的态度，通知上是明确的——友好协商。"说完随手从桌上那堆零乱的卷宗里精确地抽出了一份并翻开,那是大川的内部人事档案,里面有每季的考核记录,仿佛那是一份支持她判决的铁证,由于成竹在胸,故不必刻意当面翻阅,只轻蔑嘲讽般摊开,好比只扒掉大川的外套,用以遮羞的内衣裤仍旧给他留了一两件,那似有透视功能一般的目光直逼过来,逼得大川不寒而栗,真的产生了在裸奔的错觉。

大川暗想,什么"友好协商",全是狗屁!难不成员工的谈话态度好一些,就可免受此等摧残了么?想撵你滚蛋,或者变本加厉地盘剥你,态度再好也是枉然。刘学不就是很好的例证么?哈巴狗一样地被招呼进来,几分钟后还不是要忍辱屈就?他倒装得跟没事人似的,看来也好不到哪里去,自己若是砍头,他便是凌迟。冯大川见不得范经理(其实应是公司)惺惺作态的嘴脸,心中暗骂虚伪!恶心!眼神倒不再虚浮退缩,反而慢慢地坚毅起来,最后干脆针尖对麦芒,侧目将那束毒光倒逼回去。

范经理忽如少女般莞尔一笑,像是早已读出了大川的心思,声调低了一个音阶,和风细雨道:"当然,态度不态度的,只是考量的一个方面,公司目前的处境不用我多啰唆你也晓得,也不单单我们一家陷入困境,外面破产、歇业的公司不都比比皆是么?我们这还算好的了,压缩压缩成本勉强可以撑下去,'态度'讲的其实就是这一层,公司与员工之间能不能在危机面前换位思考、相互理解的问题,不要把这事看成是淘汰,而要看成企业战略上的收缩防守,壮士断臂总好过抱团求死……"下面的话大川全没听进去,但可隐隐感觉话里的语重心长及推心置腹。他想,公司战略关老子屁事,你一收缩不要紧,把老子给抖搂在口袋外面了。

其实大川也明白,这便是所谓的"角色冲突"了,屁股决定脑袋的事情,相反立场上的观点想要掺杂糅合在一起,烘焙成口感匀和美味的面包来是绝无可能的。范经理再老到、再能干,也不过是个外强中干、色厉内荏的主,能做的怕也只是令糅合体于视觉上尽可能匀和些。上头能给的、可供她调度支配的工具,只有那个跷跷板似的选择题——得点便宜滚蛋或留下来吃亏。无奈就算她本事再大,想要不折不扣地执行,不也得借助背后的"神"及手中的"小辫子"么? 至于那所谓"弹性",恐怕也只是用以试探员工听后会不会从椅子上弹起来及弹多高吧……

冯大川摇摇头,苦笑一声从椅子上立起身来,单手将颈上的领带结扯松,松垮得有些夸张,微向外隆起,然后他解开了衬衫的第一粒纽扣,长嘘了一口气,扭头跟范经理说:"能容我考虑一下吗?"

范经理似乎已从大川的举止中得到了最终答案,安坐在椅子上纹丝不动,"当然可以,下午下班前吧……麻烦你帮我叫你同组的蔡先生来一趟,出门顺手帮我把门带上。"

又一次和蔼的对视之后,大川反身退出了办公室。范经理收拢眼神的那一刹,大川瞥见了倦怠的胜利。大川心想,估计等她谈到下班,总能保持一场不败的辉煌纪录吧,即便是败,八成也只败在了面瘫上。这女人干不成人力总监确实蛮亏的,无奈池小鱼大……

冯大川出门之后,范经理闭目捏了捏鼻梁,偷空小歇,脑子里依•然挥不去冯大川方才愤愤不平的目光。她顺手将大川的材料重新塞回那一堆杂乱摊放的卷宗里,桌面上显露出一张事先打印好的裁员大名单,其中第一位竟赫然写着范经理的大名——范思彝。

其实这倒并非老板的意思,而是三天前她向老板主动提出来的,腹中原委有三:一方面当然是怨恨老板没有兑现先前的承诺,晋升无望,这一点老板理应心照不宣;二方面是料定此次裁员风波过后,她将一夜变身冤大头,去的自然对她不再构成威胁,降薪留用的便会从此视她为箭靶子,此地难留;三方面则是她从未透露,老板也不知情的原因,她已怀有两个多月身孕。不过在老板面前,第一条她没有摆到桌面上,第二条则做了艺术加工,信誓旦旦地宣言要破釜沉舟,斩断自己的一切后路,助老板这最后的一臂之力,以谢几年来的栽培,当时那悲壮神情,令百计钻营的老板感动得屁滚尿流。当老板得知她怀孕后,只叹了句"人力不可抗拒",便以半年薪水慷慨相赠,并关照她好生养胎,公司便是她的娘家,大门永远为她敞开……

冯大川悻悻然回到了自己的座位上,一路上无暇顾及同事们装腔作势的失明,只在猫下身前,拿费解的眼神照了刘学一眼。那小子这时已收起了先前那一副春风得意马蹄疾的欠扁表情,借着隔断的遮挡,像一截猪大肠似的歪歪扭扭地扑在桌上,一脸的"生存还是毁灭"。大川也懒得招呼他,借范经理之言,由得他先挣扎挣扎。坐定后,大川头也没回,气定神闲地用中档音量向全组广播:"小蔡,范经理叫你去。"此时他的心倒安定了下来,笃悠悠地点开了"51job"。

小蔡从大川身边经过时,俯首帖耳,弱弱地问:"什么状况?"

"没什么状况。"大川淡漠无心地应付,转而又觉得风度不够,进而安抚道,"别担心,吉凶未卜,难说一定就是坏结果。"说完就后悔了,多么不可爱的真诚,这跟在人家婚宴上说"你们未必一定离婚"有啥分别。想是被那范经理灭了大半志气在先,眼下正伺机撒娇,开始自废武功了。

小蔡的反应自然是惶恐不安,可恨的是刘学听见他俩的对话后,从隔断上升起了他那挺拔细长的颈,明显呈倒三角的头部轮廓,在日光灯的光影下，愈发像岳飞的沥泉红缨枪，他急迫地问："大川，你是什么结果？"

"和你一样，坏结果。"冯大川想，范经理敢透露，他就敢搬弄，趁机羞他一羞，反正过了今天无来日，相处也不过只剩几个小时。

刘学果然满脸绯红，背着光都能看清，他有些恼羞成怒却难以发作，等小蔡走开后才说："我那算不上好结果，可也说不上是坏结果吧？总比某些人体面些，至少不会被裁。"刘学的语气有些放肆，他怎能料到，眼前势落千丈的冯大川几周之后就将成为他的下一任老板。

大川虽不敢肯定他话中的"某些人"指的就是自己，但心中却暗骂，好你个阴险狡诈的范思彝，竟有这般下三烂的手段，亏我还敬了你三分。一气之下不再搭理刘学，可刘学却意犹未尽，"其实吧，这次包括范经理本人也是被裁的，名单我都看到了，她排第一位，你说这事怪不怪？不晓得这次要走多少人呢。"

大川惊愕地抬头望他，"哦？这倒蛮雷人的，裁员都裁到自己头上了，难怪刀下无情可留了。"

刘学没怎么听懂，但也没有追究下去的兴趣，见大川脸上浮现异乎寻常的表情，他的兴致仿佛被激发得更高了一截，干脆两手连同下巴一起搭了上来，把脑袋挂在了隔断之上。大川见状料想他又要开始嚼舌头了，不是内幕小道，那便准是满腹牢骚……

刘学开始大谈"阴谋论"，先是阴谋了公司的此次裁员，想法倒如勾股定理之于埃及三角形，与大川有异曲同工不谋而合之处，继而又论及此次全球金融危机，说什么金融危机不过是个弥天骗局，是华尔街那帮杂种把天捅了个不至于塌下来的窟窿，然后山姆大叔摊出账单来让全球买单，借美元贬值也好稀释它的天文外债。一谈及外债，刘学开始不住地摇头叹息,可能是在为中国这个大债主鸣不平,国家利益只在此时才与他高度契合成了一体,显得还有那么点爱国……否则平日里尽是些不问时政的崇洋言论……

尽管大川不屑也没心思与他在这种环境中高谈阔论,但还是想给这个成天只会写代码的呆子些许指点,"朝闻夕死,我劝你去读一读陈经写的《都等着中国买单》,几年前的文章,里面有很强的预见性,中美之间的博弈可没你说的那么简单,曾经还有所谓'中国鹰派人物'乐观过,中国未来能很轻易制服美国,只要依仗巨额外汇储备,大规模做空美元,它就有垮掉进而臣服的一天,呵呵,现在回想起来,尽是些笑话!"

刘学懵懵懂懂,不置可否,"反正不管怎么说,这回我们可上了美国人的大当了,害得老子以后不敢轻易拉差头了。"反正他总有话说,而且擅长做枯燥乏味的总结陈词。

冯大川在公司里磨蹭到下午两点多,再也坐不住了,留下来是绝无可能,要走就快走吧。他又去了范经理办公室一趟,这回他故意没敲门直闯进去,告知她自己去意已决。按照职场江湖上约定俗成的套路,范经理自然是唏嘘不已、感慨良多,礼节性地拉着大川的手表示惋惜,并以小送至门口聊表依依惜别之情。之后大川就开始办理不太复杂的工作交接,并到财务领了补偿金。忙了一圈回到座位上后,人已有些累了,刘学的异型脑袋持之以恒地红杏出墙,大川只对他有气无力地嘀咕了一句:"老子终于失业了! 这辈子还真他妈头一遭!"

冯大川坐在位子上沉默不语,心里还惦记着范经理也在名单上那回事。如果刘学所言确凿,那倒真是个值得玩味的黑色幽默,范经理其人也因此而愈加变得令他难以捉摸,在她身上戏剧性交手的两面可真是妙趣横生,如同憨态可掬的熊猫有时也具有强大的攻击性。关键还是看信仰什么,那是用以判别万物的标尺,如撒旦顺从上帝时是大天使,叫路西法,背叛乃至反抗上帝后就成了魔鬼撒旦。冯大川显然是更愿意信奉上帝的,尽管他连译版《圣经》也不曾读过。可他却从未意识到,自己经常也会不自觉地扮演"上帝",比如刚才他就在心里将范思彝裁决成了撒旦,而不是路西法。

03. 山寨海归

大川正想得入神，忘却了头顶还有个窥视的脑袋。刘学本身绝不是个很有趣味的人，但他对别人的事却总是饶有趣味，削尖了脑袋也想窥探究竟，对了，他那脑袋压根就不需要削，已经很尖了。可与红缨枪匹敌的脑袋上，还有一头看不懂的乱发，莫西干谈不上，二分又理不顺，乱糟糟的一坨就那样莫名其妙地顶在脑袋上，想想都累赘。

"都办好了?"刘学见大川终于注意到了自己，发问闪电般劈来。

大川点点头，不作声。

"四点多了，等一会我请半小时的假，送送你，你要不反对，我请你到街对过喝咖啡，陪你聊聊，你这一走，不知道今后还能不能经常碰面了。"刘学一脸认真的伤感，想是动了真情。这只铁公鸡自共事以来，从未正式请过客，只在一次公司组织的"浙江诸暨五泄游"途中，为大川付过两串羊肉串的账，那也是在大川满手油腻且看他手中有现成零钱的情形下示意他付的，可令大川感到无比胸闷的是，此后耳根便不得清净，刘学总会伺机不厌其烦地引导大川回首那次游玩有多愉快，捎带总还要回味无穷地提一提那几串羊肉串有多美味。

大川的心已变得脆弱异常，此刻最怕的便是寂寞了。他知道平常自己人缘不济，料定不会有人为他送行，哪怕只是象征性地握握手，他恨不能分身个马甲出来，隆重地将自己欢送至大门口。眼下刘学总算还有些人情味，遂了他的愿吧。

那间咖啡吧就在街对面，大川跟着刘学从电梯里出来，走到了街上，想回头再仰视一眼曾经工作过的地方，却发现无论如何也找不到是哪几扇窗了。在那些星罗棋布的玻璃窗中，属于他们公司的本就寥寥无几，仿佛洪流中的一个浪头，大多数时间是被淹没在其中的。可那里毕竟收藏过自己两年又半载的生命，想到这一层，他如鲠在喉，心中不免有些怅然若失。

大川点了最便宜的经典咖啡，倒不是想为他省钱，确实心境不佳。

刘学还想聊今天公司里谈话的事，被大川一个指头止住了，他只得转而向大川索要家庭地址。做了那么久，大川在公司里还不曾交到一位可以相互登门拜访的朋友，再热闹的集体聚会之后，也都是各回各家，各找各妈。同事里刘学算走得最近的一个了，每逢扎堆在茶水间里时，也曾零星跟他讲起过私人生活点滴，但大川不确定是否告诉过他养鸽子的事……他猛然忆起了些什么，准是小蔡无疑了！他记得几个月前一起等公交车时跟小蔡随意聊起过这事……不过这会工夫仍在心里纠缠这事不放,于己不过是给自家心里添堵,想必只有范经理那种小肚鸡肠之人才会如此自虐,于是欣然释怀。大川把地址抄给了刘学,就写在了他那个新本子的扉页上,算是为他剪了彩。刘学也不管人家是否也想知道他的,自说自话也写了一张纸递给大川。大川接过一看,这小子原来一直住在浦东,由于跟他从不在一个站头等车,所以还真不晓得。

"我可真佩服你啊,这么远的路,每天都是过江一日游,折腾在路上的时间没有两个钟头怕是不行吧?"冯大川只是有感而发,随口那么一说,本无意要奚落他,此刻也全无那份心情,却不想引来了刘学的一声长叹,那声叹息仿佛积压在他胸口已久,只是从没找到过倾泻的出口,"你以为我想啊!爷娘没钞票,我回国也不到两年,跟爷娘住,住不开,自己买房又没实力,只好借,想便宜,就要借得远,买不起车就只好乘公交,房租一千块一月够便宜,跟公司附近的房子比,交通费添了一百多块,房租却能省下一千多,还是合算的!我每月到手三千块,乱七八糟用度扣除掉,总算也有几百块的结余,不过今朝这么一打折,收支平衡了,往后只能维持个生计。"

大川只觉得仿佛有一挂算盘在眼前晃来晃去,脑袋晕乎乎的。其实自己的情况跟他也大体相仿,只是不如他算得那么精细,有时愈精细也就愈绝望,愈绝望就愈怕去细算,不细算往往又疏于理财,于是日子过得就愈加显得艰难,直到失业的这一天,冷不防就一贫如洗了,仿佛天塌下来时身上连条遮挡的毛毯都没有,还不如人家"猪坚强"。想着想着,眼前的世界仿佛顿时暗了下来。

可不是嘛,天色确实顷刻间转暗,外面好像要下雨了,本想小坐片刻就回家的,奈何天要留人。

刘学抿了口咖啡，问大川今后有何打算，大川一时茫然，说不出个好去处，只说先在家养养再看，刘学诡异一笑，"足够养四个月。"

这话令大川再度郁闷至极，想不到这小子连补偿金额都知道。此刻大川的脑子里，公司就如同一块年久的蓄电池，外观看上去不辩新旧，只当隔板完好，可内里早已腐蚀溃烂，相互通连。大川故作轻松道："少来，你又好到哪里去了？五十步笑百步。"

"说真的，你要不打算马上投简历，我倒是给你个建议。"这话让大川多少有些意外，抬眼望去，见刘学倒不像是在说笑。"是吗？那说来听听。"

"你知道现在的股市有多牛吗？大B浪反弹啊，听我朋友讲，现在三浪刚过，正好回调，是逢低介入的好时机，说得我都想跑步入场了。"刘学眉飞色舞地说，却换来大川一脸的失望，"厥倒！你说股票啊，那东西风险太大了，玩不来的。"

"风险是可以控制的，玩不来就学啊，正好我跟朋友约好这个周末去他家请教。我这个朋友可是个股神级的人物，手握大资金，三年翻两番，简直是点石成金，有兴趣你也来啊，有钱大家赚。"刘学的口气好像是在说，只要经他朋友稍加点拨，股市里捞钱便可易如探囊取物，小手抓小钱，大手抓大钱。如此轻佻狂言，大川自然是将信将疑未置可否，把盏浅笑道："有没有那么神奇啊，周五提醒我一声，去不去就再说咯。"

刘学双目怔怔，咽了口唾沫，似乎未从大川的眼睛里见证到崇拜、感激或喜出望外，那便是程序运行过程中出现了"HTTP 500-内部服务器错误"，纯属意外事故。恰逢此时大川的手机铃声响起，他瞄了屏幕一眼，如接旨般去接听，一连串面无表情却唯命是从的"好"

"是""明白"之后便挂了，合上翻盖往桌上重重一抛，想来他本没料到会摔那么重，只听"啪"的一声，赶紧前冲拿手去捂……

刘学看在眼里，心里已猜了个大概，"女朋友？"

"嗯……烦死了。"大川拉长了脸摇摇头，又严谨地补充道，"不是说她烦，是她家里人，我前一阵刚求婚，好了两年了，她父母这时候才想起来要我去相亲，就是明天的事，说他们相不中也不行，谈得再长也白谈，你说这是什么道理？我又不跟她父母结婚，他们也都生在新社会长在红旗下，怎么会如此狂热地迷恋封建家长制那一套呢？真是改革开放几十年，一朝回到解放前啊，两年的感情到头来还要经受这种生死考验。"大川难以冷静。

"那她本人什么意思啦？"刘学倒冷静，因为不是他的事。

"她基本上没什么主见。也奇怪！平常大事小事都有主见，唯独这事没了主见，只丢给我一句'得不到父母祝福的婚姻是不会幸福的'，你听听，现如今的女孩子，一窝蜂都这么说，都快成流行语了，我就纳闷了，她们父母那一代人也是为消灭包办婚姻而抗争过的，可到了她们这一代，反而崇尚顺从、渴望包办了，真是天大的怪事！"大川的情绪越来越激动，手指在桌面上指指点点，发出雨点般清脆的敲击声。外面真的开始下起雨来。

"什么她们这一代你们这一代的？你女朋友多大啊？"刘学确实不是个理想的交谈对象，别说交心了，听话都抓不住重点，提问更是摸不着头脑。

"比我小八岁，怎么了？"大川原以为刚才这段评论还算到位，比较杀根，恰如其分地表达了心声，可被他这么无厘头似的岔开，犹如当头被泼了一盆冷水，心中不快。

"原来是老牛吃嫩草啊,那就难怪了,人家父母为了女儿的幸福,总要把把关的,我看谈不上包办,女孩子自觉社会阅历浅,对你这种老奸巨猾的人未必吃得准、看得透,借助一下后援团也在情理之中,毕竟结婚不单是两个人的结合,也是两个家庭的结合,你也不必那么偏激,心放宽点。"刘学这番话虽有些刺耳,却史无前例地有道理,仅限于他自己的历史,他那一头乱发此刻也突然使大川联想到某位先哲。这便解开了大川几天来的困惑,也许年龄差距并非最初时想的那么简单及无关紧要。

"嗯!有长进!那你呢?比我小不了几个月,也是三十一岁的人了,有着落了吗?"

刘学一听大川破天荒夸了他,心下也正对自己这番超水平发挥的言论大加赞赏,恨不能分身出来拍着自己的肩膀说:"精辟!这回算是服了你了!"不过说起他的恋爱史,那便是在揭他的伤疤了,至今仍是一片空白,婚恋于他而言,就好比色即是空。"我啊?一点方向也没有呢,看样子要做'齐天大剩'了,有合适的别忘了介绍给兄弟啊。"

刘学,正如他的名字,他确实留过学,美国南新罕布什尔大学,一所小型私立大学,可能连二流也数不上。他在上海读完了高中,成绩并不优异,他父母情急之下就为他搜寻到这个以营利为主要目的的"3+2本硕连读项目",选择了计算机软件专业,国内三年,国外两年,无非指望他出去稀里糊涂地镀层金回来好混口饭,镀不成金身镀身铜,那也算海归。说到这海归,刘学以前总是滔滔不绝自有他的一番见解。他将海归归为两类,一类是"学业型海归",譬如他,是出去学习或进修后归来的,另一类是"事业型海归",是出去打工或创业后归来的。

有一次大川故意作弄他，当众将他一军："那要是啥也不干，嫁出去后又退货回来的呢？"刘学果然哑然失语。众人里有说"失恋型海归"的，也有说"怨妇型海归"的，更有力求精确纠正说"弃妇型海归"的，都显得不那么杀根。这时一旁有位女同事冷不丁插进一句"回锅肉型海归"，顿时引来哄堂大笑，个个捶胸顿足，小小茶水间顿时扬起沸腾的欢乐。

不过大多数听众一旦了解了他就读的那所学校，便会不以为然，有的甚至拿他开涮，将他比作方鸿渐。久而久之，他渐渐也就不再热衷于将自己归入海归行列了。要知道在这样一个大都会里，想让自己身上带有明确的海归标记，那是需要精心打扮一番的，因为几乎没有一个海归是从外观上就一眼可辨的，而他偏又是个极不擅长装扮的人。在美国的两年求学经历，除却掌握了一些基本的编程技术之外，并未使他看上去更像一个留学生，相反，穿着打扮及谈吐，无异于国内普通白领，行为举止上也活脱脱一个本地小市民。

外面的雨住了，刘学扬手召来了侍应生，"买单！"可他还没等上几秒钟，屁股就坐不住了，"这家店服务太差劲了，买个单也慢吞吞的，以后不来了，你先坐一会，我上个洗手间，憋了半天了。"

得！这单最终还是大川买的，名义上却是他请的客。

04.小赌一把

他俩从咖啡吧出来后就去了公交车站,刘学破天荒将大川送到站台,并目送他上车,招手间不忘叮嘱他,周末务必来个电话,决定是否一同拜访"股神"……

在黄浦南市邑城内有一条南北纵向的小马路,这条小马路叫光启南路,它与乔家路的交汇处,乔家路与西俞家弄之间有一幢"九间楼",这里是明末大科学家、农学家、政治家徐光启进京出仕前的故居。冯大川的家就在这里——光启南路北端濒临复兴东路,距小南门不远。依城区地段的老说法,这里是上海的"上只角"中的"下只角"。说它是"上只角",只因它地处现在的黄浦区——老上海的英租界;说它是"下只角",则因这里聚居着自《南京条约》之后上海开埠以来数千户贫民家庭。如今的街道居舍更是满目疮痍、破败不堪,冬日炊烟袅袅,夏日飞蝇缭绕,门头斗拱间偶见百年老城厢的疏影,这是一个被城市化暂时遗忘的角落。冯大川的祖上是从浙江逃难来此扎根的手艺人,至冯大川已是第五代了。

冯大川是家里的独养儿子,与父母一起住在这条老街上的一幢两层砖木结构洋房里,斑驳的墙面与门前终年湿滑的青石路面,为他保存着完整的成长记忆。他感觉父母仿佛一辈子也没有走出过这条老街似的,就像对面那户人家石拱门上的梅鹊争春浮雕,年复一年地风化,被日渐抹去原有清晰的轮廓,却根深蒂固地守在那里,成为这条老街上永不磨灭的景致。父亲家祖居在路的北头,母亲的娘家不过就在路的南端,从南到北一公里的路,便算是赴了一趟终身的约会。

这幢小楼住着两户人家,却只从一个门进出,进门便是一条阴暗湿冷的狭窄过道,以这条过道为界,左边是王家姆妈与她守寡多年的儿媳的住所,右边就是冯大川的家,上下两层两间房。父亲以前是轧钢厂工人,后工伤致残,腿脚不灵便,与母亲同住在楼下一间,大川住楼上。迫于生计,母亲将楼下房间朝东临街的一面辟出了约五平方米的店面,卖起了烟酒杂货以贴补家用。老两口的房间里基本上只摆得下一张双人床、一个老式五斗橱和母亲早年陪嫁过来的几只摞得很高的木箱,若非目睹母亲亲力所为,实在难以想象全凭人力如何企及,除了堆高叉车有这等本事。大川住楼上,屋顶额外搭出一只巨大的鸽舍,这是去年刚搭的。从大川的小屋窗口爬出来,有一个不太宽敞的平台,从这个平台需要再爬一段竹梯才能到屋顶去清扫鸽舍。受儿时玩伴阿辉的影响,大川也郑重其事地加入了信鸽协会。阿辉已经是协会十几年的老会员了。

起初大川养鸽子的动机再简单不过了，就是要参加比赛。他曾听阿辉说过，参加二万羽以上规模的信鸽比赛，最高可拿到近四十万的奖金。后来，他也一大一小先后参加过两次比赛，那时方知进入千名以内是难于登天之事。回过头来看阿辉，在他参加过的大小几十次比赛中，也只有一次一羽名列九百多位，得了个潦草的奖状。不过阿辉倒真是个乐天派，每次都跟大川总结说，自己不过是运气不佳。也许在他看来，此类比赛的偶然性总是可以被无限放大，他养着五十几只信鸽，就如同他手中攥着五十几张彩票。对了，阿辉除了养鸽、训鸽、参加比赛，平日里也是个彩票狂热分子。

阿辉的大名叫张永辉，住在复兴东路上，与大川家相距不过几百米，用阿辉的话说，他俩是翻个身可以换床睡、一个筋斗可以两口锅里盛饭吃的好朋友。阿辉家里靠两次拆迁发了财，分得五套房，父母前些年双双移居海外，房产都过户到了他的名下。阿辉高中毕业后没考上大学，之后便一直保持纯洁无瑕的无业记录至今，只身蜗居在自家的一间等待拆迁的阁楼里，他说那是他们家的"最后一座堡垒"。他平日靠收取那五套出租房的房租过活，满租时月收入可达两万元出头。单身汉，又上下无牵挂，手头自然要比大川宽松许多。他父母已经好几年没有回国探望过他，料想他衣食无忧，也不给他寄钱回来。

冯大川坐在公交车上，穿过繁华的都市中心，又回到了这条老街上。大川从心底厌恶这条老街及住在老街上的人，他断定自己当初投错了胎，他本不该属于这里。他每时每刻都在幻想着有朝一日远离这里，但直到今天，他彻底绝望了，他想，也许这一辈子也别想了。但他哪里知道，住在这里的日子已经屈指可数了，他真的就快要逃离这个破烂的棚户区了……

　　大川知道自己的脸色不好看,所以压低了头,怕与熟人照面。已经是傍晚五点多钟了,天色自下完雨放晴放亮后再一次暗了下来。他远远看见弄堂口父亲坐在轮椅上,正陪着隔壁的老李煎臭豆腐干,想必今天老李的生意不好,所以多了些时间与父亲聊天。冯大川想不睬他们直接转进弄堂上楼去,可老李的眼尖,大川经过他摊头时被他一眼捉住,"大川回来啦?来吃块臭干垫垫肚皮。"大川不得不放慢脚步,父亲闻声扭过头来,"大川,有你一封信,你妈放在你台子上了。"大川先"哦"一声应了父亲,转而对老李客气地笑笑,"不用了,李伯伯,马上吃晚饭了。"

　　大川踩着陡峭的楼梯吱吱呀呀地上了楼,背后传来一阵吵闹声,又是王家婆媳在拌嘴。

　　"你在外头瞎搞,家里的事也不管,对得起你死去的男人吗?我的儿子好可怜啊——"王家姆妈的怨声,听起来仿佛她的儿子并没有死,就在屋里看着她们吵似的。

　　"不要听阿二头乱讲,那个赤佬嘴巴里讲不出好话。"王家媳妇理直气壮的辩解声。

　　"哎哟——你面孔也不红的哦——我老太婆在外头亲眼看到也不止一趟两趟了呀——面皮怎么这么老的啦——想搞男人去搞好了,早点搬出去就自由咯——"王家姆妈的话尖刻中夹杂着威胁。

　　"我早晚会搬出去的……"媳妇的声音一下子低了下来,毫无底气的顽抗。

　　大川像往常一样摇头叹息,这对婆媳烦死了,成天就像守在一个巢里的两只麻雀,比头顶几十只鸽子还要吵,早晚进出都要听她们吵个不停,话题还总能不断翻新,想是为了不至于乏味疲倦吧,还隔三岔五闹分家,可又谁都离不开谁,老太婆需要人照顾,媳妇需要地方睡觉。还好她们家没有孩子,否则还要热闹。

大川进门第一件事便是拆那封桌上的信,原来是市信鸽协会寄来的"春季信鸽公棚赛报名表",还附有一份《竞赛规程通知》,上面详尽写明了集鸽方式,司放距离和地点,报名费标准,奖励办法等内容。他没有细看,先搁在了桌上,放下提包,熟练地从窗口爬了出去,想争取在母亲叫他吃晚饭之前清扫一下屋顶的鸽棚。

大川养的鸽子,上辈子准是生在富贵人家,极爱干净,只要天还有一丝光亮,鸽棚不清扫出来,便一只也不肯回笼,总会一字排开蹲在屋背面远离鸽棚的晾衣杆上,眼巴巴等着享受理所当然的物业卫生服务。大川通常早晚各扫一次。扫到一半,听到屋内传来手机铃声,他赶忙回屋去接,是阿辉打来的,问大川有没有收到报名表,还问他参加不参加。大川说表格收到了,但这次算了,省下更多机会给阿辉去赢。阿辉笑骂,大川这几羽都是老弱病残,连跟在后面闻屁都会掉队,转而又火烧火燎地让大川去他家,说有大事要跟大川商量。大川说家里饭都做好了,吃好再去。阿辉说干脆一个钟头后在德克士见,他也要出去吃点饭。

大川与阿辉,除了相互串门,经常聚的地方就是那家旧校场路上的德克士。大多是大川请客,阿辉通常也识相得很,只点他喜欢喝的激浪,六元一杯,其他东西概不问津。一杯激浪可品上几个钟头,他终究是闲人一个。阿辉是个浑身毛病的人,倒不是健康有问题,用大川父母背后的话说,"这小家伙的脾气有点疙疙瘩瘩的,就像他面孔上的痘痘"。说来也怪,三十出头的人了,脸上还百花争春似的怒放着青春痘。大川经常跟他开玩笑，说那是因为他至今还是个老处男的缘故。阿辉书读得不多，心眼小，嫉妒心又强，除了成天做发财梦之外，基本上没什么志向，可天公偏不作美，他仅有的两个爱好——赛鸽与彩票，没一样成全过他。阿辉从不和比自己强的人交往，用他自己的话讲，"阿拉高攀不上"，那昂首远目的神态可以证明，他一定自以为很有那么点傲骨呢。

大川扫好鸽棚、吃好饭便直奔德克士而去。阿辉已经在二楼靠窗的位子上等他很久了，面前一杯激浪，难得是他自己点来喝的。大川一出现，阿辉便睥睨道："搞笑！等你等得浑身结蜘蛛网，'手冲'打好才肯出来啊？"

"神知乎之！都像你这么空啊？刚下班，晚饭总要吃的，啥事要这样兴师动众？电话里讲讲么好了。"大川坐下，他不打算告诉阿辉几小时前自己已正式与他为伍。

"这次我打算赌一把！"阿辉无心嬉闹，直奔主题了，脸上随之泛起了激亢以至脑缺氧般的红晕，"这次公棚赛已经有两万五千多羽报名参加了，头奖五十万，集鸽还是在虹口足球场，运到甘肃天水司放，空距一千五百多公里，我在协会里有路子，这桩事情可以运作，打听过了，一共分九辆赛鸽车运送，同时出发，只要搞定当中一辆车和两个司放员，把我们的宝贝提前放回来……"

"什么？你想抢跑？"还没等阿辉说完，大川几乎惊叫起来，吓得阿辉张牙舞爪要来封他的嘴。好容易两人都稍稍冷静了下来，阿辉不再亢奋，小声严肃地说："鸭孵卵（沪语，指不懂装懂的人）！你懂个屁，这叫运作，各取所需，以前又不是没人做过！"

"阿辉啊，不要聪明反被聪明误，门槛精的人多的是，既然以前有人这么做过,那就难讲这次只有你一个抢跑,何况这次头奖搞得雷大,想买头等舱的人肯定更多了,到那时就要打破头挤了,你敢保证不出纰漏么?"大川嘴巴里循循善诱,心头却是一阵阵潮涌,他此刻多么渴望阿辉能拍着胸脯说几句运筹帷幄成竹在胸决胜于千里之外的豪言壮语。

可阿辉偏在这节骨眼上蔫了,跟他那一头油腻腻贴在大脑门上的软发一样没精打采,"那你的意思——凭真本事硬碰硬去拼?"说完脑袋就耷拉下来了,浑圆隆起的啤酒肚在夹克衫的敞口里一起一伏,使他看上去像一个弓坐在那里没有胸的人,双手夸张地摊开,仿佛已经在宣告失败。

大川听了在心里暗骂他是个烂泥扶不上墙的刘阿斗。要说这事一点风险没有,大川也绝不信,不过对于一个刚刚失业的人来说,总算得上是一根救命稻草,于是举重若轻地说:"凭你我两家的实力,硬碰硬是没想头的,要运作就要万无一失,你要先弄清楚'头等舱'里有多少人,你鸽协里的路道我不管,运送环节最关键,各路神仙都要拜,你算一算大约摸需要多少钱?"这番话基本等同于废话,路子是阿辉的,办法也是阿辉想出来的,大川只不过将方案的预定安全系数提升到"万无一失"的最高等级,以示并非不可运作,而是要慎重运作,也借此重新燎起阿辉心中的那团火。

阿辉的眸子果然再次放亮:"你放一百个心,我来操作,我算过了,各路神仙都拜下来,五万块够了,我出三十羽,你呢?"

"我就出十羽玩玩吧。"其实大川有三十八羽,但他快速心算的结果告诉他,他顶多愿意分摊四分之一,也就是一万二千五百元的费用,银行卡里的余额已经不足五万元了。大川暗想,这回就小赌它一把吧……

05. 鸽子小夜曲

　　阿辉最钟爱的口头禅是"搞笑"，这个词在老上海话里是不太用的，相近语义的词应该是"滑稽""笑话"或"好白相"，是前些年从港片中引进的。阿辉这一用就是好几年，不知疲倦地用，甚至可以不分场合与时宜，成为他众多口头禅中最为泛滥的一样语言佐料，好比是一个重口味的食客，无论中餐西餐，无论南风北味，都要洒上点胡椒来提味，那神情又宛如唐伯虎正摇头晃脑地在吟诵"别人笑我忒疯癫，我笑他人看不穿"。其实阿辉充其量只能看穿身边的人或事，走出几条马路外便满眼都是看不懂的事。这不，他这会便似乎一眼看穿了大川的肚皮似的说："你有四十羽，只出十羽，搞笑，钞票不够我帮你先垫着好嘞。"

　　被阿辉点穿，大川的表情极不自然，不过他只是笑而不语。阿辉转而问起了大川的女友，大川忧心忡忡地将明天相亲的事又跟他讲了一遍，没再像下午那样激愤，话里却少不了唉声叹气，他眼下的担忧里又平添了失业这一条，真是屋漏更遭连夜雨，船迟又遇打头风。阿辉倒也通情达理，宽慰了他几句，不过三言两语之后便又话锋一转道："搞笑，我老早讲过你们不登对，燕子这种小姑娘只会陪你玩玩，人家年轻漂亮，气质多好，哪里看得上你这种穷坯模子呢？现在难题来了吧？"这话在大川认识燕子之初便听阿辉唠叨过无数次，他那会顶多也就是"吃不到葡萄说葡萄酸"，而现在就有点幸灾乐祸的味道了，好像他果真能根据自己的经验看穿身边一切宿命似的，倘若他得不到的东西，身边人却得到了，那便是有违纲常之事，其结果也注定要失败。说到底大川和他是从小玩到大的发小，各人身上有几两肉彼此太了解了，他从不觉得大川比他多读了四年大学就算得上什么值得炫耀的资本，至多也抵不过他们家那五套房产中的一套。所以在他心目中，大川跟他至少应该是平起平坐的，否则依照他的个性，准又会昂首远目——阿拉高攀不上！

两人聊到了深夜十一点钟才同路回家。老街已经安静了下来，昏黄的街灯下，阿二头家的小黄狗来回穿梭于狭窄的街道两边，正欢乐地觅着白天店家遗留下的残羹剩饭，夜幕下的老街俨然成了它的地盘。

大川回到自己那不足十平方米只有一张行军床和一套陈旧桌椅的小房间，回身关上门的那一刻，心就像这个房间一样既小又空。四下里万籁俱寂，只隐约听见头顶咕咕作响的"鸽子小夜曲"。脚下地板有几处因年久失修出现了严重的塌陷，踩上去会发出吱吱的怪声，他怕惊扰了父母的睡梦，熟练轻巧地绕过"塌陷区"躺到了床上。他自知难以很快入睡，便也不急于脱衣，头枕着被褥斜躺着，顺手从头顶那仅用一块木板搭成的简易书架上随机抽了本书来催眠，恰抽中了莫泊桑的《俊友》，心中一阵悲凉。他没有翻开来读那里面已然烂熟于心的文字，只是合着书按在胸前，闭上了双眼，幻想着自己就是那杜洛阿，拥有一张天生俊俏、讨女人喜欢的脸蛋。他再也不必将爱情看得那样神圣，而是凭借着富贵女人们的争相宠爱，获得与日俱增的财产与上流社会里的名声。那些或美艳绝伦或姿色平平的贵妇，宛若那天上阶梯似的云，他只需嬉戏般与她们调情，她们便心甘情愿地被他踩着去逐级登天，直到最终与财富、肉体完美结合的西茶茵结合。那时他应该会有闲暇工夫来聚精会神地谈一段恋爱了……

这些幻想是丑陋的，大川只敢在夜深人静时，怀揣强烈的罪恶感不动声色地意淫。而现实世界恰恰是颠倒的，他眼下不得不凭借少得可怜的财富、姿色与能力去争取女友及她家人的接纳。

燕子的大名叫程雨燕。说起他俩的缘分，得感谢大川的高中同学朱乐平。当年朱乐平高考进了浙江美院油画系，而大川入了华东理工大学计算机专业。朱乐平毕业后继续留在浙美读研，大川则匆匆走上了工作岗位，成了一名软件工程师。若干年后两人在一次同学聚会上偶遇，那时朱乐平已经成功开办了一家属于自己的工作室，其实说白了就是个美术培训班。工作室先后两个名号都很响，第一个叫"海上元素"，第二个叫"奔马文化艺术中心"，尤其是这"奔马"的来头更大。据乐平自述，是通过他浙美的恩师——杨参军教授牵线搭桥，才获得了徐悲鸿大师的遗孀——廖静文女士的授权。"奔马"除了美术基础教育之外，还开设了几个类别的专业设计班。

两年前，程雨燕就在这杆"奔马"的大旗下跟随乐平学画，她那时还是东华大学服装设计专业大四的学生。大川几乎每次去乐平那玩都能看到这个班上最靓丽的女孩。她不是班上年龄最大的一个，却比其他女生要成熟很多,穿着打扮上更是显而易见的考究与精致,那是一种更倾向于社会化的品位,全然不像班上其他女生那样松散随性、不修边幅。若不加提示,甚至不会有人想到她还是个在校学生。大川想,也许只因她并非学习纯美术的缘故吧。

程雨燕是个明眸皓齿、秀色可餐的女孩子,她的笑容美极了,浅浅的酒窝只盛得下世间最名贵的葡萄美酒,一滴足可醉人。她画画时专注的神情更是迷人,静若处子般生动的面庞,风情如画,举手投足间无不透着高雅的气质,一派隽秀淑女风范,常勾得大川忘乎所以地屏息于门口,出神地凝望。

后来程雨燕在班上突然消失了,听说她就要毕业了,大川这才缓过神来,开始担心错失这天赐的良缘,于是急忙跑去求乐平,一番死缠烂打终于要来了她的联系电话。大川当天就急不可耐地打了过去,借口乐平请他转交一幅赠予她的油画,这才得到了一次千载难逢的单独会面机会……

大川一点困意也没有,他随手将胸前的书放回书架上,百无聊赖中他翻身下床,再次从窗户爬了出去。凭栏立于窗外的平台上,他隔江遥望上海那号称第一地标的东方明珠塔。每遇烦心事或心中不安时,只要眼里入神地望着那些璀璨的灯火,心里想着这座相距咫尺凝聚了城市魂魄的建筑,竟成了自家破旧阁楼上熟视无睹的景致,心中便能偷得片刻祥和,油然而生满腹的饱意,仿佛那一日三餐的粗茶淡饭,顷刻间化为了山珍海味,在他腹中酝酿着满足的睡意。每到此时,他的心便会将老街上的一切抛诸身后,轻盈地朝着那没有想象尽头的繁华飞驰而去。当然,每次飞翔他都不会孤独,手里总是牵着程雨燕的小手。

春天的夜风,暖暖的,携着鲜绿嫩芽的气息拂面而过,给大脑以醒神的清新。心里想着程雨燕,周身便荡漾起绵绵春意。

程雨燕出生于一个雨天,所以她的名字里有个雨字,冷冷的,如同她那一年四季都冷冷的十枚纤纤玉指,加之淡而矜持的一颦一笑,总给大川一副冰清玉洁的印象。她的爷爷早年是个军人,于解放战争后期晋升为国民党高级军官。辽沈、淮海、平津三大战役后,国民党部队全线溃败,他爷爷也是九死一生。1949年底决然撇下一家老小,尾随蒋介石去了台湾,直至客死他乡也没有再回过上海。燕子不止一次跟大川讲过这段家族史,最后总要扼腕叹息,爷爷当年为何不把爸爸也带去台湾,那样的话她现在就是个台湾人了。大川也不止一次地提醒她,如果她爸爸当年也去了,长大后便不会遇见她妈妈,也就更不会有她了,况且,他也不觉得做个台湾人比做个上海人好在哪里……大川终于生出点困意,半夜一点半了,赶忙回屋睡觉。

第二天一早六点不到,手机闹铃像往常一样响了,大川翻身跃起,恍如隔世,他记得还没把离职的消息向父母交代,转念一想,且等今晚的"大决战"后一同说罢,何去何从肚里也好先有个预案。于是他起床、洗漱、放鸽子、喂食、扫鸽棚,一阵忙乱后便开始悉心打扮起来。领带和西装与昨天一样,他确实也找不出第二套更为隆重的行头了,只换了件衬衫,那是去年生日时燕子送他的礼物。在确保形象万无一失后,像往常一样拎起电脑包匆匆出门,身后是阿二头家的狗吠声、王家婆媳的吵闹声和母亲"不要忘记吃早饭"的叮嘱声共同交汇而成的"清晨交响曲"。

可走出老街后他即刻茫然了,脚步顿时慢了下来,约会时间是晚上七点钟,此刻不知要去哪里。不过他很快意识到有些事情还没做,今晚应该是他请客,到现在连饭店都还没预订,燕子昨天电话里吩咐过他,最迟今天中午前一定要通知她碰面的地点。今晚的会面可不比往日小情人的约会,逛到哪吃到哪,什么新鲜吃什么,这可是足以影响他终身的一次重大宴请,必须慎之又慎。他想反正现在正好没事做,干脆去找饭店。拿定主意后他便有了方向,匆匆赶往燕子家附近,他想尽可能方便燕子的父母大人,况且待酒足饭饱之后,未来岳父岳母邀他移步家中小坐那也是顺理成章的事,到时盛情之下却之不恭了,一路谈笑风生,剔着牙、打着饱嗝、散着步便也就到了……此念刚一闪过,大川一个激灵,惊恐地在脑袋里打了自己一个耳光,贱民!俗民!燕子对他剔牙、打饱嗝的恶习简直厌恶极了,可他却怎么都改不了。还好他的另一个更为令人发指的毛病是燕子目前为止还不知道的,那就是熟睡时鼻鼾如雷。街对过的阿二头曾不止一次恳求过他,夜里睡觉时务必把窗门关紧,说他家宝宝经常半夜里被惊醒,哭闹个不停,他老婆也因此而经常做噩梦,时间长了都有些精神分裂了。

燕子家住在徐家汇南丹路上,他一上午在那附近对比了不下五家饭店,最后终于定下了一家在他看来既体面价格又不至令他弹眼落睛的店。他定了一个小单间,环境还算明净幽雅。后来他干脆把晚宴的菜都点好了,算下来一共八百多元。尽管对于如此贵宾而言宴请规格绝算不上高,不过也绝对是大川有生以来订得最为奢华的一桌了。摸着干瘪的钱袋,他意识到该去银行里取点钱了。

从银行里出来后,他打电话通知了燕子。他在电话里的声音激动得有些颤抖,甚至还有些走调,"一切都安排好了,你放心吧! 只等恭迎圣驾……"

06.审亲裁判团

  大川整个下午都心不在焉地泡在美罗城的大众书局里,他是这里的常客。约六点钟出头,他提前赶到饭店,端坐在预订的"牡丹亭"里惴惴等候,二度问服务生取来菜单慎重过目,以确保足够四人的菜量。近七点钟光景接到燕子的电话,说他们到了,却找不到"荷花亭",大川忙纠正她道"玫瑰亭",挂机后方知口误,索性冲出包间前去迎接。一出门便看见廊中一支浩浩荡荡的队伍正向他这边开进,领队正是燕子。她边走边左顾右盼,辨那包间门上的繁体字。大川急忙迎上前去,唤了燕子的大名。燕子一身巧克力色淑女收腰套装,衬出悦目的纤腰与长腿,宛如服装设计图纸上方得一见的夸张曲线。只见她双颊染晕,浅笑盈盈,朝大川做了个俏皮的吐舌小鬼脸,转而回身对她的"队员"们说,"这就是大川。"就像旅游团的导游正在介绍

"这就是我们今天要参观的木乃伊"。

大川显然被眼前的阵势给震慑了,呆若木鸡,僵硬的嘴角挤出个微弧,频点着头朝纵队努力示好,并麻利闪身将长龙让进了包间。毛估估,这条长龙约有十人。当龙尾即将入瓮时,忽听房中一个女中音发话了:"派头还蛮大的嘞,都不在大门口等的。"攒动的人头间,大川难以辨别那声音的方位,心中确是好一个惊,以为自己耳浑听错了。

大川跟进屋招呼大家入席。那个女中音再度发话:"这么小的房间怎么坐?"这回认清了,是燕子的妈妈,大川曾在燕子的全家福中见过她。所幸椅子是够的,就是稍显拥挤了些。大川一面高声唤着"小姐",一面向紧挨着妈妈就座的燕子招了招手,随即便退出了房间。

包间门外,大川焦急地问燕子:"怎么也不事先打声招呼?我还以为今晚是四个人呢。"

燕子满脸歉意道:"不好意思,我也是下班后才晓得,一回到家就看见这么多人了。"

大川无奈之下问燕子要不要换个大点的房间。燕子耸耸肩,无可无不可地说:"你看着办吧,今晚这帮人不是专为吃饭来的。"言下之意是大可不必换房间了,又好似在提醒他,来者不善,应该立即进入一级战备状态了。

这时服务小姐闻声赶来问大川何事召唤,大川让她拿菜单来再加些菜。小姐这会已是一脸的不耐烦,心想今天这一桌可真够折腾的,从早到晚,这都看了第四回菜单了。燕子陪大川在门外加好菜双双回屋入座时,见满屋人都已按长幼次序将自己安顿得妥妥帖帖了。燕子身份比较特殊,给她留了个紧挨着妈妈正对大门的上座。大川从边上拉了张备用椅,背对大门凑了进来,可苦于左右空间局促,椅子难以贴拢进来,只得练功扎马步似的在椅子边缘安置了小半个屁股,上身前倾单肘撑于桌面,俨然一副圆桌骑士边上的侍者模样。

"怎么?大川的家里人没来吗?"大川刚坐定下来,燕子的妈妈便像发现新大陆似的开口问。一进门便连挨两记杀威棒的大川此刻已如惊弓之鸟,眼神游移不定,赔着小心弱弱地答道:"哦……没,没有,我没让他们来。"

"自说自话!这种见面么,当然是双方家庭的会面,怎么好这点规矩都不懂的?"燕子妈的语气愈加显得尖刻了。

燕子见气氛不对,忙在一边撒娇道:"妈——你事先又没关照咯,我们年轻人哪里懂那么多啦?"她如果再不说句话,大川几乎都不敢相信坐在对面的竟是好了两年的女友。不过依照她的性格,若不是自觉在众亲戚面前脸上实在挂不住,多半是不会出面为大川打圆场的。

"小姑娘哪能好这样没规矩?开始帮外人的腔嘞,这桩事情妈妈还没点头嘞……"燕子妈摆出了一家之主的做派,霸气十足、寸步不让,转而又补充了一句,"啥人年轻人?三十几岁了吧?这点道理应该懂的!"不知怎的,大川总觉得燕子妈今天不是来审亲的,而是来棒打鸳鸯的,自进门的一刻起就将他视为了仇人,句句话像刺刀,刺得他心里血流成河,他掏空了心思也不明白究竟是为哪般,可怜这会竟连半点自卫的勇气都没有。大川如坐针毡,无言以对,只能满腹委屈地低下了头。

屋子里仅维持了几秒钟弥漫着浓烈火药味的静默,再次被燕子打破,她提振起精神,强颜欢笑地向大川一一介绍今晚的来宾,她的奶奶、爸爸、妈妈、大姨妈、大姨夫、大表姐、大表姐夫、小姨妈、小表弟。大川之前估算得没有错，加上燕子，正好组成了十人规模的审亲团，其中燕子是原告，燕子妈是大法官，其余八人是陪审团。被告么，自然就是大川了。

服务生开始忙碌地上菜了，大川顺势站了起来，闪出自己一边的缺口以供上菜，仿佛想借此逃过方才的尴尬，能逃一秒是一秒。无意间大川发现大表姐的眼神还算比较和善，也比较乐意停留在他脸上。等第一批菜上桌，大川坐回原位后，大表姐果然开口了，"一直没机会谢谢大川呢。"大川一惊，大表姐朝他微笑，"我家宝宝吃了你不少鸽蛋了。"她的眼睛里尽是友好与感激，言语间穿插着"咯咯"的笑声，竟真的像鸽子生好蛋后得意而欢快的鸣叫，"信鸽蛋的营养价值就是比菜鸽蛋高，对小孩子大脑发育很好的，我家宝宝开口比别人早，就是因为吃了你家的信鸽蛋。"

大川猛然间记起来了，自从养了鸽子，燕子就不时地来向大川讨鸽蛋，说表姐家的宝宝要吃。其实大川哪来那么多鸽蛋，他只能转托阿辉去鸽友那四处收集，收也不白收，给钱的，个头比菜鸽蛋小好多，却要贵出不少。原来燕子正是为眼前这位大表姐讨的，大川心里终于找到了点安慰，仿佛一个动辄得咎的孩童终于为家里做了件好事，连声说："应该的！应该的！"不过他却始终弄不懂为何一定要吃信鸽蛋，说它营养价值比菜鸽蛋更高，那就更令人匪夷所思了。心理上有了依靠，大川说起话来也稍显硬朗了些，"真的那么有用么？"

"当然啦！你想想看，信鸽多聪明呀，放得再远，它也能飞回来，菜鸽哪能比？"大表姐的理论还真是新鲜搞怪，好像游泳健将的儿子一定淹不死似的。大川本想问"这跟蛋有啥关系"，可一想到她"陪审团成员"的身份，便知趣地封了口，还认真地点了点头。

席间开始有了说笑,小姨妈与燕子妈开起了玩笑,大姨夫则似乎在与燕子爸谈论进屋前未了的话题,大表姐夫正向坐在身边的小表弟示范如何用桌上的餐巾折出鹤形……大川偷望了燕子一眼,燕子也正盯着他,四目对接时,燕子朝他微微撇了撇嘴,以示烦闷与无奈。大川不介意被审亲团冷落,他倒巴望着今晚就这么一直稀里糊涂地熬到散场,这间屋子此刻对他而言简直如同渣滓洞,他是多么渴望尽快逃离,可看来又不太现实,他不得不咬紧牙关挺过每一道酷刑。

酷刑说来就来。"大川家里的情况燕子已经跟我大体讲过了,我也不多问了,我今朝就跟你谈点实际的吧,我们的宝贝女儿有多优秀,你大川心里是老清爽的,长相不用说了,'世博小姐'也是进过复赛的,读书好,工作好,薪水也比你高,你拿什么保证她将来的幸福?"燕子妈开门见山,走了个先手。大川当然也是有备而来,这种相亲场面,全上海滩一天不晓得要重复上演多少场,剧情未必雷同,但中心思想却神肖酷似,眼下既然这柄达摩克利斯之剑已然落下,他反倒不那么胆怯了,只要沉着应对即可。"阿姨,我知道论各方面的现有条件,我是配不上燕子的,但我有决心改善自己,你们放心!我保证燕子跟我在一起一定可以得到幸福!"大川自认为已经表达出一百分的诚恳,此言一出,不说给家长们吃了颗定心丸吧,最起码自己这份强烈的进取心势必能给他们留下个"潜力股"的美好形象。

但酷刑升级了——"放心?保证?你凭啥?就凭你的决心?我讲句不留情面的话,你房子、车子不买好,这桩婚事谈也不要谈,还有,结婚戒指顶起码要克拉钻!"燕子妈迫不及待地亮出了"保底线"。这回大川傻了,他深知要达到这些条件,自己差的又何止是十万八千里。他求救的目光本能地扫向了燕子,可此时的燕子却面无表情、低眉垂目,仿佛桌面上正谈论着一件与她浑身不搭界的事。无奈之下,大川低声应道:"明白,明白,我会想办法的……"心却已坠入了绝望之谷。

精神已经传达到了,加之服务生又开始上菜了,燕子妈便也没再继续为难大川,抬头唤来立于门口的服务小姐,要她将桌上的两瓶黄酒撤掉,换一瓶茅台上来,接着转脸对燕子爸说:"你们三个吃老酒的朋友,今朝夜里定量供应,只准一瓶。"说话间抬眼望大川。悲催的大川一听要上茅台,心里痛得要滴血,眉眼一团纠结,脸也被扯得乱糟糟像只苦瓜。燕子妈见状也不言语,只轻蔑地在鼻腔里低声冷笑,不一会突然又恍然大悟似的说:"要死!忘记了茅台是高度酒,不可以,不可以,还是喝黄酒好嘞,我们家老程的胃不大好。"

一桌都是燕子家的亲戚,整晚时而相互间闲聊,时而神秘地静默,只在大川毫无防备时揶揄笑视,目中寓意深不可测。燕子的小姨妈更时不时投来鄙夷的睨视,那目光似都不屑于照在他的脸上,只追索着他那双局促得有些不太安分的手。说笑间,表情与语调好像也一直被什么东西牵绊着,总不能尽兴。小小一个包间却被隔出两个不同的世界,众人凝聚而成的气场单把大川排斥在外,大川感觉好像孤独地站在了紫禁城外,死活也进不去这座尊贵铺地的城中之城,而燕子就悠闲地待在里面,浑然不知城外还有个等候请安的大川。可大川不信她真的不知。

"现在的小年轻,谈朋友都不考虑实际问题的,结婚也老草率的,真正一道过起日子来才晓得日子难过,已经晚嘞——再吵着闹离婚,这就叫'贫贱夫妻百事哀',燕子啊,大姨妈不是在你面前夸你阿姐,我们建成就老好的,有立升,腔势就摆得出,上个星期又帮大姨妈家里换了一台 46 寸液晶电视,名牌! 老嗲的——这样的女儿才叫没白养,你要学学你阿姐,要晓得孝敬你妈。"沉默不语的大姨妈终于开了尊口,先是对着满桌人说,接着又对着燕子说,夸的是燕子的大表姐,事迹却在大表姐夫身上,仿佛一只鸽子从外面带回别人家迷途的同类,主人总会抚摸着自家那一只,安慰地想,养它只盼着这一天。众人纷纷点头附和,仿佛一语道出了大家的心声,小表弟对表姐夫更是仰面膜拜,眼中赞叹。大表姐此刻已然满脸得意,大表姐夫倒是满口谦逊,"这有啥讲头,本分。"扬眉舒宇间,眸子里却也充满了得意。大川也不是傻瓜,大姨妈话里话外虽俱不及指桑骂槐,却也用了个蹩脚的类比将他狠狠地矮化了,令他好一番无地自容。燕子妈再次不动声色地偷望了大川一眼。

一顿饭在吵吵闹闹中总算快吃完了,没人再跟大川说过半句话。大川也吃不下,一直在为服务小姐打下手搞服务,忙得团团转,以至于后来服务小姐竟对他萌生了些许阶级感情,单为他沏了杯龙井放在近门的柜上。这种氛围中他其实也坐不稳,乐得成为一名配角,只盼望一切早点结束。也许结束的还不只是这一场酒席……他有预感……眼下唯一值得庆幸的便是自己不懂规矩,没有傻乎乎地把老父老母也一起带来,否则要两位老人家跟着自己一同受辱,那可真是太悲惨了。想到这里,大川心如刀绞……

07. 见光未死

席散,大川送神般恭敬,尾随一行人到饭店门口时,感觉自己就像一条多余的尾巴。出得门来,天已尽黑,他目送着燕子的背影,她正挽着妈妈的胳膊下台阶,脸似转非转地用余光回顾,只怕动作太明显了又会挨骂似的,竟未留下只言片语。这不禁引来大川悲切的遐想——他们的感情就像今晚的酒席——终于散了。燕子慢一拍的身子,拖得她妈脚下一滑险些摔倒,口中又是一句骂:"这是啥短命的饭店,门口乌漆抹黑的,触霉头!"

大川一个人回到浊气未散杯盏狼藉的包间里,总算可以用完整的屁股坐一会了。他长嘘了一口气,眼眶里蒙着团湿气,冷不丁打了个嗝,慌忙拿手去捂嘴,但转念屋中只剩他一人,神经便又松弛了下来。这回绝不是饱嗝,而是从饥肠辘辘的腹中翻滚出来的饿嗝。

燕子随父母回到家中,一言不发,换好拖鞋径直回了自己房间。没一会,燕子妈端了杯热气腾腾的奶茶进来,放在燕子的床头柜上。燕子这会坐在床头正摆弄着手机,想给大川去个电话,见妈妈进来,只好收起手机,跃身往床头靠去。

　　"燕子,你不要怪妈妈,妈妈这也是为你好。"妈妈的语气像变了个人,温婉中带了点讨好,不过仅限于开场白,"真是不见不晓得,这个男人一副穷酸相,比我想象当中还要老相,看上去四十岁的人了,长得嘞——贼头狗脑,一点腔调也没有,请客也不舍得寻个有点档次的饭店,外加没想到哦——这男人这么小气的哦——我只不过试探他一下,假嘴假眼要了一瓶茅台,像要他命一样的哦——我看死他了,没见过世面、上不了台面、撑不牢局面的小三子,跟着他你有的苦了,今朝台也被他塌光了,他怎么好跟建成比?"一提到大川,妈妈的尖酸刻薄又回来了,抱怨如连珠炮似的向燕子劈头盖脸地轰来,微胖的躯体随之颤动,尤其是又联想到大表姐夫建成,她的脸更是别转了过去,双臂僵伸,双手不住地在燕子眼前晃动,好比鸭子与天鹅本不在同一参照系里,硬要摆在一处来比,那便令她万般不屑了。

　　燕子的胸中一直压着一团无名暗火,此刻既然妈妈主动提起刚才的事,便也想借机释放,她并没有抬眼看妈妈,只盯着自己的脚尖说:"那你也总该给我留点面子吧?打狗还要看主人呢。"

　　"什么意思?我今朝当着这么多亲眷的面,算是帮他留足了脸面,你事先关照我不要提过分的要求,我提了吗?都是些最低要求吧?我跟你爸爸都老了,这套小房子一住就是二十几年,指望这个男人帮我们换一套大公寓吗?他连自家结婚的房子都拿不出,讲出来也是废话,你怎么反倒怪起妈妈来了!"妈妈满腹委屈地诉说着,侧身坐到床沿上,竟抹起了眼泪,哽咽着往下说,"妈妈够通情达理的了,把你养这么大,培养得这么好,只望你离开了爷娘有保障、有依靠,将来生活质量不降低,妈妈苦命点也就算了,倒是你爸爸,浑身的毛病,活得太辛苦,我们是不指望享你的福的,你自家连个像样的男人也寻不到,又怎么管得了我们呢? 路也走不动的时候给我们一口饭吃就已经阿弥陀佛了。"

燕子听了鼻子一酸,竟也眼泪汪汪地坐起了身子,搂住妈妈的双肩不住地摇晃,"妈——你又来了,讲这种话做啥啦,我怎么会不管你们呢?"抹了把眼泪,燕子犹犹豫豫地说:"有钞票的男人我也不是寻不到,正在追我的就有好几个,主要是大川这人你不了解,你只晓得他穷,家里还有个残疾的爸爸,不过他对我是死心踏地的好,不像其他男人一心只想占我便宜。"燕子轻抚妈妈的背,继而安慰道:"你的心思我全明白——先去睡觉吧,这桩事情让我再考虑考虑。"

妈妈脸上平静了许多,立起身来往门口走,回身关门时还不放心似的探进半个脑袋来强调一句:"自家脑子拎拎清,不要感情用事。"燕子应付着点头,心里却在想,若谈恋爱这回事都不感情用事,那便成了什么? 不敢想,也极不愿去深想。一边是相爱两年的初恋,另一边是抚养自己二十几年的父母,两头都想迁就,自己也就置身于两头为难的境地了。

燕子是个极爱看言情小说,脑子里充满浪漫幻想的女孩,她又何尝不想自己的"白马王子"果真是一位骑着高大白马的英俊王子呢? 可大川偏偏既没有王子那显赫的身份地位,又算不上英俊。燕子也经常为此感到困惑,大川究竟什么地方一直在吸引着她?

和大川在一起的时候,平淡确实平淡了些,因为他穷,既没钱为她买眼花缭乱的礼物，也难以满足她对美食、娱乐的渴望，甚至连情人节里都少有预料之外的惊喜，可他总有一些本事逗她开心，使那些时光变得并非索然无味。穷也有穷开心，他很有一套办法。比如他会带她乘着公交车去免门票的体育公园里放风筝，还会亲手做寿司和比萨给她吃，甚至还亲手为她做过一只山寨版的四爪孔雀石戒指，尽管燕子始终也没好意思戴着去上班，但被她当作无价之宝一样珍藏在首饰盒中，时不时都会拿出来赏玩。燕子清楚地记得大川讲给她听过的上百个笑话，还有他成长过程中每一件有趣的小事，从那里面，燕子一次次体味着大川的可爱。大川是个吃得了苦、有上进心、对感情忠贞不二的男人，虽然他穷，但他一半以上的收入可都实实在在地花在了燕子身上，穷人的一万块要贵过富人的一百万，这个道理她是懂的，除非摆在她面前的是一千万。

睡觉还太早，燕子这会倒不再想立即打电话给大川了，她不想听到他沮丧的声音，更不忍心告诉他审亲的裁决结果，于是起身开了电脑。MSN里弹出了一个消息框，这人是榕树下一部名为《殇都迷菊》的网络小说的作者，他叫张墨然，前些日子刚认识，是燕子主动加了他，告诉那人她爱他的《殇都迷菊》，她给那书的评价是"是我读过的最凄美的爱情故事"，还说最迷恋书中那个乳名也叫"燕子"的女主角燕无痕，她在燕无痕的身上找到了自己的影子，甚至对燕无痕的所作所为、所思所想都感同身受，仿佛那书里写的就是她。她并没有说谎，那本书确实引起她不小的共鸣，至于说这"影子"，却有些言过其实了，抑或是燕子本人一厢情愿的幻觉，书中人跟她的性格确实大相径庭，书里书外唯一能找到的共同点，便是她们头上都曾经有过一顶"校花"的桂冠。张墨然是个嗅觉异常灵敏的男人，起先只是像对待一般读者那样冷淡地应付着她,但一听说有人自比他笔下的燕无痕,顿时嗅出了香艳的气味。他当时想,一个女人若自恋成这样,也实属不简单,必有过人之处。于是开始频繁地找她聊天,还先后两次约她出来面对面探讨文学。燕子是个聪明女孩,她怎么可能不明白对方的心思?急忙改口说自己肯定比不了燕无痕那般美丽,只是觉得性格与之相近。张墨然的胃口被她吊了起来,哪肯轻易善罢甘休,执意要"眼见为实"。这不,眼前的消息框里还是那句老套的话:"给我一个认识你的机会,如同给身处黑暗中的人一线光明。"

给了你光明,我的世界怕是要暗无天日了。燕子这么寻思着,手中却不忍冷落了他,回了他一句佯装愚钝的话:"我们不是已经认识了吗?"张墨然不仅脑子快,打字更快,迅速抗议似的弹回一条:"识人不识面,萍水难相逢。识面不识心,相逢亦陌路。"

好一个"萍水难相逢",好一个"相逢亦陌路",此人果真是个情场老手。不过此时燕子更为好奇的是,像这样一位小有名气的言情小说作者,难道不像他书中写的那样正拥有着一段目眩神迷、坚不可摧的爱情么?否则他哪来的灵感呢?他又怎么会对一个素未谋面的读者发生兴趣呢?心里这么想,话也就不由自主地发了出去,"你老婆叫你回家吃饭!"这既是推搪,同时也是试探。张墨然犹豫了一会,回复道:"饭今天吃过三顿了,老婆却至今一个也没有。"

燕子有些欲罢不能了,她觉得此人有点意思,如同他书的风格,话里话外总要给人留下些遐想空间,于是又回了他一条:"一个也没有?说吧,你想要几个?"消息框里立即跳跃出张墨然欢快的文字,"哈哈,一个足矣,可惜那人太吝啬、太残忍,连个认识的机会都不给。"得,又被他绕回开头了,且变本加厉地指责起自己来了。

燕子有些犹豫了,若不是顾及冯大川的感受,她有时真的很希望能够多认识一些男性朋友,哪怕只是可以随意闲聊的普通朋友。她突然萌发出一个冲动且自觉有些邪恶的念头,何妨一试呢?未见得是件坏事,更何况这个张墨然是自己一直以来最为欣赏的作者,想必定是个有趣之人。"好吧,不过我事先声明,如果令你失望,本人概不负责!"

张墨然大喜,随即要与燕子敲定见面的时间与地点,燕子说工作日里难抽空,拖到周末,就定在美罗城楼下。那里一到周末便成了初次约见的网友们的乐园,燕子觉得人多的地方安全些。聊天结束,两人下线关机,各睡各觉。

可怜钱袋被掏空悻悻然打道回府的冯大川,一路上都在期盼着燕子的消息。他明知道他俩共同的路已然走到了尽头,但总还是心有不甘,脑子里幻想着燕子突然发来一条短讯,告诉他一个连他自己也不敢相信的好消息……也许是她妈进门时头撞墙,奇迹般茅塞顿开,一下子什么都想通了;也许是燕子费了点周折,几经规劝之下,她妈终于被说服了……总之是告诉他,这事成了。哪怕是一个不好不坏的中性消息呢,那也意味着希望并未完全破灭。比如她妈发狠下了道最后通牒,几年之内如若还达不到"录取分数线",那就勒令他俩拜拜……可是直到大川回到自己的小屋,躺下……辗转反侧……看书催眠……渐入梦境……鼻鼾如雷,燕子的短讯也没有临幸过他的手机。

周末很快就到了,燕子和张墨然如期而遇。那是一个肥头小耳的中年男人,几乎无颈,肩头扛着一个后脑无勺的扁头,所幸眉眼间还依稀可见早年曾经英俊过的蛛丝马迹,不过与他自述中的"型男"

实在相去甚远。张墨然在人群中一眼便认出了燕子，其实他这早已不是"一眼"了。方才燕子未到之前，但凡看见站着等人的漂亮姑娘，他便都会激情似火地迎上前去与人握手，然后才问人家是不是叫"燕子"，已经被人骂过三回神经病了。这会真的看到了燕子，他反倒愣在了原地，不敢相信自己的眼睛。是的，他的确被燕子惊艳的容貌震撼得内心发抖，只剩一点余力低声叹道："太像了！太符合了！你就是燕无痕！燕无痕就是你！"他甚至已经忘记了与燕子握手。

燕子本无意俘虏这个男人的心，今早出门前甚至都没有花多少心思装扮自己，只漫不经心地蹬了双运动鞋就出来了。眼见张墨然外貌并不令人生厌，且被自己的美貌征服，心里徒然升起了一股莫名的荣耀感，更加自信其美貌并不输给张墨然笔下的燕无痕。

他们到二楼找了处僻静的茶室坐下来。

张墨然试探着问燕子比较钟情于哪一类男子。燕子不假思索地脱口而出，"你书中的寇杰那一型！"张墨然先是一惊，转而狡黠地笑了，"看来真是这个理，男人不坏女人不爱啊。"当燕子问及他最近有没有在写新书时，张墨然摸了摸光溜溜的下巴，开始借题发挥了，说他一直坚持于现实中取材，今日的相见使他灵光闪现，他决定以燕子为人物原型开始新的创作旅程。这话一把将燕子的心给抓住了，她显得有些兴奋难抑，追问故事情节。张墨然的脑子里哪会这么快就有故事情节，只跟她讲了以前他写过的一个短篇中的几个小片段，然后煞有介事地说："文学创作是一件很严肃的事，我平生最恨瞎编乱造的垃圾作品，我要写你，这是认真的，看来以后我们难免要多接触了，我要尽快、尽多地了解你。"说完双目凝视着燕子，紧张中关注着燕子脸上的反应。燕子心里明白他这是在"借荫头"（沪语，意为找借口做某事,投机取巧),可她依然很开心,于是欣然应允。

他们聊了一上午,中午张墨然邀请燕子去了一家中档的西餐馆吃牛排,跟她侃侃而谈古今中外世界名著,直到下午四点钟两人才分手,并将下次约会的时间与地点都定了下来。

08. 下注

　　自从那晚莫名其妙的相亲之后,大川胸中苦闷,他恨燕子一家人竟如此羞辱他,也恨燕子铁石心肠,说拗断就拗断,连个音讯也不再给他,更恨自己家境贫寒又没出息,最终让人瞧不起。想到这些,他肝肠寸断,本来因失业而落寞的心,此刻更像是被釜底抽了薪,逐渐冷却得就快要结成了冰,整个人就和被掏空了似的,只剩下一具失魂落魄的躯壳,僵直地躺在自己的小屋里哪也不想去。

　　大川妈见儿子茶饭不思,也不去上班,心中好生纳闷,第三天上楼来盘问。大川为了不让妈妈担心,编了个谎话来骗她,说他申请的年休已获公司批准,可不巧这两天身体不太舒服,所以憋在家里没出门。大川妈一听慌了神,要带儿子去地段医院问诊,被大川轻描淡写地回了,说自己是伤风感冒之类的小毛病,睡睡就会好起来。大川妈将信将疑,可也没再坚持,下楼为他熬姜汤去了。大川心想,老这么赖在家里也不是长久之计,要么去找燕子把事情问清楚,要么就一门心思为将来的生计做打算。

这天傍晚,阿辉来电话问鸽赛报名的事,大川这才想起表格还未填报,于是佯称自己病了,要阿辉到家里来一趟,把参赛的十羽鸽子取走,顺便帮他把表格也一起递上去。阿辉帮这点小忙还是不在话下的,十分钟不到就拎着鸽笼赶来了,正好大川的表格也填好了。

"怎么啦? 啥地方不舒服?"阿辉人还没进门便在楼梯上大呼小叫。

"没什么,小毛病。"大川待他从门口探出脑袋后才应了他。

"我看你面色蛮好嘛,一定是装病,搞笑,你骗不了我,相亲失败了对吗?"阿辉的一只脚刚跨进门便一眼识破了大川的鬼把戏,这小子可真够精的,什么都瞒不了他。无奈之下大川只得点头承认,并用食指竖在嘴边做了个"嘘"的手势,示意他别那么大声,当心被楼下大川妈听到。阿辉才不管那么多,用脚后跟带上了身后的门,声量几乎与刚才相当,"搞笑,我老早讲过了,你们俩不登对,燕子早晚会甩掉你。"大川气得真想一脚把他原路踢回他的阁楼里。

"咦? 还没问你呢,不就是失恋吗,怎么连班也不上了? 搞笑!"阿辉继续他那足以逼疯《大话西游》版唐僧的提问,招招命中要害,简直是哪壶不开提哪壶。大川想想也没什么必要再瞒他,这小子精得像只狐狸,即使瞒也瞒不了多久,于是干脆把离职的事也一并跟他说了。这倒是大大出乎阿辉的意料,他呆呆地盯着大川的脸,上下左右地扫来扫去,就在那一巴掌大小的面积上努力搜寻着证据,直到他确信大川并没有跟他开玩笑,"昏过去! 你额骨头高的(沪语,指运道好)、辣手(沪语,指豁得出、做得出)! 失业失恋两手抓,两手都要硬。"这是阿辉所掌握的唯一一句四川腔,就像他的"搞笑",可以随心所欲地任意套用。

"寻我开心是吧?"大川有些恼了。阿辉见大川色变,脸上顿时挤出一朵喇叭花一样的赖笑,"讲笑话,讲笑话,那么认真做啥?"

"鸽子等着回笼,罚你上去帮我打扫鸽棚,顺便挑十羽出来带走。"大川狠狠地白了阿辉一眼,不失时机地使唤起他来,谁让他撞上这枪口了呢。

"不是我讲你,你养的鸽子跟你一副腔调,富贵的脾气,穷人的洁癖!"阿辉也不反抗,只扔了句怨言就爬出窗外老老实实干活去了。

大川重新躺回床上,满脑子都是燕子,他心里有一个计划:既然她燕子几天过去了都不给个明确态度,那我也面皮老一老装回傻,只当关系还没结束。我也不主动打电话过去问,明天不是周一吗? 我反正大闲人一个,下午五点前去她们公司楼下等,倒要看看她见到我时的第一个眼神跟表情,那是骗不了人的……捅破了天不还是拗断么? 背水一战了! 我就不信燕子她一点不痛? 虽然她平时确实有些没心没肺,但还不至于如此薄情寡义吧? 两年的感情啊,能轻易割舍吗? 到时她若表现出依依不舍,那就跟她回忆过去的美好时光,直到她眼泪汪汪,然后再引导她去体会"一别心知两地秋"是啥滋味……到时她若表现出几分畏难情绪,那就跟她激情展望美好未来,晓之以理,动之以情,要让她深刻意识到,只有挣脱那封建思想的枷锁及专制家庭的桎梏,方能冲向那"海阔凭鱼跃,天高任鸟飞"的美丽新世界……反正只要她回心转意,就断不会放弃回家斡旋,因此而力挽狂澜于既倒也说不定……其实此事已再明显不过了,根子就在她那个母大虫妈妈身上，本来好好的，前几天向燕子求婚时，看她都开心成什么样了，眼泪险些夺眶而出。唯一令她感到失望及令自己感到惭愧的，不过就是戒指小了点，形似顶针箍，而且上面连一毫克钻石渣也没找到……

阿辉把鸽棚打扫干净，从中精挑细选了十羽塞进带来的笼子里，这会正从窗口往屋里递笼子，"失恋的人最大，我让着你，只麻烦你帮我接一接。"大川没跟他废话，懒懒地起身，双手机械地接过笼子放到地板上，刚想躺回床上，却发觉有些不对劲，"阿辉啊，你这是拿去比赛的呢，还是拿去烤乳鸽的？有没有搞错?! 那两只刚会飞好不好？"大川指着笼里愤然道："你是怕我赛出好成绩，抢了你的名次吧？讲白了这场鸽赛就是你我两家比，数量三比一，你已经占优了，还要怎么样？"阿辉眼见得西洋镜被戳穿，脸顿时胀出个紫茄红，嘴巴却不肯软，振振有词道："搞笑！体谅你失恋，心情不好，好意帮你扫、帮你挑，你倒狗咬吕洞宾了，外头乌漆抹黑的，看花了眼有啥稀奇？再讲那桩事情的路子还没去通呢，什么'就是我们两家比'？"他一拍脑门，又补充道，"不讲我倒忘记了，我明天要上去'活动'了，你那份钞票什么时候给我？"

大川后悔跟他争这个，"我几天没出门了，身上哪来的钞票？我有欠债不还的不良记录吗？你先帮我垫上吧。"

"好——"阿辉拖着长音去提那笼子，拐弯的尾音中藏满了委屈，临出门前又丢下一句，"你要拎拎清，这桩事情我本来可以一个人操作的，不要以为我求你啥……不过桥归桥路归路，一万二千五我先一道付出去……可以等到你找到工作后再还。"阿辉依仗手里拎着笼子，出去时没回头，更没关门。大川呆望着他的背影，暗自冷笑：一个人操作？再借给你十个胆吧！从小到大，连半夜里偷阿二头家门上的风肉都要拉上我一道，更别说眼下这桩不法的勾当了，那可是贿赂。不过讲到这法不法的，既然有人敢受，那就定有人敢收，既然他敢收，那必有反赠超额回报的能量，一来一往，只要屁股擦得够干净，臭味便捂紧于体内了，法于体外也就成了摆设。毕竟世道不同了，人心不古啊。

第二天下午，大川依计行事，早早等候在燕子公司楼下不远处。太阳好，天很暖，和风徐徐，吹得人骨头有些酥懒。他手捧一束九支红玫瑰，没罩外套，只着一件燕子送他的衬衫，且未系领带。现在是下午四点半，大厦门口忙碌的职业人进进出出，除了……那是个戴眼镜的中年男人，身材微胖，披了件卡其色风衣，立在台阶上往大堂内张望，在往来穿梭的人群中仿佛一枚潺潺溪流中的鹅卵石，光滑、油亮、淡定，尤为扎眼的是鹅卵石的手中也有一捧花，好像是百合……想起来了，那是方才在街角那家花店里差点与大川撞了个满怀的家伙，大川进门他出门，出门后那家伙嘴巴里还骂骂咧咧的。原来他的女友也在这幢大厦里，想必这种人的女友素质绝高不到哪去。这样想着，心中勾起了几分好奇，倒要看看等会走出来的是何等"绝色"。

五点过五分，大厦门口迎来了下班潮。那枚鹅卵石此刻夹在人流中变为了障碍物，但他巍然孤峙、纹丝不移、稳如山岳。不一会，他的身边出现了一位腰腿纤细、线条玲珑的年轻女子。大川定睛一看，天！这不是燕子么？这简直是个天大的玩笑！呆立于十米开外的大川仿佛瞬间变身为供人玩耍取笑的小丑，手中的玫瑰也变成了增添喜剧效果的道具，以衬托其"小花"的角色身份（注："小花"是花痴的昵称）。燕子笑得那样灿烂，正如今天的太阳。他俩简单交流了几句,便要下台阶朝大川的方向走来,大川这才缓过神来,转身逃离。这是个彻头彻尾失败的计划,源于大川对燕子那自以为是的解读,致使他本位错乱,沿着幻想迈出这荒谬的一步。一切早已在那个相亲之夜结束了,她燕子能如此神速地勾搭上新主,足见自己的微不足道。

燕子不经意间瞥见了大川,但她没有叫住他,叫住了也没话好说,远送他那萧瑟的背影,心中暗想:看见也好,也许这场误会能令他由爱生恨,助他早日斩断情丝,开始新的生活。

张墨然并非理想的恋爱对象,可看上去挺有钱,某些领域里也小有些头脸,应该比较符合燕子妈妈的审美。不过他那骨子里投机钻营的味道,会不由自主地渗出体外,散发出书香与铜臭交合的阵阵异味。燕子确信他不过是个文化投机者,从他在网络上那一套套令人目不暇接的自我炒作手法中可管窥一二。

燕子随张墨然绕到大厦背后去取车,听从了他的建议,直奔香港广场的"蕉叶"去吃泰国菜,他早有预订。

摇曳的烛光中,张墨然侃侃而谈加缪的存在主义文学,他那孤傲冷漠、超然物外的眼神仿佛在强烈暗示着燕子,他便是那《局外人》中的默尔索,仿佛他已将世间看了个透彻,而世人却很难窥入他的领地。燕子眼中的崇拜令他陶醉,口中吮着的麦管里的柠檬水仿佛成了浓烈醇醇的美酒,"燕子,你是我此生唯一愿意敞开心扉被了解的女人,这么多年来,我的领地始终找不到一位堪当镇守的女主,时间久了荒漠成了撒哈拉,直到遇见了你,我的世界里才开满了百合。"张墨然一边说着一边用手轻抚案上那束百合,像是在朗诵他的散文,满脸的抒情。燕子偷偷起了些鸡皮疙瘩,不过暗自隐忍,总算没有喷饭。大川就说不出这种直白的肉麻话,不过大川的笑话讲得可比这有味道得多,就连他的求婚都显得那么与众不同,一段笑话作为开场白,却委婉道出了他的心思,最后竟差点诱出她感动的眼泪。

"今晚到我那去吧,我在青浦有套别墅,我想跟你聊聊我的童年趣事。"张墨然步步为营,张扬的攻势丝毫没有懈怠的一刻。燕子想:你的童年,那得是多么久远的历史了,不就是想找机会占我便宜么?本想与他柏拉图式地神交一小段,充其量暧昧些时日,权当情感上的过渡,却不想这人得寸进尺,以为可以对自己大施魔法了。纵使张墨然巧舌如簧、天花乱坠,燕子却始终是个嘴巴松裤腰带紧的女孩,断然做不出此等龃龉勾当,她与大川相交两年也终未委身于他,哪能短短几天就稀里糊涂上了这人的床?就算他是个正人君子,真的只为"聊聊",那也会彻底乱了燕子的方寸。

燕子深谙"舞步"若是抢了拍,这舞跳着就别扭了,曲终人散时,别扭就会被装进自己的心里打包带回家。她还懂得"慢火炖牛肉"的妙意,不在于炖得够烂,而在于那慢火的功力可以烹出美味。这些不全是她妈妈调教出来的,更多则是这几年的社会经验为她指明了自身的价值所在,进而深刻领悟到"钓金龟"之道。青春也就那么几年光景,在大川身上已经蹉跎了两载,这饵容不得她再肆意挥霍了。

"改天吧,今晚回去还要帮爸爸腰背按摩呢,他这两天老毛病又犯了,以后机会多得很呢。"燕子委婉地推搪着。张墨然却不解道:"买张按摩椅不就解决了么?还用人力?"语气如同"何不食肉糜"。燕子心想,买得起几万块的按摩椅,还用得着本小姐亲自动手吗?张墨然似乎破解了燕子的心语,"改天有机会一见,我买来送给伯父好了,当作见面礼。"这倒有些出乎燕子的意料,这人算是出手阔绰,绝对能讨妈妈的欢喜,不过话却不愿往回收,半开玩笑道:"好啊,为了尽快把我从水深火热中解救出来,等一下就带你去我家见你的'伯父'。"张墨然听了顿时失语,笑意在嘴角僵住,目光逃离了燕子的脸,"呵呵,可我现在到哪去买按摩椅? 就按你说的改天吧,心理上也要有个准备的。"燕子笑在心里,得意于自己的机智,今晚算是化险为夷了。

大川从燕子公司楼下逃离后没有回家,他感觉自己掉进了一个笑话中,就像阿辉口中的"搞笑",此刻耳边只有那句"搞笑"。他找了个没有路人的街边垃圾箱,悄无声息地扔掉手中的花,仿佛害怕失恋会遭人耻笑似的。他直奔朱乐平的画室而去,那里是他最初认识燕子的地方,没想到如今又灰溜溜回到那里。他期待着一次无声的诉说,哪怕听众只是朱乐平那种与心结有着千丝万缕关联的局外人。

09. 失韧的弹簧

　　乐平的画室挤在普陀区工人文化宫的楼上，走廊两侧门对门一大一小两间房。一间小的是乐平的工作室，大的用作教室，总面积不超过五十平方米，月租却要五千元，这个画室麻雀虽小五脏俱全。四十平方米不到的教室利用率高得惊人，共开设了七个班，这一班还未结束，下一班的学生已经在门口扎堆等候了，从早上八点半到晚上九点半，六个老师轮流带不同的班。其中以幼儿班、高考班与季节性的寒暑期培训班最为热门。大川到的时候已经五点半了，乐平还在跟一班学生讲解透视原理和结构关系，这显然是个基础班。乐平看到了门外的大川，淡淡地朝外点头示意，并往走廊对面的小房间努了努嘴。

　　大川会意去了小房间，推门见房中有人，那人坐在一堆零乱的画布上正翻看着一本画册,听见有人进门抬头来看,原来此人也是大川的高中同学。他叫许学厚,高中毕业后与乐平一样考进了浙美油画系,也成为杨参军教授的爱徒。只不过他后来的路与乐平不同,毕业后进了上海电影制片厂从事动画美术的设计制作,两年后跳到东方电视台。技术做过,新闻记者做过,总编室里也待过一阵。学厚高中时与大川来往不密,只是相互认识,在乐平的生日聚会上碰过一次杯。关于他的传奇故事,大川几乎全从乐平的口中知悉。

据乐平描述,学厚在做新闻记者那会,踌躇满志、意气风发,总想着掀起惊涛骇浪,干一番轰轰烈烈的大事业。为了制作一档深度关切吸毒群体的追踪报道,他身藏微型DV,长达半年混迹于吸毒人群之中,与他们交朋友,感受他们的处境与内心世界。由于入戏太深,后来他自己也染上毒瘾难以自拔,如同新闻界版的《无间道》。必须承认,节目的确是好节目,真实、深入、震撼人心,台里不少同事看过都哭了,而且该作品一度名声大噪,也曾获奖无数,但他整个人从此便这么废了……他的问题也许在于太拼了,当他把自己全部豁出去之后,即便最终得到了他想要的,怕也难抵他失去的万分之一。

后来还听乐平说,他光是戒毒就花了整整一年的时间,卖了房子与车子,戒了吸,吸了又戒,反反复复好几个来回,老婆也离他而去,从此他的意志便消沉了下来,人也憔悴得与学生时代判若两人。眼前的许学厚,精瘦蜡黄,颧眼突兀,像一只被风干了的芒果,未老先衰的脸上肌肉松弛,毫无半点神采,只从他那双暴突的眼睛里依稀可见昔日的倔强。

大川跟学厚随意打了个招呼,一笑一扬手,只为掩饰讶异的表情,也免得再触动他敏感的神经,并不住暗示自己,还是老朋友,什么也没变,一切正常。大川的异常冷静反倒令学厚生出些许不安,"长远不看见了哦,大川还记得我吗?"学厚竟对大川的识别力产生了怀疑,似乎担心自己在他眼中完全是另外一个陌生人。大川阳光般地笑,强抑心底波澜,不以为然道:"学厚啊,化成灰都认得你,你当我老年痴呆啊?"学厚满足地笑,吃力地想从地上爬起来。此时乐平竟风卷残云般下了课,老顽童似的蹑手蹑脚闪进门来,对准大川的后脑狠狠地敲了一记毛栗子,"又来讨我的老酒吃,酒瘾不发作,连个鬼影也看不到。"

大川被他敲了个天旋地转,"要死,你这老鬼三,下手够毒的,娘子培训过的吧。"

乐平开怀大笑,一把搂住大川的肩,手指着大川跟学厚调侃道:"你相信吗?这个赤佬假使不是胃缺酒,那肯定又是来此地猎色的,两年前,好像也是春天,神不知鬼不觉地'花'走我班上一个女生,至今没有归还,害我损失一笔学费,这笔账我还没跟他算呢。"

大川的脑袋先是被他敲得伤势不明,这会心尖仿佛又被这家伙恶狠狠地揪了一把,痛得他说不出话,满脸通红,"切——"学厚在一旁阴郁地笑,也不插话。

闹罢笑止,乐平从学厚手中接过那本画册,故作正经地跟大川说:"这是我最新的作品集,这一本是我签赠给学厚的,回头我也送你一本,你要是比我长命,将来见书如见我。好好保存,这是文化,是我的思想,当然咯,你是个没多少文化的人,拿回去也只当附庸风雅,难为你了,不过你可以拿给你身边有文化的人去鉴赏,多多益善,有一个我这样的朋友,你也算很有面子。"

"靠!恶心!不就是求我帮你宣传嘛,用得着这么恶毒么?"大川嘴上这么说,心头倒不火,已经习惯了。他俩虽然没有过患难之交,但也算得上是益友中的损友及损友中的益友了。平常在一起时没个正形,嘻笑怒骂已成家常便饭。因为两人都长就一副敦实的身架,又都戴一副黑色窄边框近视镜,所以初识他俩的人通常会将两人混淆。

乐平建议去金沙江路上新开的一家日本料理店尝尝鲜,说今晚他请客。大川客随主便毫无异议,学厚却先是迟疑,从口袋里掏出一盒烟,给乐平和大川各发了一支,随后开始推辞,说今晚要和爸妈一起吃饭。乐平也不强留他,转身去墙角柜子里取出一只事先准备好的信封。那个信封厚厚的,没封口,大川瞥见里面是一叠一百元面额的现钞,从厚度目测,约莫五六千元的样子。乐平将那只信封递给学厚,学厚无半点推辞或犹疑,接过来装进上衣口袋,"好兄弟,我都记在心里了。"虽然学厚的脸上依然没有大起大落的表情,但话里的感激之情却十分饱满。乐平拍了拍学厚的背,一脸凝重道:"记是不用记了,绵薄之力,不足挂齿!不过——这么多年的同学加朋友,你晓得我讲不出伤感情的话,我只讲我心痛,你懂我的意思,多多爱惜自己吧。"学厚垂目,悲怆地点着头,继而又摇头。这一点头与一摇头之间,大川八成体会了学厚的处境,这一刻鼻子忽有些酸酸的……

学厚拉了拉乐平的手便径直朝门口走去,竟也没跟大川道别。

学厚走后,屋里只剩下他们两人,乐平的神情看似有些不平静。大川点燃学厚刚发给他的那支烟,乐平坐下来也点上了,他凝神注视角落里的一幅油画,"知道吗?那幅画是学厚画的,大二那年我们一道去西递……"乐平还没把话说完,喉咙就哽咽住了,他忙喷出一口烟雾,继而假装咳嗽来掩饰。

"你们的交情多过我,我本来没资格评头论足,不过有一点我无论如何也搞不懂,你明明晓得他要钱的目的,为啥还要纵容他? 表面你是在帮他,实际上我讲你是在害他。"大川终于耐不住道出了心中的疑惑。

"你怎么会懂? 学厚没救了。"

"亏你们还兄弟相称,这种话你也讲得出,啥叫'没救了'? 就算没救了,也不能把他往更深的火坑里推啊! 乐平,你今天的做法我看不入眼告诉你。"

乐平没有反驳,紧锁眉头沉默了片刻,语气极其悲哀地说:"假如我告诉你……他活不到明年了呢?"乐平的眼睛开始有些湿润。大川毫无心理防备,悚然瞠目,"啊? 怎么会?"乐平在一阵烟雾中扶额,沉痛地压低语调,"是艾滋……最后这段时间,就让他按自己的想法去活吧,一切纠错都没有实际意义了。"

"天! 你是说学厚得了艾滋病?"大川生怕听错了一个字,主谓宾凑齐了又问一遍。从乐平的沉默中他得到了证实。大川汗毛倒竖,脊背顿感一阵凉意,神经质般抖落指间燃未至一半的香烟。乐平拿眼瞟过来时,大川已惊吓得说不出话来。见大川如此反常的惊慌,乐平仿佛也意识到手中那支不是香烟,而是颗扯出了引信的手雷,也急忙将烟扔在了地上,还下意识用脚去拧了几下。

两人谁也不再开口,大川找了把椅子坐下,心泵在平静的躯壳下疯狂地加压,以至于令他感到浑身的血管几乎就要崩裂。

"一切都是命,莫要庸人自扰,大川,陪阿哥吃老酒去,今朝夜里不醉不归!"乐平提振起精神,换了个人似的笑道。大川的情绪随乐平的一声吆喝阴转多云,心里寻思,这艾滋病的传播途径可不包括日常接触传染,自己确有些杞人忧天了。方才的失态这会令他感到羞愧,不过乐平的反应更激烈……想到这一层,大川稍许有些心安了。

他们去了乐平说的那家日本料理店,门头两只写着生僻汉字的纸红灯笼把人行道映得火红,多少让人感到有些妖气逼人,来往行人个个像顶着一团火在路上行走。两人一前一后撩开靛蓝色布门帘猫了进去。

乐平点了清酒、北海道三文鱼和其他几样常见日本菜。服务生离桌后,乐平半真半假地跟大川说:"这小日本的国酒,也是偷我们黄酒的酿制工艺,他们的老祖宗最初喝的都是'浊酒',后来我们的老祖宗教会他们用石炭沉淀浑浊物,他们才有了'清酒'喝。"

"这说法够雷人的,是不是真的啊?不愧是文化人,跟着你吃的不只是饭,简直就是七分文化三分饭。"

乐平得意地笑,也不接话,笃悠悠地拿手转了转腕上的佛珠。大川没话找话问他还在信佛?乐平停顿下来,一脸诧异,说信仰向来都是一生的事,何来"还"这一问?大川这才顿悟,原来不只神不容置疑,就连信神信佛之人心中的那份虔诚也同样不容置疑。乐平不失时机地开始宣讲:"学厚这已经不是一次两次了,他每来一次,我就搭进去一个月租金。"乐平接着又拿手去转那佛珠,"不过我不在乎,钱这玩意,身外之物,来去无常,执迷逐之,反为其累,拥有得越多,彼长此消,精神也就会越快被掏空。人要想得到精神上的解脱与寄慰,除了死亡,那就得有点信仰了。可惜了学厚,没信仰,你也一样。不过说到这信仰,差别还真不小。基督教宣扬的是'人性本恶',人一生出来就走上了漫漫赎罪之路,进了坟墓,罪也就赎完了。而佛教与道教就不同了,在'人性本善'的基础上讲求自我修行,这是一个不断完善自我的过程。一个是赎完了罪可以奖励他上天堂,一个是修到一定境界可以往生去极乐世界。"大川在他的话里回味,认同他话中的理,却未必认同他这张嘴,因为他的嘴太善于伪装。

　　酒端上来了,大川边斟酒边问起乐平的近况。乐平这才想到件天大
的乐事,兴冲冲告诉大川上个月老婆为他生了个儿子。乐平给儿子起名
叫朱训,取自《朱子家训》,大川连声道贺,还闹着要孩子认他做"过房爷"
(沪语,指干爹)。一阵笑闹之后,大川心生纳闷,上个月生的儿子,这会
怎么有工夫在外面喝闲酒?看来他还真不是个凡人。

　　乐平也问起了大川的近况。大川哭丧着脸,如实告诉他失业及
失恋的经过。乐平听了唏嘘不已,感慨着世事难料人生无常,不过他
似乎对大川的失业更感到意外与惋惜,而对大川与燕子的感情瓜葛
却显得漠不关心,只一句"不奇怪"试图一带而过。大川的神经敏感,
见状古怪,态度两可似有保留,忙追问他是不是事先知道。乐平拗不
过,也就不卖关子了。原来,前几天燕子来过电话,问大川这几天有
没有找他。乐平说没有,进而问起两人近况,燕子说刚分手。

　　"多此一问,既然已经分手,何必在意我的行踪?"大川嘴上这么
说,心血却几乎就要达到沸点,说这种话不过是在扬汤止沸,使自己
尽可能保持冷静的头脑与平和的外表。乐平似乎看出了大川的心
思,替他说出了下面的话:"你这话反过来讲一遍就很有意思了,既然
还在意,那就证明分手并不彻底,我可提醒你,她打电话来没别的事,
只问你有没有来过,你是聪明人,应该懂的。我知道我在你们俩当中
只算是根线头,卿卿我我的时候没一个想起这根线头,不好了、闹分
手了,又都约好了一样回头来找我这根线头。"

　　大川将面前杯中酒一饮而尽,当那清洌甘甜的美酒湿润喉咙的
一刹那,大川竟在心里恶狠狠地夸了一句,"没想到小日本的酒还真
他妈好喝!"

10. 借酒失身

"不过给你打剂预防针,燕子这种女孩,对生活的要求不会低,你想赶时髦跟她'裸婚'估计行不通,你现在偏偏又丢了工作,接下去怎么打算?"大川佩服乐平的犀利,一语命中大川的软肋,方才扬汤止沸捺不住的热血,这会被他一句话就釜底抽了薪。大川茫然旁顾,用只有自己听得见的声量说:"命里不是我的,强求不来。"乐平还是听见了,他不动声色地自斟自饮起来。

服务小姐一次性上完了单子上那些具有浓郁日本特色的菜,并用日语完整报了一遍菜名,那套礼节也是日本学来的,学得还真惟妙惟肖,仿佛刚受过谁的虐待似的,头脸手脚无一处伸展得开,小心翼翼地蜷缩在那臃肿的和服里,若没瞄见她手里那张用中学生汉字书写水平誊抄的单子,八成还真以为今晚是个日本人在为他们服务。

乐平的目光尾随服务小姐出门，评头论足自然也就接踵而至，"相信吗？肯定是个中国小姑娘。"这一点大川早已心知肚明，不过还是想听听乐平的高见，"你是从哪里看出来的？"乐平得意而又神秘兮兮地说："就在她出门转身离开的那一瞬间！我去过日本，也进过真正日本人的小酒馆，人家的服务那才叫到位，就算给你个背影、一个侧脸，你也能看到她的微笑，你别以为出了门、看不见了她总该收了笑，告诉你，她们工作时间里一直在笑，真佩服日本人的面部肌肉。"大川不由自主地连连点头称赞。

乐平沉默了片刻，像是在整理面部表情，抑或是在心里酝酿一件重要的事情，然后郑重其事地说："作为朋友，在你遇到难处的时候我不能坐视不理，况且你已经找到了我……"大川一听这话，心想他准是误会了，自己今天的贸然拜访，跟学厚完全不是同一性质，并非寻求帮助，顶多也就是找安慰来的。大川忙打断他，"你别误会，我不是来求你帮忙的。"乐平先是一愣，转而"呵呵"一声怪笑，"人在落难的时候总是敏感得像只刺猬，你知道我要说什么呀，你就以为我误会？"大川尴尬地回笑，十指交合，做洗耳恭听状。

"我觉得你当务之急是要力保城门不失，然后再回头考虑如何安民。也就是先要让自己生计无忧，否则你根本无力去化解感情危机。我有一个能量很大的朋友可以介绍给你认识，也许机会就来了。说起这人，跟你大川还有那么点渊源呢。"大川惑之不解，连连摇头，"怎么可能？我认识的人当中，也就数你的能量最大了。"

"这位朋友叫诸烨，你确实不认识，这么跟你说吧，你和他之间的线头正是燕子，只不过你在明，他在暗，你在先，他在后。"乐平索性将事情的来龙去脉跟大川做了个详细的交代。

原来，这诸烨确实非同小可，是国有房地产开发公司"筑建集团"党委书记兼董事长诸国忠的公子，最初是学厚介绍他俩认识的。那时学厚还是新闻部里的一名小记者，曾多次采访诸国忠。学厚在一次诸国忠的盛情宴请下结识了诸烨，席后，由诸烨代父赠予他一幅水墨丹青，以回报其长期以来对集团的正面报道，以及对诸国忠本人社会声望的添柴加薪。学厚向来对中国画研究甚浅，于是拿来与乐平共鉴。乐平一眼认出那画的作者，大加赞许，恨不能占为己有。后来通过学厚的引荐，诸烨随他光顾了乐平的画室，同时带来了几幅书法大家的真迹请乐平鉴赏，从此三人便有了较为密切的来往。

　　一次诸烨不经意间在乐平的班上发现了燕子，就跟乐平了解了一些燕子的情况，当时并未明确表示好感。乐平对这事记忆犹新，那天其实只比大川认识燕子早了两天。两天后，还没等诸烨和乐平反应过来，大川就闪电般将燕子"拐"跑了。一周后诸烨单独拜访乐平，终于提出想约乐平和燕子一同共进晚餐。乐平无奈地摊手，谎称燕子几个月前早已成为一个哥们的女友，还把大川的名字也告诉了他。诸烨怅怅然只得作罢。这事因为没有发生，乐平一直没跟大川和燕子说，直到前天燕子来电话，事情发生了戏剧性的变化。乐平先是从燕子那里得知了她与大川分手的消息，随后没多久，诸烨竟也鬼使神差般来了电话，说5月16日周六那天是他三十岁大生日，打算摆一场寿宴。电话里诸烨邀请了乐平，要乐平多带些美术界的朋友来认识认识、热闹热闹，还隐晦地表示欢迎燕子携男友一同参加。乐平如实告知他燕子和男友刚刚分手的消息。诸烨惊喜，正式拜托乐平邀请燕子，并反复关照他无论如何也要想办法让燕子前来。乐平应允下来，随即再致电燕子，燕子倒乐得凑这个热闹，当即欣然答应……

大川像在做梦,和燕子两年的感情,此刻被打上了一个模糊不清的问号。疑问不在于谁负了谁,而在于他究竟有没有资格拥有这两年美好时光,就像是在质疑自己有没有"偷"。他想,燕子原本应该有个好归宿的,至少要比跟着他富足与体面得多,就连下午见到的那枚"鹅卵石",看上去也要比自己强不少,"看来,两年前要不是我捷足先登,燕子老早跟你那位'富二代'朋友好上了,不过他的桃花运实在欠佳,这次还是没戏。"大川叹了口气,我自犹怜的同时,竟也对素未谋面的诸烨生出分毫惋惜,尽管他听了乐平的介绍后对那人一心地反感。

　　"哦?什么意思?"

　　"燕子有新主了,我也下午才晓得。"

　　"厥倒,这也太快了吧?!"

　　"我看我还是不去了,到时见了燕子会尴尬,而且我估计你那个朋友也绝非善类,我跟这种人走不到一块去的。"大川打起了退堂鼓,最关键的因素不在话里,而在心里。假设燕子单刀赴会,他可不想目睹前女友被别的男人追。如果燕子携"鹅卵石"一同前往,那更糟糕,大川吃不准自己会不会当场崩溃。

　　"你这话就小心眼了,实事求是讲,诸烨可不是你想象中的那类'富二代',他为人宽厚,爱好艺术,怎么说也算是个文化人吧,近年来结识了不少文化界、艺术界的朋友,其中不乏大师级人物哦,平日里那也是谈笑有鸿儒,往来无白丁,书法造诣更是深不可测,而且还是个有名的美男呢,呵呵。"要不是结尾这一声不冷不热的干笑,大川还真以为乐平破天荒服了那人。要知道,他心里除了恩师,就没诚心服过谁,这番话让大川觉察到些许因羡生嫉的味道。不过,一想到自己连"嫉"的资格也没有,不免又平添了沮丧。他有时想,有朝一日能混成乐平这样,就已经可以知足了,诸烨那种高度,想也没敢想过,谁叫人家命好,生在了富贵窝里。如果乐平对诸烨只是因羡生嫉的话,那大川恐怕要算因嫉生恨了。

"爱好艺术?只怕是爱好艺术商品吧?真正懂艺术、爱艺术的人会把艺术品当贿赂工具吗?"大川开始咬文嚼字地挑刺,心想,学厚也不是个好东西,媒体人怎么能一点职业操守也不讲,一味趋炎附势阿谀奉承,给点蝇头小利就为人家歌功颂德?

乐平被大川这一声质问弄得印堂发黑。其实他也一贯不齿于当下美术界那浮躁的商业氛围,长期在被动迎合与尊重自我之间来回挣扎,苦不堪言。不过他脑子反应还算敏捷,避实击虚道:"转移话题是吧?正讲你的事呢,老男人,有点度量好不好?星期六你和我一起去,诸烨的爸爸也在,那可是福布斯富豪榜上的人物,只要说得上话,机会就来了。你怕见燕子是吧?你要这么想,如今燕子是抢手货,到时候她不明就里把新男朋友带了去,你的尴尬就是小菜一碟了,那三个人比你还要尴尬,只要你心态够好,低调地作壁上观,那一定其乐无穷。"说这话时,乐平脸上竟露出了幸灾乐祸的坏笑,仿佛掐准了这场好戏必定会上演,而此时正身临其境般彩排似的。

大川窘然扶额,心想,这都是什么歪逻辑,亏他想得出,摆明是事不关己高高挂起,真到了那个场面,能抱有打不过就跑的心态已经很不错了,还作壁上观?不过转念一想到"机会",倒真有那么点动心,"好吧,跟你去碰碰运气,不过事先讲好,不对路的话我要找借口闪的。"

酒过三巡,乐平的话开始多了起来,也不管大川爱不爱听,将他近两年的创作内容与过程做了个详尽的说明。之后又大谈对绘画艺术的理解，以及近来所取得的成就。要说乐平事业上的成就，大川是不得不对他竖大拇指的，每年都有几幅新作品问世，个人画展也是年年办，参加的各类比赛，每次也都能有所斩获，也算是一位国内小有名气的新生代画家了。不过他口口声声视金钱为粪土，不愿铜臭来玷污他的艺术，这就有些虚伪了。参加那些比赛的终极目标，其实说白了跟刘学去美国求学没多大分别，无非是想给每幅作品镀上一层金，以图将来能卖个好价钱。大川的印象中，乐平始终都是怀才不遇，自称不得志，可在大川的眼里，还要怎样才算得志？

其实大川对乐平近两年的生活更感兴趣，"除了事业，你这两年生活得怎么样啊？"

"我有纯粹意义上的生活么？绘画已经是我全部的生活了！换句话说，我的生活如果离开了绘画，那也就不叫生活了。如果你是想了解将绘画从我生活中剥离后的状态，那你应该问我'这两年是怎么活过来的'。"很明显，这个老小子喝高了。大川开始犯愁，他这副样子等一会还怎么开车回家，"你少跟我讲这些飘忽的，你不识人间烟火啊？你现在跟我喝酒，就是生活！除非朋友在你眼里是无关紧要的。"

"大川你这话讲得就不客观了，下午你是看见的，我怎么对朋友的？今天这是第六回了，每次来都卷走我一个月房租，只要他一息尚存，就还会来，能指望他还么？钱嘛，我看得不那么重，起码没有朋友重，对朋友就该施恩不图报，何况是同门师兄弟呢。你也别以为我朱乐平钱多得没地方花，我这里每日汲汲营营，终究也只落得个清汤寡水，艰辛得很——虽然也算是个有房有车族，但倾巢之下无完卵你懂么？一场金融危机下来，漫说有太多的宏图伟业就此破灭了，单是那一睁开眼就是房贷车贷已经够我受的了。"乐平倒起了苦水，他很少在大川面前倒苦水，因为对象不对，无论如何，他在大川面前还是有太多优越感的。今天借着酒劲，也借着大川的一句话，畅快淋漓地倾诉了出来。

"其实我想知道的无非就是这些，看来你生活得也不那么如意。"大川的酒量要比乐平大不少，所以喝到这个程度，思路清晰，话也能巧妙地绕回来，"那你今后有什么打算呢？"

乐平沉思片刻，用近似《百家讲坛》易中天教授的口吻娓娓道来："这人啊——到了某一个阶段后，势必会遇到瓶颈，是吧？生活如此，婚姻如此，事业也如此，一生中总需要那么一两位贵人相助。跟你说太深你也不懂，就说你了解的法国印象派画家莫奈，他早年也不画油画，自幼出名是因为他的木炭漫画，后来被布丹发现，指点他去尝试素描和油画，这才有了后来的大成就。我的第一位贵人是杨教授，这你知道，这第二位嘛——"

"莫非是那诸烨？"大川也敏锐了一回，一句话令乐平为之一惊，抬起头来，"是啊——他的资源实在雄厚。"乐平眼中闪烁着不易察觉的鄙夷。大川明白，他说的"资源"无非是指广博的人脉。乐平似乎担心大川会因此大惊小怪，转而平和一笑，补充道："美术界和你们IT行业一样，也有生存法则的。"

桌上三瓶清酒全喝完了，乐平已是醉眼蒙眬，大川也有了三分酒意两分迷糊。他俩一起回到工人文化宫楼下去取车。乐平要带大川去 happy，说好还是他请客。于是车子直接开往三条横马路之外的一家桑拿会所。

大川以为那是洗澡的地方，大摇大摆地跟着进去了。可进门第一件事不是脱衣服进去洗澡，而是被领班带到一个灯火通明的大厅里，周围站了一圈来自五湖四海白花花的小姐。大川眼前一黑，脑袋里"嗡"的一声，心想，体力活！

　　可怜的大川，就在今晚破了三十二年的童男之身……

　　从里面走出来后，大川半天没好意思与酒醒大半的乐平对视。在总台结账时，他紧随其侧，留意着乐平那笨拙的手从皮夹子里一张一张地抽出十六张百元钞票，一边抽口中还一边低声数着，正反共数了两遍。在去地下车库的电梯里，乐平开始不住地抱怨。这番话若换成以前，大川九成以上是听不懂的，但从里面逛一圈出来后，全明白了。

　　"我今天遇到个极品，你猜怎么？我一进门就挑明，两个钟！她说吃不消。我说我出三个钟的钱！她说关键是吃不消，钱再多，还是吃不消。我夸她有原则有个性！她说那也不是，关键是要做得开心。我问，那你开心么。她说没听说过做这个有开心的。我又问既然一样不开心，为何不肯。她说关键是吃不消，钱再多，还是吃不消。我问她有学生制服没有。她说没有。我再问护士服呢。她说也没有。我说空姐服也凑合。她说没见过。我问，那有啥。她说啥也没有。我说麻烦去叫你妈咪来。她说她妈咪在老家，找她什么事。我说你第一天开工啊。她说当然不是，以前在老家也开工。我问她在老家什么地方开工。她说洗头店。我说洗头妹我不要！她说她是最漂亮的洗头花。我说再漂亮也不要，去叫你妈咪来！她又说了一遍她妈咪在老家，找她什么事。我厥倒！我说一个钟就一个钟吧，但一定要有红绳！她问红绳是什么。我反问她平时都会什么。她说唱歌，还有十字绣。我说我听你唱歌,看你十字绣,你给我钱!她说出了这个门,谁给钱不归她管。我说把你的箱子打开我看看。她说跟你一路上来,见我有箱子吗?我说那就先跳个舞助助兴吧。她说好,你跳吧。我说你老实讲,我是不是你第一个客人。她说当然不是,以前在老家也有客人。我说我求你,去叫你妈咪来。她说她妈咪在老家,找她什么事……我被她雷了一个外焦里嫩……"

看着乐平那眉飞色舞一脸淫贱不能移的表情,大川想笑但笑不出,心里沉重得像有块石头压着,"惊心动魄的一夜,终生难忘!我在里面的时候,满脑子都是燕子,你的心理素质怎么能这么好的?"

"切——当年徐志摩从风月场上回来,还向陆小曼汇报呢,想开了就那么回事,调味品,人不风流枉少年,认真了才是麻烦,你也别想太多,人家燕子都已经不是你的人了,还谈什么忠与不忠?"乐平满不在乎地说,大川发现他腕上的佛珠已不翼而飞。回想方才包间里,大川几番挣扎才下定决心借酒失身,将那小姐幻想成燕子,事后心中竟掠过一瞬间报复的快感,可转念一想,这哪构得成报复?作践自己还差不多。

今晚由乐平出资,将他那亢奋、惊恐、忐忑、负罪各种复杂情绪交织在一起的初夜捐给了一个人尽可夫的女子。好在那女子年轻漂亮,是大川一眼相中的,也算作不幸中的安慰吧。

已经晚上九点半了,大川只让乐平开车将他送到公交车站,分手前两人约好下个周六中午见。大川一个人回到了老街,他远远地望去,弄堂口,昏暗的街灯下,一个熟悉的身影在晃动。

11. 完美的分手

　　大川借着路灯走近一看，那人竟是燕子。已经夜里十点钟了。"燕子？你怎么来了？"大川既惊又喜，心像是被人先踹下了山崖，继而在摔得粉碎之前又被一把捞起抛上了九霄云外。

　　"我下午看见你了，你后来去哪了？这么晚才回来，害我等了快一个钟头。"燕子藏在夜幕中娇声嗲气地嘟囔，语气里关切胜于抱怨。大川跳过她的关切直奔自己的关切而去，抑郁裹挟着严肃，问道："那男人是谁？"

　　"一个刚认识的朋友，普通朋友。"她没有撒谎，至少她心里是这么定位的。

　　"一个星期了，为什么连个电话也不打？"其实大川胸口的那股怨气早已被丧气磨灭得所剩无几，可此话不问却又不甘心。

"你不也没打吗？况且，我家里人跟我闹得不可开交，我怕跟你谈这些事，老烦的。"她这也是实话实说，只不过她选择了另一种方法来排解心头的烦——找人过渡，而不是跟大川讲电话。

"那你家里人——什么意见？"大川就像一个深陷沼泽双手腾空狂抓救命稻草的濒死之人，这也许是他心底最后一线希望了。

"这还用问吗？当然不同意！"有时，女人的坦诚总是可以成为凶器，专刺男人的要害，毫不手软。

"那我们的感情就这么完了？就因为你家里人不同意，完了？"大川明知多此一问。

"说白了就是我妈不同意，亲眷的意见不去管它，最终也都是汇集到我妈的耳朵里，我爸倒没说什么，不过我想他也不敢跟妈妈唱反调。我今晚来，一是想看看你这几天还好吗，二来也想问问你，我妈那晚提的条件你能不能满足。就算暂时办不到，你能说个期限吗？"燕子倒也不绕弯子，单刀直入逼向实质性问题，绕弯子是浪费时间的，她已经浪费了太多时间。

大川沉默了，他感觉眼前的燕子仿佛不再是他相恋两年的那个女孩。也许她等他求婚已经很久了，只等这一刻才理直气壮地把所有残酷的现实一股脑堆在他面前。那些"条件"其实未必是她妈妈孤掌难鸣的单方诉求，换作她妈妈不管不问，她也会为两人的未来设定底线的。乐平是对的，自己配不起她，她的出身虽也并不高贵，但对她而言，改变命运的唯一机会也许只有靠婚姻这玩意，而绝不是在台湾人开的那间小设计公司里做无谓的打拼。大川摇了摇头，"我不知道，真的不知道。"他怎么可能不知道？他心里应该比谁都清楚，除非发他一把西瓜刀去抢银行，否则他万难办到，他不知道及无法确定的也许仅仅是这段感情在那些"条件"面前是否真的那么微不足道。

"立得脚都痛了,我想上楼休息一会。"燕子没有逼他。大川忙领她轻手轻脚上了楼,极力控制自己脚下的响动,且尽可能与燕子的步点吻合。尽管如此,燕子脚下的高跟鞋依然发出了清脆的声响,每一下都敲在大川那紧绷的心弦上。这间小屋开天辟地头一遭迎来了深夜造访的女宾。燕子以前来过,但都是白天。

进屋来,燕子见屋里唯一的椅子上堆满了大川的换洗衣服,便自顾自坐到了行军床上。大川也不急于收拾那堆衣服,一屁股压在了上面,以掩盖"罪证"。

"今朝天真的热,像到了夏天。"燕子说着就毫不迟疑地脱去了外套,露出了凝脂般白皙的双臂。她贴身穿的是一件质地轻薄、半透明的芽红色花边领无袖衬衫,隐隐透出里面的无肩带嫩黄色抹胸。大川不敢正眼,羞涩的目光向一旁闪躲。可燕子偏不许他闪躲,"来嘛,别坐那么远。"大川心想,我这小屋从这头到那头也不过三大步,能远到哪去?这可是交往以来燕子头一回主动亲近他。他身子犹疑了一下,还是挪了过去,可仍旧未敢正视她。随着大川的屁股着陆,小小行军床"咯吱"一声顷刻下陷了一尺。燕子万般柔情地挽起大川的手臂,侧睨大川正襟危坐的样子,羞涩道:"你已经好久没吻过我了。"

大川认识的燕子仿佛又回来了,且比以前更令他怦然心动。他紧张得额头微汗,这紧张里有三层。一层是燕子态度的转变太大、太快,一时间难以适应,要知道以前燕子是很被动的,大川很少有机会近她的身,可眼下分明有些主动挑逗的意思了。另一层压抑在大川胸中的忧虑,是房子、车子、克拉钻。还有一层是关键中之关键,大川忘不了自己刚从哪里回来。

大川深情地吻着燕子,燕子也冲动地捧起他的脸,主动将柔软如绵的玉舌交给了他,这是大川第一次体验销魂的舌吻,浑身酥软得像被人抽去了筋。燕子的身体里散发出令他迷醉的体香,大川顷刻间血脉贲张难以自抑,感觉着那诱人的胴体正缓慢地向后倒去,一场云雨交欢近在眼前。可无奈大川是个新手,三刻钟前已被掏空了的身体,此刻连分毫透支的余地也没为他留下。

大川终究没有让这具美丽的肉体倒在自己的床上。他扶起燕子的双肩,沮丧地说:"对不起,我让你失望了,我没多少积蓄,大概只够买两平方米的房子,现在又丢了工作,真的对不起——"燕子慢条斯理地梳着零乱的发际,眼中闪烁着幽怨的光,可口中却无比轻松与优雅,"你要加油!为了你自己。"

燕子起身告别,大川紧随其后送至楼下,战战兢兢地问了她最后一个问题:"燕子,你还愿意等我么?"

依然在那盏昏黄的路灯下,燕子袅娜回身,脸上挂着惜别的笑,"我的心愿意等,可我的青春却等不起。"预料之中,大川并不吃惊,正欲目送她最后一程,可这时燕子却突然疾步上前,发疯似的扑到了大川的怀里,拦腰紧紧抱住了他。大川感觉得到燕子的身体在无声地剧烈抽动。夜幕下,燕子就这么不顾一切地死死抱着大川,仿佛生离死别般久久不肯放手。大川的心都快被这窒息的一抱给挤碎了。待那抽动渐渐平息,大川温柔地拍了拍燕子的后背,哽咽着说:"谢谢你,燕子,谢谢你告诉我⋯⋯这两年并不是假的。"

冯大川就这样与程雨燕分手了。痛苦中点缀了些感动,遗憾中也找回了点安慰。今夜也许是个结局,也许是个崭新的开局。大川的心里不再纠结,在残忍的现实世界中,这也许算是他理解中最完美的分手了。只是……从那香艳的包间里出来，再到与燕子道别，此间他竟忆起燕子经常挂在嘴边的一句话，"上帝为你关上了一扇窗，必为你开启一扇门"，大川感觉自己的人生仿佛就在今夜有了这么一开与一关，只不过那扇刚刚为他开启的门不是通往天堂，而是万劫不复的地狱。

燕子一身疲惫回到家，妈妈正坐在沙发里边看电视边等她，见她进门就问她为何这么晚才回家。燕子没敢将今晚经历的后半段说出来，只说跟一个网友见面吃了顿饭。妈妈紧张地追问细节，燕子怄气似的回了句，"男的，作家，有钱、有腔调、出手大方，是你喜欢的类型。"妈妈不放心，想一直追入女儿房间里盘问个究竟，可被燕子关在了门外，只得隔着门大声对里面嚷："你胆子越来越大了，电视里三天两头在讲，网上骗子多得来吓死人，网络交友更加不牢靠，你可不要在外面乱来……"

接下来的几天，大川真的病了，感冒发烧，于是他更加有理由窝在家里不出门了。这一窝又是好几天，其间只有刘学来过一通电话，说上个周末没等到大川的电话，便一个人去了趟股神家，结果受益匪浅，这个周末还打算去，问大川是否同去。大川说自己病了，到时若身体好些就去。大川在小屋里没日没夜地睡，睡饱了实在无聊的时候，偶尔也会爬出窗外去照料一下鸽子。没想到这一疏于打理，那些上辈子生在富贵人家的鸽子就给了他脸色看。除了阿辉取走的那十羽之外，其余的则以平均每天一羽的速度在迅速流失，想是投奔了真正的富贵人家。大川心中暗骂："他妈的！连畜生也嫌我穷，没良心的东西！不爱回来就滚吧！"但当他望着那些照常回家的忠诚鸽，满身脏兮兮的，委屈地钻进臭气熏天的鸽棚里时，心中着实又有些内疬,他清点了一下,还剩下二十五羽。

大川突然发现他平日里最爱的一只不见了,那是有着一身灰白相间漂亮羽毛的小鸽子,温顺且通人性,大川给它起了名字,叫"小灰",那群鸽子中只有它有名字。最初大川留意到它,是因为一通电话。有一天大川睡过了头,直睡到主管打他手机。大川睡眼惺忪地去接手机,却看到小灰正立在窗台上"咕咕"地鸣叫。大川没有驱赶它,只下意识地朝它用食指竖于双唇间做了个"嘘"的姿势,然后接起电话,跟主管谎称路上堵车。在大川讲电话的过程中,小灰竟然一声不响,直到大川收线的那一刻,才又欢快地叫了起来。

大川此刻心想,就算所有鸽子都不回来了,小灰也绝不可能离开他的。他进而回想起阿辉取走的那十羽里有两羽幼年鸽,当时未留意小灰是否也在里面。若阿辉真的连小灰也一同带了去,那可就糟透了,小灰刚会飞没多久,这回空距一千五百多公里啊,不累死在途中,也很难识得回来的路,毕竟它连三百公里内的短途也都一次没飞过。大川忙打电话找阿辉。

阿辉电话里恍恍惚惚地说,里面大概确实有这样一羽灰白鸽,但已经送上去追不回来了。大川心痛得直骂他"赤佬"。阿辉没还嘴,沮丧地告诉大川,这回就算派千年人参喂养的鸽精出战,怕也是赢不了的了。原来,阿辉到鸽协去通路子时碰了一鼻子灰。领导先说了一通正义凛然的话,怒斥阿辉的不正当竞争想法,进而又标榜了一番自己的清廉,临别却丢给阿辉一句话,"工作要做在前头,否则很被动,独木桥两头迎面走,弄不好大家都落水。"最后,竟还把自家的住宅电话号码给了阿辉。

挂上电话没一刻钟,阿辉竟不请自来,进门便骂:"搞笑,那只老狐狸既想做婊子又想立牌坊,明明都已经接了客了,还扮出一张'一女不侍二夫'的臭面孔!"大川莫衷一是,这事其实早已被他淡忘,只不过发现小灰不见了才又牵出了这场小赌局,"算了,命里没有,强求不来的,也不要去跟他搞,这条路子留下来明年还能用。"大川漫不经心地劝他。阿辉点头坐下,一脸的失落,"明天又是周末了,我想出去散散心,你也别老是闷在家里了,跟我一起去吧。"

"去哪?"大川有些心动,再不出去走走,就快烂在这间小屋里了。

"上午驴友俱乐部来电话了,说这趟东极岛还有两席空缺,你去不去?要去我马上电话跟他们敲定,今晚就出发,听说现在上岛都不用三级跳了,军用直升机来回,爽吧?"阿辉说的"三级跳",是指从沈家门出发,先轮渡,再换大船,再换小船,单程足可以把本不晕船的人弄得七荤八素的。

"去!你打吧,现在!"大川不愿多想。往日盼周末,如今怕周末,而且每一天对他而言都是周末。阿辉拨通了电话,空缺还在,当场敲定,转而问大川还缺什么装备。大川说上回清凉峰丢了一顶外帐,还有气罐用光了。阿辉电话里关照领队多带一顶外帐,外加四瓶气罐。收线后,阿辉急匆匆回家取装备。这会已是下午五点了,集合时间是六点半,他俩约好在阿辉家楼下等。

12. 桃花签

　　大川和阿辉加入的这家驴友俱乐部，并非沪上规模最大的一家，由教练与领队合股，业余经营。新路线的开辟也全在休息日里进行，领队两人一组、地图上一指，即可结伴出发前往探路，原则只有一条——不走寻常路。回来后立即评定风险级别、体力强度、装备要求，并在划定好适合人群后，正式在网站上发布全面的线路攻略。东极岛是这个俱乐部里一条成熟的老线路，阿辉走过一趟，大川还是第一次。这次主要是听说有军用直升机来回接送，大川才毫不犹豫地决定要去，否则按阿辉上次回来后对晕船经历的描述，任凭他口若悬河地夸赞岛上的海鲜如何美味、海景如何壮观，大川也一定不敢去。

　　他们来到人民广场集合地点时，其他驴友大多已到了，正围拢在一处与领队聊天。领队看见了他俩，拨开人群向他们走来，脱口便是个坏消息,防雨外帐和气罐由于嘉定区的营地距此太远,来不及折返故没能带来。阿辉一听紧张了起来,"我先声明啊,我绝不跟大川'混帐',他可是雷公转世,呼噜声能把我的顶篷震飞,搞笑,真正落起雨来,我顶多帮他寻个小姑娘来'混帐',便宜他了,哈哈……"阿辉的"性情豪放"是俱乐部里有名的,讲他性情豪放,仅仅因他讲话口无遮拦、百无禁忌。这会的声量大到不远处其他俱乐部的人都听到了,以至于方圆二十米内哄笑震天、人仰马翻。大川被他这么冷不丁一损,顿感颜面扫地,原本高涨的情绪一下子低落了下来。他凑到阿辉跟前,压低嗓音说:"我给你记着,看你一路上能有多少表演,大不了我往后躲着你,真怕了你了。"阿辉毫不理会,得意地笑,自顾自找地方卸装备去了。

车来了,是一辆沃尔沃豪华旅游大巴,领队催促全体队员上车,他要清点人数。大川和阿辉一前一后分开坐,身边是留给单身女士的,但这未必是最终的座次,老驴们深谙此道。没一会,大川身边的位子就找到了主人,一位眉眼清秀、娇小玲珑的女孩,刚才在行李厢安置装备时和大川照过面。她身体单薄,无力将沉重的登山包往高处擩,大川帮她搭了把手,换回个感激的笑。大川见她纤骨轻灵、清雅脱俗,尤其是那一笑间蘸着蜜的甜美,令大川心中顿生几分好感。他此刻暗自盘算,这女孩大概是个新进俱乐部的"菜驴",身边没人落了单才找到个相对亲近一点的人同坐,自己一定不要胡思乱想,等会游戏一开始,说不准就被换到谁的身边去了呢。况且在这半车女生中,就数她是个最大的亮点,平易的外表下淡香幽艳、暗吐芬芳。最后,他提醒自己:前几天刚失恋,应该没那么快走出阴影……失恋嘛,就要扮失恋的造型,要有那么点苍凉感,不要怀里揣着十五只小兔子——七上八下。这么想着，大川脸上竟真的浮起了悲怆的愁容，但他凝视窗外的眸子里却抑不住那充盈的笑意。

出发了，车子上了高架，飞速驶离市区，两旁高耸入云的楼宇如同大川心中的烦恼，被痛快地甩到了身后。尽管他此刻尚未整理出一份美丽的心情来拥抱这次旅程，但他明显感到自己的心已然轻盈了许多，隐隐萌动的渴望在这一刻仿佛正渐渐苏醒。

"我叫林珊，你呢？"……"请多多关照，你叫什么？"……"Hi！你还好吗？"……

当大川在满车嘈杂的笑闹声中辨别出身边有个柔软的女声在发问时，却并未意识到是在跟他说话。那是一口非常标准的普通话，声音里蕴含着沙质的柔软与甜。直到他的手臂被身边的人轻轻触碰了一下，他才转过脸来，看到她关切的眼神，"哦，对不起，对不起！我走神了，你叫林珊吗？很好听的名字，我叫冯大川。"说着，大川腼腆地向她伸出自己的右手。林珊礼节性地拉了拉大川的手，却并未传递过来多少温度，大川发觉她的手是冰凉的，也许和燕子一样，属于一年四季总是手脚冰凉的那类女孩。大川就曾和燕子开玩笑，说她是冷血动物，但"冷血动物"的心却未必是冷的。大川在燕子面前尚未失去幽默感的那些日子里，他能够真切感受到她心的温度。他并非每次都有能耐逗得她开怀大笑，可似乎总能温暖她的心，直到那颗心来到了婚姻殿堂门外……大川又走神了，盯着林珊的脸，满脑子却是燕子，四目同时躲闪的那一瞬间，大川为自己的失态而脸红。

车厢里按捺不住的是众驴友内心的兴奋与喜悦，扯不开的是两性间的彼此吸引，剪不断的是大川的愁绪及对燕子的思念，理还乱的是阿辉那无厘头似的插科打诨……旅游大巴像一只装满了欢乐的魔匣子,飞驰在国道上,两只远光灯就像会发射光束的眼睛,在夜幕里不断掘进,掏出了一片又一片光明。车内,接下去的一个钟头时间完全由领队掌控,开场节目上演了。

这个环节旨在消除驴友们相互间的陌生感,彼此增进了解。按照惯例,每人都要离开座位来到车头位置,向全体队员做郑重的自我介绍,大约需要凑满五分钟,多了有人哄,少了饶不过,谈细了有人窃笑,过于笼统了又要受罚,什么"真心话",什么"大冒险",管你是认识的、不认识的,老驴、新驴,男的、女的,反正落在这帮荷尔蒙分泌过旺的都市青年手里,就有的是法子折腾你。自我介绍完后,领队就要随机抽查一些看上去目光呆滞的队员,看看他们是否已经把全车人的姓名都记住了。苍天——这可是成功率最高,一抓一个准的事,别说那些目光呆滞的队员了,就连阿辉这种记性好、头脑灵活的人,也要努力将自己扮得机灵点,否则但凡被抽中,能报出一半人名字已经老"扎台型"(沪语,指出风头、有面子、风光无限)了。一般被抽中,那就意味着变相请你上去表演节目。话说在这车厢里怎么表演?舞是肯定不能跳,唱歌也被车颠得直跑调,讲笑话吧,那笑话准保还不如反身立于车头随车身前仰后合的姿势更为可笑。说白了就是要你出洋相,有洋相就有欢乐。再接下去就是抽签决定座次了,讲穿了就是男女速配。这家俱乐部最热衷使用金庸笔下的人物,一是人物够多,二是更广泛地为人所知,连小孩子都知道郭靖配黄蓉、杨过配小龙女。若用古龙笔下的人物,那就难说了,至少大川就只知道楚留香配苏蓉蓉,其他的一概不知。

大川和阿辉都是老油条了,自我介绍与抽查都一马平川地通过,可到了林珊就有些麻烦了。她先是因自我介绍太笼统而受罚,于是她朗诵了一首唐诗,勉强被众人放了一马。而后又不幸被抽查记名字,倒不是因为她目光呆滞,而多半源于她外形实在太出挑,领队又是个男的,既满足自己的眼福,也乘机勾一勾其他公驴的涎水,林珊自然是连一半名字都报不全,因而又要受罚,于是她又朗诵了一首宋词。大川心想,看出来了,再罚就是元曲了,最好是那最经典的《窦娥冤》,因为她确实比窦娥还冤。

抽签是在紧张而神秘的气氛下进行的,抽到手的人会故作随意地翻开那签,一到这个节骨眼上,准有人装傻似的自言自语:"张某某?张某某该配谁?"等待身边的人为他(她)提示,身旁也必定会有热心人为其指点:"当然是李某某咯。"然后他(她)会摆出一副并不怎么计较的模样,眼睛却四下里狂扫,留意着每一位帅哥或美女脸上的表情,期待从那些帅哥美女口中听到"李某某"……大川与阿辉这种游戏玩多了,索性都不翻开那签,直接狂扫美女的脸,等听到美女口中的自言自语后才翻那纸条去兑奖。如若中了奖,OK!不动声色地等人家大声问了才举手示意,还要一脸茫然地转过头来,好像这种安排完全出于天命,自己不过是在顺从;而如若没中奖,shit!那还关注它做甚?爱谁谁吧,老子就以不变应万变,等着那倒霉的冤家找过来,自己是绝不肯挪步的,像是在节约屁股下的热度似的。

大川回头张望时,注意到阿辉的眼睛正直勾勾盯着自己身边的林珊,这小子竟然还猥琐地咽了口唾沫,这也太明目张胆、太忘乎所以了吧?完全无视大川的存在,不过他倒也真识货。唉,只怕识货的还不止他一人呢,就看谁有这等艳福了。

林珊在一旁盯着手中那始终未翻开的纸条愣神,大川多么希望一把抓过来看个究竟,可他同时又有些纳闷,为何她既不看签也不看人呢？正在大川暗自揣摩之际，林珊突然别转身凑过来跟大川耳语道："不是坐得好好的吗？为什么还要抽签呢？你上面写的谁？"大川被她这么一问，心湖里顿时激起了一朵美丽的小浪花，忙打开纸条来看，上面写着"张无忌"，林珊也翻开纸条，她的是"李莫愁"，这下完了。可林珊似乎早料到了结果并早有预谋，她快速从腰包里取出了纸和笔，将纸裁成与那签近似尺寸的两张小纸条，然后小声却急促地跟大川说："快！快想两个名字，不要金庸书里的。"大川顿悟其中的妙意，她是担心与其他人的签重复了，于是脱口而出古龙书中那对情侣："楚留香和苏蓉蓉。"可怜大川也就只知道这一对了。林珊模仿着签上的字迹，在两张纸条上飞快地写下了这两个"计划外"的名字，然后将"楚留香"那张交到大川手中，同时没收了他手里的"张无忌"，连同她的"李莫愁"一起塞进了自己的腰包中。

尽管揪扯着一车皮的扭扭捏捏，最终谜底还是被揭晓了，老天偏偏如此作弄人，正如阿辉常挂在嘴边的"搞笑"。

阿辉抽中的恰是"陆展元"，而大川原本抽到的"张无忌"，在书中至少可配四人，若真那么配的话非乱了套不可，所以领队只留下了"周芷若"一签。而那个"周芷若"是一位坐在后排的身材微胖的眼镜妹妹，基本可被划入可爱一型，大川本应与她配对的。领队看到这个结果，有些傻眼，迷迷糊糊地自责搞错了，怎么把"陆展元"和"周芷若"错写成了一对，同时更想不通的是，竟会把"楚留香"和"苏蓉蓉"这一对给扯进来了，可逻辑上倒也并没有错，游戏本身也没说人物一定都是金庸制造。可怜那"李莫愁"被林珊"毁尸灭迹"后，"何沅君"又不在签中，"陆展元"只好在领队的生硬安排下跟"周芷若"来了个"拉郎配"。

阿辉眼睛都红了，大呼"搞笑"，还说为何偏偏错到了他的头上。

他气呼呼地站起来又坐下去,最后纹丝不动地瘫在位子上生闷气,仿佛真如武林高人在运气,就差天灵盖没冒出一缕青烟来了。等"周芷若"坐到了他的身边时,满车子的人都已换位、就位,原本燥热不安的心也都落定了下来。阿辉想想实在气不过,开始不依不饶地唠叨开了:"怎么会有楚留香和苏蓉蓉的呢?搞笑!怎么可能呢?哼哼!骗小孩子的吧?"说这话时,他目光如炬,来回扫射着前排座上的大川与林珊,像是要揪起了两人的后领,质问他俩有没有合起来耍弄他。这会基本已安静下来的车厢里,阿辉的声音显得特别刺耳与闹心,过道对面邻座的两个小姑娘不约而同地转脸向他投来异样的目光。阿辉见状只好知趣地收嘴,"不说了,说破了某些人会很没面子的,某些人心里清楚就可以了。"刚才乘大家换位时,大川与林珊也换了位,林珊换到了靠窗的位置上。

大川的心尖一直被后排阿辉的话揪着,低头不语,脸早已胀得通红。林珊心里也自知理亏,和做了贼似的只敢拿眼朝窗外的黑夜深处藏了去,一只手却不自觉地摸索着来抓大川的手。大川握着那只冰凉爽滑且羞怯难安的小手,心里泛起了异样的感觉,似乎这一秒,他的心与林珊的心靠得很近,两人间仿佛有着一种天然的、与生俱来的默契。那是一种无比奇妙的感觉,就像在这茫茫人海之中,你始终难以相信能觅得所谓的红颜知己,却在一次不期的偶遇中发现,原来那幻想中与某人的心灵相通,于天地间果真存在,就在身边,如此简单,没有废话,一次小小的"合作",一次不经意的牵手……仅此足矣。两只手就这么彼此拥有着,相互传递着心语。

大川温暖的手心告诉林珊:"莫怕!"而林珊那灵巧的拇指正轻柔擦抚着大川的手背,仿佛在回答他:"我不怕!"

13. 苦海无涯

接下来的时间里,全体队员都被要求以江湖名号彼此相称,就是那签上的名字。这回热闹了,彼此称呼起来煞是好听……

杨过问:"听口音,小龙女不是上海人?"

小龙女答:"不是,杨过你呢?"

阿朱问:"乔大哥在哪里高就?"

乔峰答:"我刚刚开始创业呢,阿朱可别见笑哦。"

最令人尴尬的事莫过于既有了个杨过,竟又冒出个杨康,配对自然是穆念慈。只见那杨康于人头间跟杨过打来招呼,"杨过兄弟,得罪啦,娱乐一下嘛,不想占你便宜的,嘿嘿。"他不说,倒也就囫囵过去了,这一说可提醒了一车不明真相的群众了,纷纷转脸来看热闹,更有不研武侠的群众向身旁人打听……

群众甲："杨康占杨过什么便宜了？"

群众乙："不清楚，可能是情敌吧。"

群众丙："鸭孵卵！明明是父子好吧。"

大川和林珊愉快地交谈了起来，因为有所顾忌，声音依然压得很低，像是在说悄悄话。大川试探着用上海话跟林珊交流，可林珊全听得懂，却始终不吐半个字的上海腔。大川后来终于忍不住问她是不是上海人，林珊笑答只能算半个。大川好奇这"半个"的含义，林珊爽快地道出了原委。原来林珊的妈妈是上海人，爸爸是日本人，她在日本出生，从小却在上海长大，日本名字叫"小林珊岛"，中国名字只取了中间两个字，既不跟父姓，也不跟母姓，单姓一个"林"字……

大川惊异于她是个正宗的混血儿。其实什么正宗不正宗，既然混了血，也就谈不上正宗了，就好比在商店里买东西，那明明就是大卡货，你为了跟商家讨价还价，非得强调说那是"正宗的大卡货"，岂不可笑？大川身边的朋友里很少有混血的，严格说应该是没有。刘学曾自称有十六分之一的朝鲜血脉，大川就不止一次提醒他"朝鲜"与"朝鲜族"的区别，刘学却言之凿凿咬死是"朝鲜"，大川怎么也不明白这十六分之一是怎么算出来的，不往上推他个祖宗八辈怕是很难算清这笔混血糊涂账了。不过看刘学那认真劲，八成以为祖上有个朝鲜人是件荣耀的事，起码与众不同过。

大川耳边只偶尔拂过身后"周芷若"客气的问候声，却始终听不到阿辉的任何回音。这小子八成是用点头、摇头与无所谓深浅的笑来应付的。阿辉平常只要遇到心底不喜欢交往的人，全身就会立即裹上一层冰冷的盔甲，寒光闪过之处，冰封三尺、寸草不生，冷漠得让人灵魂战栗。大川暗想，这回可苦了"周芷若"了。

车厢内不再有喧哗,这会四下里只听得见窃窃私语声。零点左右,头上两排齐刷刷的吸顶射灯一盏盏陆续灭了去,林珊也斜倚车窗闭上了双眼,两只手却依然不离不弃地牵着。大川怕她着凉,想脱去冲锋衣盖在她身上,不过奇怪得很,他心里仿佛有另一个更大的担忧,他怕一松开那手,便再无牵它的机会了。大川不敢打盹,他有自知之明,怕自己那恐怖的鼾声将林珊吓跑,他索性单手吃力地从腰包里取出MP3,听起歌来。

车上的时间过得真快,转眼已经半夜两点钟了。车速渐渐慢了下来,前方远处灯火通明,轮渡入口处排起了一条长龙。车靠近那长龙的尾部停了下来,车门开启,领队招呼大家下车活动筋骨,要上厕所的也可以自己去找。满车人从不踏实的睡梦中被搅醒了过来,纷纷下车。大川靠在椅背上没动,微闭着双目假寐,他想让林珊来决定他下一个动作。

林珊也醒来,缓缓松开大川的手,立起身跟他说:"我想下去走走,你来吗?"大川急忙睁眼起身,随她下车。

一出车门,一阵清凉湿咸的海风扑鼻而来,一群驴友正围着领队询问状况,当中要数杨过的情绪稍显激动了一些,他正质问领队,不是说好了军用直升机接送的吗,为何此时却要排队等轮渡。领队一脸的抱歉,说本来的确说好了的,给钱就行,考虑人多,还预订了两架呢,可没想到临时取消了,说是今夜海上风浪太大不安全。大川听了心想:要命!若真有那么大的风浪,这一路三级跳过去,胃不翻出来当泡泡糖吹才怪。领队还介绍说,东极岛上有解放军驻防部队,那两架直升机实际上是往返那里运输物资的运输机,搭载他们不过是顺路赚点外快,如今不高兴来,也怨不得。

大川回身去寻阿辉,却不见他踪影,透过那茶色玻璃车窗,也实在看不出他是否还在里面。大川索性也不去管他,想跟林珊沿海边走走,可不想林珊此时正兴致盎然地往那人堆里挤,众人见是她,自觉为她闪开一条人肉缺口,林珊进去后,人肉缺口又自然闭合,把她围了进去。大川见状急了,内心醋意一阵阵翻滚,在人堆外面探头朝里张望,却只能看见领队那一头被海风吹得东倒西歪的乱发。他一时间不知当如何自处,只得沿着那密不透风的包围圈来回踱步,竖起耳朵来听里面的动静。

不一会,那人群中传来了林珊的声音,"谁多带了呕吐袋没有?分给我一点啊。"众人围笑,看得出她在那人堆里是多么受大家的欢迎,同时也实在有些出乎大川的预料,林珊并非他想象中那种内向怕生的女孩,相反倒是十分开朗。人堆里不止一人许诺分些给她,林珊大声言谢,声音里摆出一副来者不拒的姿态,领队开玩笑地说:"那么多人愿意分给你,你用得完么?难道打算把船吐沉么?"林珊的回答坦白、干脆得令众人木然,"我又不是一个人吐,我们家楚大侠也是要吐的。"那话里一点都没含糊,听得大川寒毛根根竖立,根根沐浴在春风里,迎风招展。

接下来人堆里就是一阵哄笑,居然还有人回头找大川的所在。大川忙背转身去佯装没听见,满不在乎地往别处溜达,还从腰包里取出一支香烟点上,深吸了一口,嘴角挑起难以掩饰的得意。

大川上了两趟厕所回来,林珊竟一直在人堆里没有出来过。大巴一个车位一个车位地往前挪动着,已经是凌晨四点半了,天微亮。大川独自走到海边,远眺弥漫在那海平面上的薄雾,心底阵阵惬意,仿佛那薄雾正是为了映衬他此刻的心情而生,看得到远处,却看不到更远处,那藏在朦胧背后的美感,正一点点勾起大川探寻的欲望……

"我数过了,这一批应该可以轮到我们,大家上车吧。"领队的一声召唤,如磁石聚拢铁末一般,散落在各处的驴友纷纷归来。大川坐回位子的时候拿眼瞧过阿辉,他正紧闭双眼在睡,天知道他是不是在睡,反正没下车的人可不多,连他身边的周芷若都上上下下好几回了。

从轮渡底舱出来后,众人纷纷上了甲板,天已全亮,大约早上六点钟了。大川与林珊如影随形、寸步不离,林珊拿出单反相机去拍海鸥,大川就在身边为她挡开路人,以防误入了镜头,俨然是在为艺术创作营造良好环境。海上风浪并不及预想那么大,船且大得惊人,所以四平八稳,大川并未有丝毫不适感。林珊在甲板上只跟大川说了一句话,"你不是帅哥,但你很特别,和你在一起我很开心,真的。"尽管大川怎么也想不通自己究竟有什么特别,但他相信这话是发自这个女孩内心的,说这话时,林珊盯着大川的双眼眨都没眨一下。

轮渡下来之后就进入正式的折腾了,他们换上了一条比轮渡小了整整一大圈的客轮,大巴是跟不上船了,所有人的装备全部卸下车来上了肩。接下来的摇晃简直就是一剂温柔的毒药,发作起来恨不能把胃割除,那胃窦处间歇性的抽搐,使大川直捂肚子而直不起身来,体内五脏六腑皆如翻江倒海一般,脸也渐变成了蜡黄色。林珊倒还好,只在一旁抱怨能不能歇一会再摇。

终于熬到了更小的一条船上,可那意味着更残忍的一轮折磨正式拉开了序幕。大川感觉自己只剩下了半条命,他已将林珊从别人那讨来的呕吐袋全用光了,于是他奄奄地扶着栏杆移到船头,试图用迎面而来有些刺骨的海风吹醒自己的脑袋。可此刻天公偏又一点怜悯也不给他,竟稀稀拉拉地下起雨来,大川的衣服顷刻间湿透了。林珊在狭小的船舱门口朝他大喊:"进来呀大川,外面在下雨呢。"她哪里了解晕船之人的痛不欲生,此刻大川宁可浑身湿透、冻僵,也不愿再挤进那地狱般的舱内。他回望林珊的时候,意外发现阿辉也正扒在船舷处的栏杆上呕吐不止,其惨状丝毫不输给大川。

就这样,大川与阿辉遥相呼应,你方吐罢我登场,呕吐袋没了就直接往海里倾泻,直吐到山穷水尽、苦汁横流。林珊见大川死活不肯回来,便回舱从自己的登山包里取出把雨伞,跑到船头为大川撑起避雨。大川感动得暂忘了呕吐,接过雨伞跟她说:"伞给我就可以了,你快回去。"林珊可不听他的,执拗地立在他身旁,身体紧贴大川的臂膀,漫飞无序的雨水打湿了她的前胸,湿衣完整裹出了她清晰饱满的胸部轮廓。大川心底顿生一种感觉,他俩仿佛已成了携手多年,可以患难与共风雨同舟的老夫老妻。

林珊也注意到不远处的阿辉,他正凭栏而立,弯起腰身,歇斯底里地喷射着黄胆水,"你那朋友就比你优雅得多,看人家多深沉,找了个没人看见的地方吐,比你这大庭广众之下的'喷泉'低调多了,一船人可都在看你现场直播哦。"没想到林珊的幽默感一点也不比大川逊色。可怜此行大川与阿辉这一双老驴竟成了难兄难弟。

伴随着一路的水母、海鸟、冷雨及大川的苦汁,小船终于靠岸了,这个小岛太神奇了,孤零零立在大洋的中央。据说这里就是中国领土的最东面了,居住着一族每天可以最先看到日出的中国渔民。驴友们背上了各自的装备,依次被渔民拉上了岸。一上岸来,大川的感觉立即好了很多,脸色和精力也在逐渐恢复,此时雨也住了。

领队带了一干人去岛上的一个断崖处物色营地,和其他人一样,林珊紧挨着大川坐在一块大石墩上等候。阿辉背着全副装备朝他们走来,离老远就对众人道:"搞笑,他们都要叫我'雨人'了,每次只要和我一起走的路线,毫无悬念,一定落雨!"大川不明白这有什么搞笑,他得"雨人"的绰号又不是一天两天了,想必又是在新驴面前卖弄老资格呢。看得出,他的脸色也已恢复。阿辉听笑声稀稀拉拉,无趣地靠拢到大川他们一旁,边卸身上的装备边幸灾乐祸道:"怎么样?我没说错吧?你肯定要晕船的。"大川心想,怎么不说你晕得比我还惨呢?还说有直升机,简直扯淡。

半个钟头后,领队回来了。驴友被三七分为两批,三去老乡家安顿夜宿,七去断崖边扎营,约好下午全体去洗海澡,晚上聚在岛上唯一可以接待游客的"游乐山庄"喝酒,明早一同爬山,过了明午就得返航。大川和阿辉都是有备而来的露营军,自然要随领队去营地,林珊却是个空有一只名牌登山包,却无帐、无垫、无睡袋的"三无"菜驴,可又不甘心睡在老乡家,极渴望尝试露营的新奇。幸好有一对表姐妹事先分工有误,带了两套野营装备,一路上还相互埋怨对方带得多余,装备于他们而言反倒成了累赘。大川正好厚着脸皮借了来,郑重声明也是女生使用。于是林珊有了装备,兴奋得像孩子似的大呼 oh yeah。

营地紧邻断崖边,领队向众人玩笑道,恐高、不会游泳、梦游症患者莫跟来。一行人来到崖边往下看,真的十分恐怖,往下几十米就是海,浪高丈余,涛声震耳,煦日下也起码是四级飞沙风。好在这里的视野也实在是敞阔无垠,270 度面朝大海,是个观日出的绝佳之地,前提是起得够早。

大川料定阿辉想把帐篷扎在他们旁边,以便时刻监视两人举动,所以跟他耍了个小聪明,先不忙支帐,领着林珊在崖边看海,还鼓动她多拍些照片。阿辉果然坐在五六米远的地方按兵不动,偷眼瞅他们,只待大川和林珊先选定地点。约莫一刻钟后,大川回身见众驴友大多安顿完毕,便瞄准了一堆帐篷间的一小块空地,那里顶多可以安置两顶帐篷。心想,绝不给这小子留下一丝缝隙,让他脑袋夹扁成平底锅也挤不进来。

14. "混帐"

　　大川真那么干了，林珊却不懂个中猫腻，大川怎么说，她就跟着怎么做。阿辉意识到此行已二度中招，胸中憋着一团无名火却无处可发，拎起重重的大包朝远离人群的方向用力抛了过去，全不管里面还有一只崭新的马灯。大川余光里看出了阿辉的愤懑，心头一颤却无暇顾及，手里耐心地向林珊示范着支帐篷的技巧。

　　大川由于来得匆忙，除了几块压缩饼干，什么食物也没带，林珊倒是带了一大堆零食，这会全部摊出来与大川共享。大川一路上胃被清空，且赔上了胃液与胆汁，此刻却一点也不饿，于是就坐在帐外的防潮垫上看着她吃。远处阿辉已经支起了挡风板和汽炉，可能是要煮方便面。他这会倒安定了下来，目不斜视，只顾料理午餐。

　　下午众驴结伴去玩水，大川怕冷不敢去。林珊似乎对什么都感到新奇,非要拖着大川去尝试一番,说太冷的话就不下水,只在边上看。大川只答应一同去,下水是绝对可以免了,因为泳裤都没带。林珊也没急于换泳装,只揉成一小团拿在手里。两人来到"游乐山庄"门前不远的一片滩涂,众驴友已将这里变成了欢乐的水域,看热闹的多,真正下水的少。这也难怪,五月天的海水有多凉,只有亲身体验过的人才心中有数。林珊用手试了试水温,立即放弃了下水的念头,拉上大川到礁石上捉那些硬币大小的螃蟹。她捉了放,放了又捉,像个不经事的萝莉,陶醉于最简单的游戏。

大川建议带上相机在岛上四处走走,林珊忙回去取相机,半道正撞见阿辉从崖顶下来,想跟他打招呼,可阿辉头昂得像是在观天相,与她无声地擦肩而过。

大川终于和林珊有了第一次单独相处的机会。他们绕着小岛走走停停,流连忘返。大川住不了嘴似的跟林珊讲了一大堆笑话,逗得林珊癫笑不止。要说那些用以抓女孩心的利器,他恐怕也只有这一招,燕子当初就不偏不倚中了他这一招。

大川眼下显然有些忘乎所以,得意间居然透露了新作的一首名为《醉春风》的歪诗,还冠以"五言绝句"格律。可他只报出了诗名,转念便觉着不妥,将内容又囫囵吞回了肚里。其实这诗何只是不雅,简直是一首低俗不堪的流氓诗,大川当时觉得好玩写给刘学的。他不会不懂,在初识的女孩面前开这种玩笑绝对是个大忌。林珊可不知情,执意追问诗的内容,最后甚至半撒娇半威胁地称,若不爽快地讲出来就不理他了。大川无奈只好在心里酝酿了一番,加了句前注才敢讲出来,"这是一首歪诗,内容不怎么健康,你要有些思想准备——不过抱着娱乐的心态来听,也无伤大雅——前两句借用四川童谣,起笔平实稳健、烘托气氛,三四句人文主义色彩浓厚,五六句体现为幻想主义风格,最后两句抒发了浪漫主义情怀,达到高潮——准备好了么?整首诗是这样的——天上老鹰飞,地下屎一堆。信步闲庭外,鼻子免遭罪。一壶春风醉,梦里杨贵妃。但问美不美,撩裙看大腿。"说完大川不敢拿正眼瞧林珊。

林珊沉默良久,面无表情,也无语。大川自知犯了个大错,挠挠头,"嘿嘿"几声傻笑,却也没能打破沉寂,只得彻底闭嘴,听候发落。林珊这时却慢慢转过脸来,认真而又若有所思地问:"你觉得杨贵妃美吗?"大川被她问了个一头雾水,正当怔神之际,林珊又问:"再说了,美不美也不能片面地只看大腿,你们男人都是这样欣赏女人的吗?"大川心想,这套路不对啊,她听了非但没生气,还跟自己探讨起诗中的审美来了,这究竟唱的是哪一出呢?不过这倒令他松了口气,心中掠过一丝侥幸,嘴上忙辩白道:"那当然,那当然,只不过是在找押韵呢,我又不是诗人,这种破诗只要能把韵脚找平就已经是最高境界喽——你没不高兴吧?"大川盯着林珊的脸,话里赔着一百个小心。

林珊不解地反问:"我为什么要不高兴?你还没回答我呢,杨贵妃美吗?既然你诗里这样写了,一定觉得她很美是不是?"大川心中苦笑,若不是装出来的,那这小姑娘也实在太可爱了吧,任何等下作的淫诗邪词,在这份纯真面前恐怕也要退避三舍。大川如释重负般放声笑道:"哈哈!我会觉得杨肥婆美吗?都说了是找押韵嘛,如果四大美女里有第二个贵妃,我也不至于违心把她搬出来喽。"

林珊似乎对这个回答依旧不是很满意,又问:"那在你心目中什么样的女人才算美?"大川一听这话全明白了,这不是变着戏法来找夸吗?只要说全天下她最美,便什么问题都没了。于是大川拢了拢轻浮的嘴角,深沉地凝望着林珊那双美睫忽闪的明眸,用他平日最具磁性的中音区答道:"以前梦里也出现过沉鱼落雁、闭月羞花,但从昨晚开始,全下岗了,因为苏蓉蓉出现了。"说完,大川隐隐觉得自己太虚伪。实事求是地讲,林珊确实美,且是那种妙不可言的美,参加个区域性的选美大赛什么的,拿个好名次属于理所当然,但倘若将她摆在华夏民族几千年的历史长河中去争头几名,那就太难为她了,毕竟众口难调。不过话说男欢女爱这回事,确实做不到那么理性,情人眼里出得了西施,更何况大川就不信,林珊会比那些没有照片为证的古代美女差到哪去,于是心也坦然,只要不拿她跟那个人比,怎么比,林珊都可以是天下第一美女。

林珊的双眼眯缝了起来,柳眉轻扬,羞涩的笑意中掺着些满足,娇嗔道:"你讨厌!我又没要你说我,你平常都是这样'花'女孩子的吧?"大川暗想,我这辈子到现在也就"花"过那么一个女孩子,最终又被别人"花"走了,如今确实正在"花"第二个,只怕自己人未衰心先老了,和林珊也不知会不会有结果。这么想着,话也跟着到了嘴边,"那也要你肯让我'花'才行,你肯吗?"

"你先别问我肯不肯,先老实交代,'花'过几个女孩子了?"林珊的半真半假,倒给了大川大耍油腔滑调的借口与勇气。他板起面孔,一本正经地掰着手指数道:"精确计算的话,应该三个吧,刚才不都交代过了吗?一个沉鱼,一个落雁,还有一个闭月,羞花就算了吧,胖妞我是没兴趣的。"这下林珊彻底不干了,尖叫一声"你这个大骗子"就要用手来掐大川的后颈。大川也不躲闪,任她掐,任她摇,只憋着嗓门拖着长音佯装呼救,"救命啊——冤枉啊——"

他们之间的第一次嬉闹总算没有触及大川的伤疤,可大川的内心深处其实很难受,那种感觉就像一颗未拔干净的龋齿,根始终还在,一不留神就会隐隐作痛。大川心里盘算着,假如他与林珊有未来,那他一定会找机会主动跟她说这事。其实说到底有什么呀?他和燕子恋爱两年,都没发生过比接吻更亲密的关系,只是……除了那颗龋齿之外,另有一颗健齿眼见着正被蛀烂,就是前几天被乐平"拖下水"那事。这倒真的不能说了,自己都无颜面对的事,如何指望得到别人的谅解。

他俩绕着小岛整整逛了一圈,回来时天色渐暗,他俩没回营地,直接去了"游乐山庄"。到那里时,饭厅里已是宾朋满座,大川拉林珊在靠门口的位子上就近坐下,瞟见阿辉早已占据了最里面一桌的上宾宝座。

开饭了,领队说今晚有酒,且足够将驴族全部放倒。大川和林珊只顾自己吃菜说笑,滴酒不沾,甚至连门前酒盅都当作了茶碗。阿辉远远望来,见两人已熟络得像对小情人,心中很是不顺,眉间自然也抑不住地凝结了一团杀气,未及满场气氛加热到串桌互敬的沸点,便已蠢蠢欲动,端起酒杯走了过来。大川看见了他,预感一场结局未知的交恶近在眼前。

"楚大侠这一路上吐得够水平,天昏地暗的,让我想起了'咆哮哥',今晚阿哥要帮你好好补补。"阿辉果然是来者不善,出口即损。大川意料在先,心中不慌,脸上反而大方地憨笑道:"彼此彼此,你只管自己补吧,我肚子饿,先吃点菜。"阿辉和大川口中的"补",指的自然都是酒,这一攻一守之间,便是两人当下心态的真实写照。阿辉自恃酒量稍大,便想以酒取胜,大川若在平常,倒也不惧,可今晚不同,他不想在林珊面前显露醉态,再说摸黑上崖可不是闹着玩的。

阿辉见碰了个软钉子，众目睽睽之下岂能轻易罢休，于是板脸道："怎么？这点面子都不给是吧？这杯当作敬酒，不喝的话我要揭你老底了哦。"大川心想，睡觉打呼噜这种糗事都早被他揭了，还能有什么老底给他揭，才不怕他。结果站都不站，一甩手，"切——少来这一套，老老实实坐你的位子去吧。"

　　阿辉这下急了，怒目圆睁，眦眦欲裂，手指像是劈空切菜似的点着大川，好半天说不出一个字。林珊见状有些怕了，她怕阿辉与大川翻脸，下午崖下擦肩而过的那一刻，她可领教过他的心胸，忙端起了大川门前的酒盅圆场道："展元大哥，你也知道楚大哥一路上吐过来的，中午又没吃什么东西，这样喝酒很伤胃的，不如让苏小妹以茶代酒感谢陆大哥的盛情吧。"阿辉望着林珊一脸的真诚，一肚子火一时倒难以发作，加之不明真相抄袖围观的群众中竟然有人高呼了一声"好"，只得依了她，赌气似的将一大杯啤酒一饮而尽。喝完却又如梦方醒似的问："不对呀，你是他什么人？你凭什么为他代酒？"林珊并没有被他问倒，面不改色地反问："那你说苏蓉蓉是楚留香的什么人呢？"林珊的机智引来了满堂喝彩，其间也不乏起哄的。

　　"你车上代他抽假签，船上代他撑雨伞，现在酒桌上又代他吃老酒。一个刚被女人甩掉的穷阿三，你还当他是块宝呢！"阿辉终于还是"揭发"了大川，而且也只能恶毒到这种地步了，憋了一整天的怒火这一刻全部爆发了出来，灼了大川一个焦头炭脸。

　　四下里突然安静了下来，众驴友屏息立耳，凝神观望。只见大川发白的嘴唇难以自制地颤抖着，双眼直勾勾地盯着桌上的啤酒瓶，眼中的杀气足以掀翻整桌酒菜。就在他即将从凝固的空气中冲杀出来的一刹那，他的胳膊被林珊的双手猛地一把抓起，一百五十几斤的身体紧随其后,迅速被那个弱小的身躯奋力拖出门外。身后依然是一片安静,大家都被眼前这"兄弟相残"的一幕惊呆了。

大川被拖出门外后没有丝毫喘息与争辩的机会,一直被林珊拖着跑出"游乐山庄",直冲向那一片黑暗之中。天又下起了雨,且比白天要大得多,海面上闷雷滚滚,就像一个底下正翻腾着蒸汽的超大浴池。他们一口气跑到了崖下,林珊气喘吁吁地立定了下来,但拉着大川的那只手却不愿放开,"你什么也不用说,那人是个混蛋,我不管你大川是穷还是富,也不管你曾经被多少女人甩过,我就是想跟你在一起,我只要你为我忍了这一回,你能答应我吗?"黑暗中,林珊顾不得浑身湿透,紧抓着大川的那只手愈加用力地往下抓,直抓到大川的骨头里,仿佛生怕眼前的男人一松手就逃掉了似的。大川还能说什么呢?面对林珊如此坦诚的表白,他感动得彻底丧失了语言表达能力。他一把将林珊揽入怀中,疯狂地吻她那一头湿发及被冰冷雨水浸润着的唇,林珊整个身心都被融化在大川温暖的怀里。

不知抱了多久,雨越下越大,如倾盆浇灌,风也足有五级,大川不由担心起崖顶那个没有外帐的窝。他赶紧戴上头灯,搀扶着林珊上崖,一路上以膝犁地,踉跄着半走半爬,尚有七分干处的冲锋衣里还怀揣着林珊那架单反相机。上到崖顶时,雨竟作弄人似的住了,站定下来的林珊已是娇喘吁吁。头灯扫过之处一片狼藉,有几顶地钉不牢靠的帐篷已被掀翻了甩出老远,阿辉的帐篷却屹立不倒,老驴就是老驴。大川真想跑过去将它扔下崖去,可一想方才答应过林珊,只能在心里骂了一句:赤佬!你我的交情已尽,从此割袍断义!

大川的帐篷已是惨不忍睹,虽没被吹走,却里里外外湿了个透,丢在里面的包也遭了殃,早知就放在林珊的帐内了。林珊脱了冲锋衣和登山鞋猫进帐内,再回身探头出来时,见大川的头灯聚光在那顶湿透的帐篷上一动不动,便招呼他说:"还愣着干吗?你那窝已经淹啦,快到我这里来吧。"大川一听心中狂喜,没想到因祸得福了,赶忙撩帐取出包,也跟着钻进了她的帐篷。

进去之后大川犯了难,这顶双人帐篷也忒小了点,转不开身脱不了衣不说,就算脱了下来,湿衣服也没地方放。林珊机灵,借着大川的头灯从背后帮他脱下了上衣,和她自己的一起团成一团塞在了防潮垫的下面,然后从包里取出干毛巾来帮大川拭头,自己却不时侧过身去连打了好几个喷嚏。大川怕她着凉让她赶紧钻进睡袋里,林珊说裤和袜全是湿的要脱去,害羞地叫大川背过身去。大川不敢造次,赶紧把头灯移开,两秒钟后干脆关掉了头灯。林珊一阵扭动之后,人已钻了进去,但还是不住地打喷嚏。

大川没再开灯,黑暗中也脱去了裤和袜,并将睡袋掉了个头。林珊感觉异样,就问大川是不是想跟她头对脚反着睡,大川"嗯"了一声,却招来林珊的强烈不满,她说睡觉太早了,还想跟他说说话呢,于是他又吃力地把睡袋掉转过来。等一切就绪钻进睡袋后,大川已是一身微汗了。

"终于'混帐'了。"大川玩笑道。林珊先"咯咯"地笑了几声,随后跟大川说她好冷。大川忙要把自己的睡袋盖在她的身上,林珊说不要,也没说是因为怕他也跟着受凉才不要,只说不要,说完就沉默。大川恍然大悟,刚才手忙脚乱好一阵折腾,竟把几分钟前的那股激情给放下了。大川在睡袋里扭转身体,侧向林珊一边,用双臂环绕住了林珊的颈,"这样好点吗?"林珊既没拒绝,也没转过身来,轻声"嗯"了一声,然后又是沉默。大川的心怦怦直跳,黑暗中他可以闻到林珊身上的阵阵体香,那是与燕子身上截然不同的一种淡淡的清香。大川试探着去吻林珊那半湿的秀发与裸露在外的后颈,林珊没有拒绝,反而鼻息渐重。大川预感将有美妙的事情发生,整个身体从后面更为大胆地贴了上来,但由于他生理上的反应过于强烈,林珊明显觉察到身后有异物,忙下意识地抽臀向前闪躲,"被你这样抱着,我就已经很满足了。"林珊说完拉起大川的手,在他手背上轻吻了一下。大川顿时冷静了下来,心想进展确实太快了……她那一年四季都暖不过来的小手,此刻更加冰冷,大川禁不住用双手帮她揉搓了起来。

帐外开始有窸窸窣窣的脚步声,紧接着传来了说笑声,甚至还有惊叫声——想是那被掀翻了帐篷的人。大川的情绪稍有些紧张,他趴在林珊的耳边小声叹道:"唉,'混帐'的事明早就水落石出了。"林珊侧转脸忍着笑,"知道就知道呗,我们可没做什么。"大川无奈地调侃道:"这是泥浆溅裤裆的事,我说那不是屎,有人信吗?"林珊"扑哧"笑出声来,用肘轻轻往背后捅了一下,"去你的。"

15.雷公伴枕

　　大川抱着林珊,耳边辨听着帐外的响动。这时从远处传来阿辉的声音,他正跟其他驴友说话,口中不住地醉骂道:"大川这小子真不是个东西,小气得要命,我们从小一起长大,天大的矛盾,那都是泡在浴缸里撒尿——内部解决的事,今天竟然为了个女人要跟我翻脸,真搞笑!怪我自己交友不慎啊。"大川听得真切,黑暗中肌肉紧绷、剑拔弩张。林珊也听到了,她比大川还要紧张,双手将他的胳膊抓紧按在胸前,"别忘了你答应我的事!"大川其实也只是气愤,他绝不可能冲出帐外跟阿辉算账,一是怕冷,二是怕羞,三是怕在崖边扭打出状况,听了林珊这话,仿佛既保全了男子汉的颜面,又找到了下来的台阶,整个人立即又松弛了下来。

　　没一会,帐外又有了动静,有脚步声向他们的帐篷逼近,伴随的还是阿辉的声音,"大川呢?谁看见大川了?"他大声向四下里反复问了好几遍,有人说恐怕已经在帐篷里睡了。"不可能!他没外帐的,下了这么大的雨,帐篷变泳池,漂在里面也早成浮尸了,搞笑!苏蓉蓉呢?谁看见苏蓉蓉了?"阿辉表现出前所未有的责任心,仿佛是两位学生的班主任或家长,正在认真调查一起学生失踪案。

帐篷里的大川和林珊紧紧抱在一起,双双屏住呼吸。阿辉的脚步声开始在周围绕圈子,当脚步声停在帐门前时,两人的心几乎就要从喉咙口跳将出来。大川料想他不敢拉门帘,应该说,除了大川的门帘,谁的他也都不敢擅自去碰。但仅被两层布隔在门外的阿辉显然是发现了一些疑点,嘴里发出了瘆人的冷笑声,"嘿嘿,大川,还装?再不出来,信不信我把你们俩的鞋子扔到海里去?"原来他的线索是被弃于门外的一大一小两双登山鞋。既然被他发现了,大川也就死猪不怕开水烫了,这回就算装傻也要装到底了,再说此刻林珊抓他胳膊的手比刚才更紧了。

阿辉在门外果然迟迟未敢来拉那门帘上的拉链,见仍没有丝毫动静,就用手轻轻拍打帐篷顶。

"大川,我知道你在里面,别装了。"大川心想,你都知道好几回了,还赖在这干吗?

"兄弟一场,说你打呼不给你地方睡那是在讲笑话,你还当真了?搞笑!"大川心想,现在想起兄弟了?就算我不当真,也没必要非得跟你挤在一起。

"你到底出不出来?你不要见色忘义哦。"大川心想,我就算见色忘义,也总比你非但不成人之美,反要绞尽脑汁拆别人的台强百倍。再说了,我跟你还有什么义可讲?

阿辉在帐外软硬兼施做了半天思想工作,就是引不来帐内的半点回应,一气之下,扔下最后一句话后愤然离去了,"你辣手! 你可别后悔!"外面终于清静了。大川搂着林珊渐生了些睡意,这一天他太累了……

第二天一清早,大川从睡梦中被林珊推醒,叫他拿上相机一起出去看日出。大川坐起身来揉揉眼睛,看到林珊已经穿好衣服双腿盘坐在他的身旁,于是问她几点了,林珊说四点半,大川惊讶于她如何能起这么早。林珊笑骂道:"我算是领教什么叫'雷公'了,对着我的后脑打了一整夜雷,嘴巴里还不知嚼着什么东西,真怕被你吃掉呢,你以为我睡得着吗?"大川被数落成了关二爷转世,脸一直红到脖子,尴尬地傻笑。

等日出是个熬人的过程,大川索性乘大多数人还未起来之前"销毁证据",他动作麻利地收起了两顶帐篷。当鸭蛋黄般的旭日从海平面上完全被孵出来的那一刻,大川的心里充满了希望。一段新的爱情上路了,此刻,燕子在他心里就像昨夜那袭帐的风雨,而他恰似那帐,虽历尽风雨却摧而未折。他确信自己体内的激情又回来了,他想,能跟着一起来到这种环境恶劣的地方,林珊一定不是个娇生惯养的女孩,换作燕子,两年来连一次"腐败游"也没跟他走过。从这个角度来看,一个是他供养不起的温室里的花,一个则是他一直渴望拥抱的大自然中的木。

上午爬爬山,午饭后他们便收拾行装返航了。一路上风和日丽,大川竟奇迹般没再晕船,在众公驴艳羡的目光中被林珊拖着蹦蹦跳跳地跑来跑去,一副天真烂漫、活泼可爱的样子,竟还不时地大呼小叫道:"你看,你看,海鸥好美哦!"……"珊珊,风是暖的,你感觉到了么?"……跟他的年龄极不相符,引来角落里阿辉那无限鄙夷的目光,黑眼珠都快从侧边眶滚落下来。

林珊问起过大川从事的职业,大川没敢说刚失业,脑袋里闪现出刘学口中的"股神",便闪烁其词佯称自己是证券投资者。好在证券投资方面他也并非一窍不通,尤其是撇开操作层面只泛泛而谈经济大形势,他自感谈资颇厚。于是一路上跟林珊聊了些经济话题,也聊了些股市与基金,引来林珊不少赞赏的眼光。

回到守候在沈家门的大巴上后,大川竟真的接到了刘学的来电,抱怨他整个周末都"不在服务区",害他苦等错过了去"股神"家。大川已将此事忘得一干二净,心想明天在家休息一天,后天有空,便问刘学周二是否方便一同拜访"股神",刘学说交易日里人家是个大忙人,要去也是下午收市后。

一路上,身后的阿辉还是没话,大川也一次头都懒得回,看到领队煞有介事地拿了张表格让众驴填,大川明白这是最后一个集体游戏了。表格上除了要驴友们填写联系方式外,还有三个附加问题,即"活动前的心情""活动中的心情""活动后的感受"。大川知道那是用来作弄人的,念及林珊头一回参加这种活动,不见得连这种小乐趣也要剥夺,于是也不提醒她。结果林珊填的是"活动前好奇、向往,活动中兴奋、刺激,活动后身体疲惫但心里满足"。表格被收了上去,领队开始借题发挥,把"活动"置换成了"新婚之夜"念了出来,结果林珊和其他嫩驴一样中了招,变成了"新婚之夜前好奇、向往,新婚之夜兴奋、刺激,新婚之夜过后身体疲惫但心里满足"。她这还不算搞笑的,有些试图表达复杂心情的嫩驴就更惨了,比如"新婚之夜前我有过类似的经验,但还是犹豫了一阵,新婚之夜我一会像一个徘徊在门外忍不住探头朝里张望的天真孩童,一会又像一个无畏的勇士,新婚之夜过后我筋疲力尽、酣畅淋漓,同时又有些失落感,无限渴望下一次早点到来"。大川的则完全是老驴搞怪的填法了,"新婚之夜前我冷静、淡定、超然,新婚之夜我依然冷静、淡定、超然,新婚之夜过后我还是冷静、淡定、超然"。

大川虽然已身经百战,可还是忍不住跟着众驴开怀大笑,倒是林珊脸上挂了些不开心。大川忙问她怎么了,她埋怨说:"你不如干脆去当和尚好了!"大川忙解释道:"我早知道他们是在作弄人,所以才跟他们捣捣乱的啦。"林珊一听更为不悦,说正因他事先知道,才证明他说的是真话,大川愕然。转念想想又好冤枉,昨晚明明是她不想要……

车子已来到了上海市区外围。快到莘庄收费口的时候,大川听到身后阿辉的手机响了,是高利仁和董青卿打来的,那是阿辉的朋友,大川也认识。阿辉电话里有气无力地应了几声后收了线。大川这才想起出门前高、董两口子给阿辉打过电话,约他与大川周六去参观他们的新居,阿辉说正要出发去东极,于是电话里约定,周日傍晚高利仁开车到莘庄收费口接他们。阿辉事先知道这趟旅游大巴最终只把驴友们送到莘庄而不再返回市区。

高、董搬新家已有两三个月时间了,之前一直租住在阿辉长宁区的一所房子里,早先阿辉与他们之间也只是再单纯不过的房屋租赁关系。说起阿辉这唯一的正当营生,他还真是个不折不扣的好房东,否则也断不能与租客交上朋友。不过阿辉有时心太细,细得让人受不了。就说这收房租的事,眼下越来越多的房客选择同城电汇的方式划转,租客跟房东一年也见不了一次面。可阿辉偏不干,大概是信不过那摸不着的银行账户余额，总觉得没有现钞那么牢靠似的，或者是担心租客把他的房子拆了，总之非得亲自上门去收。他一不怕扑空，二不怕跑路，每月都按时赶来，风雨无阻。董青卿暗笑他是"月经大叔"，可不是嘛，每月都要经过一次，且时点恰好与青卿的例假吻合。后来大川才明白，他这样做最主要的目的，是想了解租客每月水电煤等各项费用有没有拖欠，以免日后麻烦。大川看到他每次从不同处物业收租回来，随身带着的小本子上都会记下当月各家房客发生的各项费用。阿辉每月来都要顺便检查一下屋里电器是否需要维修，上下水是否通畅，倒也蛮像那么回事。若赶巧楼上楼下左邻右舍家里有人，他还要走访几户，侧面了解一下邻居们对租客的看法。

高、董帮过阿辉的大忙，严格来说是救过他。一次阿辉收完租打算回家，没留神脚下的香蕉皮，失足从楼梯上滚下去，当场摔了个头破血流。高、董闻声出来，把他送去了附近的医院。大川当时口中不停地抱怨两人也不清扫一下门前楼道，可事后还是心存感谢，与他们交上了朋友。

车到莘庄后，众驴友全下了车，相互间道别。阿辉离老远就看见了高利仁的别克，他慢吞吞地走过去。大川拉着林珊似有犹豫地跟在后面，心想，待会干脆找个借口不去了。利仁迎上前来，热情招呼阿辉和大川，见了大川身边的林珊也不感意外。阿辉依旧有气无力地说："像你这种大忙人，一年三百六十五天忙生意，怎么好意思浪费你时间。"利仁玩笑道，"子曰：时间就像乳沟，挤挤总会有的！"说完就来争阿辉的包。阿辉一闪，没让他抢去，进而麻利地上肩，"不好意思了兄弟，哥哥路上生病了，今天就早点回去休息了，大川先跟你去参观，我下次吧。"说完就扬手招出租车。利仁感觉不对劲，但不好细问,只一脸关切地问他哪不舒服,还主动提出要开车送他回家。阿辉推辞了,一脸苦笑上了出租,从车窗里探出头来与他们挥手道别时,目光轻蔑地扫过林珊的脸。

这回换大川有些不知所措了,他是通过阿辉认识利仁的,现在阿辉开溜了,自己身边还带着新女友,这多少令他有些尴尬。利仁倒是一脸的无所谓,继而开始热情地招呼他俩上车。高利仁是山东人,大学毕业后留在上海发展,先后就职过几家民营企业,做的都是销售工作。后来他开始尝试做自己的老板,为一家女性用品工厂接一些外贸订单来做,上下家配合流畅,生意也曾一度红火,前几年又干脆注册了一家贸易公司,创立了属于自己的一个小品牌。外地人在上海扎根求发展,其实打破头也想找到认同感,可这些年来,利仁发现那可能比赚钱还要难。

与他恋爱三年的女友董青卿,音乐学院毕业,知青的后代,自从认识了有些"钱途"的高利仁,从此也就不做事了,由利仁养着。但苦于户口迟迟难以回沪,思想的根子上对这座城市也同样缺少了些归属感。两人相识两个月就同居了,租了阿辉的房子,一住就是两年多。他俩共同的梦想就是要在上海买套房,仿佛有了真正属于自己的房子,才算在上海扎下了根,生活也因此而变得更有意义。

几个月前,他们终于实现了这个梦想。

16.老公，我要嫁给你

　　大川开门请林珊先上车，自己紧随其后猫进去时，见董青卿坐在前排副驾驶的位子上回头朝他笑，"好久不见了，这位美女就是燕子吧？久闻其名不见其人啊，你好福气哟。"青卿的双眼眯缝成了弯弯的弦月，恬静得惹人疼爱。大川一听这话，只恨方才比阿辉迟一秒告假，眼下却要受这般酷刑，且用刑之人竟是这位知性优雅的美人。

　　大川忙掩饰道："青卿不仅记性差，眼神更差，阿辉生毛病老早回家了，我是大川啊。"边说边挤眉弄眼示意她闭嘴。青卿是个善"接灵子"（沪语，意为善察言观色，善接话茬）的聪明女孩，只犹豫了约一秒，急转弯道："是哦——原来是大川啊，看来我是'脑抽筋'吃多了，上个月利仁的爷娘又从乡下来看儿子，这趟没带土产了，大概他们乡下电视台天天都放'送礼只送脑抽筋'的，拎了两大盒上来，厥倒——"青卿先前那弦月般的双眼此刻已睁大了翻出鱼肚白。

　　林珊虽不曾察觉大川的挤眉弄眼，但从青卿那瞬间的犹豫中已明白了大半，只是她不想计较，柔声细语地说："我叫林珊，叫我珊珊就好，大川的新女朋友。"如此直截了当、落落大方的自我介绍，可令大川与青卿同时开了眼，大川本还在心里酝酿着待会该如何介绍她。而青卿自知方才失言，此刻更是极力挽回道："我没全说错哦，大川你真的好福气！"青卿的眼睛里充溢着欣赏与好感。

　　利仁从后备厢回来，在驾驶位安稳就座，发动引擎的同时朝后排座随意甩了句："燕子比我想象中还要年轻。"还好他的话被引擎的轰鸣声掩盖了一半。青卿差点没笑出声来，用手去拧他的大腿，利仁"啊哟"一声转脸拿眼翻她。大川处于崩溃的边缘，尴尬与郁闷胶着在脸上，视线迅速甩向窗外，装，只能装耳聋了。但就在他目光逃窜六神无主之际，手却被林珊轻巧地一把捉住，还是那么冰冷的小手，却仿佛给大川的心传递了些许温度。大川回过脸朝林珊歉意地笑，这相当于已经招供。林珊的眼中没有怒和怨，只有诡秘的笑，仿佛在说"嘿嘿，这回可抓到你了"。

　　大川还是窘得一言不发，他一眼看到工作台上的一截白布条，那上面用红墨水写着"退房"二字，于是乘机转移话题，问利仁那是什么。利仁情绪一下子升温了，告诉大川他这是刚从"亿科"闹退房回来，他们"退房团"的成员每人头上都扎了这么一根白布条，也就是壮壮士气，找找"敢死队"的感觉，没什么实际用处。大川不解，"怎么刚买了房又要退房？质量有问题?"利仁一时倒不知该从何说起，在心里酝酿了片刻，调侃道："这么跟你说吧，这就好比是房价搞大了经济的肚子，怀上了房奴，完了房价还不肯承担当爹的责任，只顾自己逍遥自在，又去搞其他肚子，于是房奴成了弃婴，'亿科'降价就是这么回事，我这号的就是那房奴……前后脚的事，已经百分之十抹掉了，再这么下去，房奴要成'负翁'了。"大川没怎么听懂，追问道："买了就买了呗，你不是自己住么？涨涨跌跌的跟你有什么关系？"利仁不以为然地摇了摇头，"这你不懂，道理谁都会讲，摊在自己头上才会明白，等你在银行里也有七位数的债务时自然就懂了。"

要说这贷款，大川怎么可能不懂？自己皮夹子里也还有一张信用卡呢。他这一圈朋友里，只有阿辉是向来不从任何途径借钱的，当然，外人也休想从他那儿借到一分钱，其余的身上全有债，有短债，也有长债，房奴、车奴、卡奴那是一应俱全。尤其是利仁，为了青卿，恨不能把自己余生的钱全透支出来花在她身上，活脱脱一个"情奴"。但凡修成了情奴的人，那便已达到"三奴一体"的至高境界了，所以阿辉送他一个雅号"奴奴奴"，还说他注册的那个品牌不该叫"三妍"，而应叫"三奴"，因为他那品牌所谓的对外招商，纯粹是个空手套白狼的买卖，拿着经销商的加盟费回头去找加工，美其名曰融资，说白了还是透支，稍有闪失，链条也就断了。

利仁提议先去吃晚饭，转脸问大川的意思。大川说随便就好，常来常往的不必搞得那么正式与隆重。利仁说随便最好办了，之前青卿周末里一直吵着要去唱歌，结果连着两天都耗在"亿科"的售楼处，这会正好可以去，就去莘庄最大的那家KTV，里面可以随便点餐。青卿第一个举手赞同，说吃好玩好再去他们家喝杯普洱。大川和林珊自然没有意见，于是利仁开车驶离了收费站。

一路上利仁与青卿的对话密不透风，大川半天也插不进只言片语，他本想跟利仁打声招呼，十点前要送林珊回家。只听他俩在前排热烈地讨论起那家KTV里的食物,青卿精确地报出一大堆名称,那记性还真令人叹服,但她对每样食物的评价却都有很大的保留,眼见得那股挑剔劲,难怪阿辉也给她起了个外号,叫"食神",阿辉说人家"食神"是大厨,她这个"食神"才是货真价实不沾油烟、光食不烹的神。

青卿大学里学拉小提琴,毕业没多久,就跟高利仁同居在一块,工作经历比燕子还少。也许青卿天生不爱做事,也许靠一把小提琴很难找事做,反正她是吃定了利仁,利仁也乐得养她。不过说来也怪,他俩只是同居,从不提结婚,大川以前曾问过利仁,利仁始终三缄其口。就凭他对青卿的一往情深,大川相信多半是青卿方面的原因,眼下他们有了房,按说婚事应该不远了吧。大川从他们对话的缝隙中终于插了进来,"那你们打算什么时候结婚?"这句话如同冷凝剂,将小小房车内欢乐的空气瞬间凝成了沉闷的固态,前排座上仿佛安放着两尊雕塑。

一旁敏感的林珊见气氛不对,拉了拉大川的衣角,大川不敢再问。幸好目的地已到,四人下车,利仁去交停车费,青卿凑到林珊身边,亲热地挽起她的胳膊,朝林珊露出甜蜜而善意的笑。两人站在一起,身高竟不分伯仲,胖瘦也相仿,同样的眉清目秀、肤洁无瑕。大川心头不禁掠过一丝不安,对林珊的一见倾心,不会是在潜意识里早已种下了根吧……

一行四人来到KTV包间里坐下,服务小姐来了又走了,今晚生意特别好。沉默了半天的利仁终于开口了,他面朝大川,双目却垂地,酸涩地说:"什么时候结婚?我也想知道呢,我一心想娶,人家却不肯嫁,以前没房子时说缺少安全感,现在有了房子又说更没安全感,作吧!我要是不贷款,一次付清,那就有安全感了,那你老公也就成大款了,还用去售楼处跟人家死缠烂打吗?"这话不仅迟了好几拍,且明显不是在跟大川说。大川自觉刚才车里多嘴了,这很可能会成为小两口长久积怨的导火索,于是赶紧拿话去安慰利仁,"你们还有什么不知足的呀,总比我强吧?我连做房奴的资格都还没有呢。"

"你借题发挥是吧?有怨气回去跟我一个人发也就够了,这关人家大川什么事?你说经济不好,快赚不动了,我不也出去拉琴和你一起分担么?毕竟房产证上也有我的名字,结不结婚跟'贷款''安全感'什么的有关系么?你爸妈已经提过好几次了,要搬来上海跟你长住,你说这小两房怎么住得下两家人?这事不解决,这婚怎么结?既然你今天这么起劲提这事,那我也跟你挑明,我迟一天成为你们高家的媳妇,他们就不好意思早一天搬过来,这么简单的道理,还非要我讲得这么白么?讲白了你很有面子么?你是男人,人家只会看你的笑话,我是无所谓的。"青卿一脸怒气地摊手耸肩,言语间满是无辜。

大川明白她话里的"人家"指的是自己和林珊,天地良心,大川今晚可真是"打酱油路过"的,没兴趣看任何人的笑话,眼下两口子斗嘴都拿他当枪使,这令大川心里很不痛快,不过总归还是怨自己一句话说错,于是在中间当起了和事佬,"都怪我多嘴了,你们实际上结不结婚那还不是一个样?这叫事实婚姻。"利仁一听不干了,"那可不一样,没有那张纸,什么事实都不作数,我要的是一个家,而不是一所房子加一个女人,我就不明白了,女人成天吵着要安全感,男人就不是人吗?男人要安全感就错了吗?"

"你们听听,这像个大男人说的话么?"青卿显然已被利仁的咄咄气势逼得有些理屈词穷了,转而又来向大川与林珊求援。林珊不再沉默，拉起青卿的手似撒娇又似埋怨道："跟姐姐初次见面，就让我听你们吵架呀？还说请人家吃饭、唱歌、喝普洱？"青卿胸中憋着口闷气一时缓不过劲来，拉起林珊说："都是这个十三点呀，本来好好的，走！跟姐姐出去透口气，让他冷静冷静。"利仁见青卿真的动了气，摇摇头不作声了。

青卿拉着林珊来到门外，却不知要去向何处，失神地问林珊要不要去洗手间。林珊心想，不去洗手间也真没地方去，于是就陪着她顺走廊慢慢地踱，两旁那此起彼伏、荒腔走板的歌声令人心烦意乱，可此时两人却都充耳不闻。林珊很想宽慰她两句，却苦于不知说什么好，还是青卿自己先说了。

她说其实自己跟了利仁三年，什么都看清了，他是个负责任的好男人，一个人在上海打拼挺不容易的，人越孤独就越怕孤独，越怕孤独就越脆弱。还记得刚认识他时的一件事，那时他刚买了车，新手开夜路出了事故，跟一辆出租车撞在了一起，人只受了点轻伤。当时见那出租车司机又是打110又是给亲戚朋友报平安，可他却站在马路中央拿着手机不知道要打给谁，就那样头上滴着血茫然无助地站着，最后竟然蹲下来像个小孩子似的哭了。

林珊不禁好奇地问："那他为什么不打给你呢？"青卿苦笑道："我当时就坐在那出租车里……后来也就是在来来回回好几趟处理事故的过程中才跟他认识的。"听了这段离奇的缘分，林珊万分感慨："唉，世上眉来眼去的人千千万，到头来能相守一生的人也就那么一个，换作我，一定会加倍珍惜的。"青卿又苦笑，"你一定以为是我不珍惜，可你知道吗？我现在每天晚上都要去市中心的酒吧里拉琴，凌晨三点钟才能回到家，为什么？因为他的收入非常不稳定，我想帮他，我相信只要有了足够的钱,所有的问题都能解决,可他是个只重结果的人,我都二十六多了,难道我不想结婚么?"

"姐姐,我觉得这就好比是那个'先有鸡还是先有蛋'的千年困惑,其实也没什么好困惑的,假如问题始终存在,而你又抱定了不再换男人,那些问题婚前解决还是婚后解决也就变得无关紧要了吧,不是么?"这是林珊的心里话,在她看来,"情"字始终应该摆在第一位,其他都是次要的。青卿若有所思地点点头,下意识地去牵林珊的手。

包间里,茶几上摆满了利仁点好的食物,大川点了可乐,替林珊随便点了杯蜜柚茶,利仁自己点了珍珠奶茶,替青卿点了杯玛奇朵。等青卿和林珊手拉手回来时,利仁正跟大川商量事。原来利仁需要建一个小型网站,按照他的需求描述,只要一个简单的公司主页即可,他知道大川是程序员,做这事是信手拈来,为了省钱,就想请大川帮忙。大川心想,原来今晚的主角竟然不是阿辉而是自己,反正最近自己也闲着,就答应了下来。林珊一进门就听他们在谈建网站的事,好奇地问大川怎么也精通这个,大川还没等利仁开口就抢过来说,那只不过是兴趣爱好。青卿在一旁又抱怨上了,说男人凑到一起最没劲。

接下来四人就开始边吃边唱,气氛缓和了很多。青卿是麦霸,即使当着新朋友林珊的面,她也还是个麦霸,一首连着一首,唱得还真不错,唱到兴头上干脆脱了鞋子站到沙发上唱。她今天穿了一条艳红色一步裙,没配丝袜,就站在大川的身边。大川低头就能看见她光洁如玉的小腿与脚丫,这是他平日里看不见的。

突然,青卿的歌声在伴奏乐声中戛然而止,取而代之的是一句宣言似的告白:"老公,我答应嫁给你啦!"

17. 再赌一把

　　这一晚，令大川难忘的事有三件：一是利仁听到那句告白后掩面而泣的样子，二是青卿那白皙、性感的小腿与脚丫，三是林珊满脸倦意像只猫咪般蜷缩在自己怀里的娇态。他与林珊最终没去高、董的新居，十点半的样子与他们道了别。在送林珊回家的出租车里，大川好奇地问林珊，她和青卿一同出门那段时间里发生了什么，她究竟对青卿施了什么魔法，竟最终促成了这桩美事。林珊明眸忽闪，先矢口否认，转而又暗藏玄机般偷笑，撩得大川心痒难耐，非得刨根问底不可。林珊俯在他耳边只讲了一句话，她说女人只有在三种情况下会萌发结婚欲望，冲动、危机、同情，青卿显然是三者兼而有之。

　　林珊的家住在虹桥镇的别墅区，地处中环，在古北与金虹桥之间，住在这里的人非富即贵，是个多人种混居区。走在高高的围墙之下,大川感觉自己仿佛一下子矮了半头。看林珊那朴实无华的样子,本还以为她是个生在普通家庭的孩子。后来他才知道,林珊的爸爸是上海一家著名的日资电气公司的总裁。大川的心里顿时产生了某种错位感,困惑于真正富人家的孩子,竟可以满脚泥泞地跟着自己钻帐篷,而像燕子那类清贫家庭的女儿,有时却娇贵得如天女下凡似的足下无尘。

大川回到自己的小屋后,耳边萦绕着酒桌上阿辉那句尖刻的话——"穷阿三",脑子里萌发的第一个念头便是要见那个"股神"。他立即给刘学发了条短讯:"我这周都有空。"

第二天,大川和刘学相约去了"股神"家。"股神"叫什么名字刘学也不清楚,只知道姓李,圈内人都管他叫"巴菲特·李",是个大户,股市里投进去三千多万,楼市里也有两千多万。谁都难以想象,十年前,他是靠借来的二十万元起家的。他们到的时候已经是晚饭后的时间了。用人开的门,领他们穿过好几道门、绕过好几组沙发,来到了一个宽敞的工作间,一进门就看见六台电脑,满屋子乌烟瘴气。巴菲特·李正在看 K 线,对他们并不热情,只侧眼扫了他们一眼,继续看 K 线。刘学轻车熟路地招呼大川在门口的沙发上坐下等候。

大约过了十分钟,巴菲特·李伸了个懒腰坐直身体,用被烟熏得泛黄的食指点着屏幕上的 K 线,头也不转地说:"玩股票,摸的就是一个规律,老实讲我是没有消息来源的,纯粹的技术型投资者,只凭技术与经验。这股市看上去潮起潮落、涨涨跌跌难以捉摸,其实就跟女人来月经一样有规律,只要你摸清了,既安全,又有甜头,简直如鱼得水。有两样本事是你们一定要掌握的,'抄底'与'逃顶'!讲起来容易做起来难,这需要全面的技术指标分析,然后配合经验。不过光有这两样本事还是不够,还得有良好的心态,做长线的个股要求沉得住气,有些个股几个月只盘不启动,你抛了他就启动了,散户跟庄家拼的就是一个耐性。做短线波段的个股就切忌贪心了,追求完美的波段是没可能的,鱼头鱼尾可以不吃,我们只求中段,要有一定的预见性,临近周期的末端左侧交易,就像打游击,赚一票就出来,总比亏损强。当然啦,这些全都规避不了系统性风险,那么最后一件事就是要时刻做好风险控制,也就是止损,该割肉时再疼也得割!这也是心态。"这一席轻飘飘的话大川听得十分耳熟,巴菲特·李说完又凑近屏幕去盯那 K 线,再也不理他们了。令大川触目惊心的是,从侧面看过去那人两排参差不齐的大黄牙,说话间竟还粘连着丝丝津液。

一旁的刘学听圣旨般恭敬,不时点着头,人家已经不讲了,他还端坐在沙发上回味无穷地点着头,仿佛"股神"那两排大黄牙里挤出来的是一字千金的《吕氏春秋》,又仿佛那"金玉良言"绕梁三日不绝于耳。

这堂课前后加在一起约一刻钟,其中十四分钟是在等待中度过的。从巴菲特·李的大房子里出来后,大川问刘学:"这就是你说的'受益匪浅'么?这些我还用他教?"刘学一听不高兴了,"不知天高地厚!人家是一天吞吐上千万资金的大户,你怎么好比?让你来听,只是向你证明我没骗你,你以为人家有时间为你开培训班啊?"说完,从裤子口袋里取出一张小纸条,上面写了好几组数字,"这些个股代码,周末他就给我了,你做不做?要做我们明天一起去开户,两个人的钱聚在同一个账户里,这是老李教我的。"大川不解地问:"他既然这么教你,个股又是他选的,为什么不干脆把我们俩的钱都聚到他的账户里?"刘学怪笑一声,不齿道:"你还是没明白,人家是大户,有时间跟你算这种小账么？帮到这种程度已经够意思了，接下来我们自力更生吧。"

大川同意加入，接下来刘学开始筹划，说他愿意先拿五万块出来玩玩，问大川是否也能投相同的钱，好算账。大川起先觉得自己一共也就五万块，全投进去太冒险了，但他听不得刘学左一句"大户"右一句"小散"，像是早就看扁了他似的，心想这钱是输是赢尚未可知，万不能先输了人，于是暗自狠了狠心，同意也出五万块随便玩玩，潇洒地说："反正又不伤筋动骨，全输光了也不当回事。"

两人第二天上午如约见面，一起去证券公司开了户，以刘学的名义办的，又到银行去办了资金托管，十万块全数打入，第二天上午就全买了那张纸上排在第一位的个股。两人的心情既紧张又兴奋，股东卡在两人手里传来传去，看了一遍又一遍，感觉那玩意神圣极了。

可他们的炒股激情仅维持了半个交易日。周四早上十点钟，大川被刘学打来的电话吵醒，十万火急地告诉他，那只刚买的股票被证监会无限期停牌了，大川眼前一黑，瘫在床上……接下来的一个交易日里，刘学接连打来电话，既是宽大川的心，也算是自我安慰，说停牌未必是件坏事，听说好多股票停牌很久后再复牌，一开盘就暴涨。大川的苦衷刘学哪会知道，那已是他全部身家了，如今相当于全被冻结，自己尚在失业状态下翻不过身，稍有开销便难以腾挪。

大川电话里怂恿刘学去向那"股神"讨个说法，刘学像个死活不愿出嫁的大姑娘，扭扭捏捏、推三阻四。大川转念一想，也罢，只怕到头来说法讨不到，反又被人讥笑。刘学电话里还小声告诉大川，范经理今天一早来上班，办公室门上被人贴了张纸条，就两个字，"滚蛋"，她当场就被气哭了，跑到老板办公室去闹，估计今天真的要滚蛋了。

前几天还对范经理耿耿于怀的大川,得知这个消息,却反而对她生出许多同情来,当听到刘学言语间竟也吐露那幸灾乐祸、落井下石的"滚蛋"时,不禁正言道:"大家同事一场,何必!"

回来几天了,和阿辉一直没有联系过,他不来,大川也不去,相互间连个电话也没有。也不知鸽赛进展得怎样了,作弊是没指望了,小灰也生死未卜。

周四这天,林珊也来了电话,质问大川为何那晚一别好几天都不主动联系她。大川支支吾吾编不出个像样的理由,被林珊在电话里劈头盖脸臭骂了一顿,最后实在百口莫辩,他索性转守为攻,反问了林珊一句:"我一没钱,二不帅,三又老,睡觉还打呼,你真的能看上我么?我怎么一点真实感都没有?求你叫醒我的梦吧。"林珊那头"啪"一声挂断了电话,大川茫然……可十秒钟后电话又响起,林珊补充了一句,"你这头猪!"骂完又挂断,大川更茫然……

接下去林珊就没再打来,大川这一天是握着手机在床上翻来覆去中度过的。晚饭后,他再也忍不住了,主动打过去。手机没人接,又打家里,好半天才有一个日本女人接了电话,叽里呱啦了一大通,大川一个字听不懂,跟那女人说汉语,对方又听不懂,只能装作打错挂了电话。那声音不是林珊,也不太可能是林珊的妈妈,嫩了点,另外据林珊说她妈妈明明是上海人。

晚上八点半的样子,林珊回了电话,问大川找她什么事。大川反问她那么久不听电话究竟在做什么,林珊冷漠地回:"我做什么跟你有关么?你是我什么人?"大川只得放下姿态,重新摆正自己的位置,认真地说:"好,就算这个与我无关,那我来问你,假如我告诉你,人有时是会因为太在意、太紧张一件事,而在心里担心失去,从而不敢面对事实上的拥有,你说那是胆怯也好,不够自信也罢,总之这种心情你能理解么?"电话那头是沉默,大川也不追问,只静静地等。大约半分钟后,电话里传来林珊轻柔如羽的埋怨声,"那发一条短讯过来也是好的呀,还以为你再也不想理我了呢。"

"怎么会? 你明知道我是怕自己配不上你。"这话倒诚恳得令人怜恤三分。经过跟燕子的感情挫折,大川给自己的定位已经很低了。刚从东极回来那晚,他觉得自己甚至都配不起青卿那样的女孩。

两人电话里讲和,林珊不许大川再生所谓配得上、配不上的怪念。大川却来了个一百八十度掉头,转而信誓旦旦地扬言要做一番大事业出来给林珊瞧瞧,定要让自己心里觉得配得上了,那才算真的配得上。

后来大川问起晚上接电话的日本女人,林珊说她当时在洗澡,接电话的是用人。她们家一共四个用人,除了司机,两个料理家务的和一个厨子都是日本带来的。大川一听,好家伙,连用人都是空运过来的,这家人可真富得可以。大川又问日本厨子会做中国菜吗?他相信林珊和她妈妈应该都更喜欢吃中国菜。林珊说才不,她本人是中国菜和日本菜都喜欢,想吃中国菜时就一个人跑到外面去吃,而她妈妈则压根不在上海,而在意大利。

原来,她妈妈是个有名的服装设计师,在意大利有着自己的事业。林珊说她曾经想过要去意大利跟妈妈一起生活。大川听了不免有些紧张,忙问她真的会去意大利吗。林珊笑道:"求我!求我就不去。"可还没等大川开口求,她自己就先软了下来,"那是以前的想法了,以后就算还想去,那也一定要和你一起去!"

甜蜜的电话粥一直煲到半夜一点钟多,大川忽然想到林珊明早需不需要早起,于是问她从事什么职业。林珊说自己是个无业游民,大学毕业后一直在学意大利语和法语,不管有没有用或有多大用,反正既然有兴趣,那就学下去,加上汉语、日语和英语,她目前应该是已经掌握五国语言了。电话这头的大川无声地吐着舌头,心想,你还算半个上海人呢,五国语言你都会,唯独不会上海话。

互道晚安前,林珊说明天周五,下午有课,周日一整天有课,周六却有一整天时间,她想大川陪她。大川告诉她周六中午要参加一个朋友的生日宴会,问她下午行不行。林珊不干,吵着要一道去,而且一早就要见到大川,然后陪他一起去买生日礼物。大川拗不过她,只能答应。

18. 美女宴

恋爱中的男女想必都是患得患失的,林珊怕大川再莫名其妙地觉得配不上自己,胡乱钻进不知哪条死胡同里去,便又补了条短信给他:"你问我喜欢你什么？ 我喜欢你强壮的身体,在你帮我往行李厢里塞包的时候,看着你的背影,我有过扑在你后背上搂住你那梧桐粗腰的冲动,和你在一起我有安全感。另外,很喜欢你的幽默。"大川看了心潮澎湃,回了一条:"我将来一定会富有的！ 我不会让你在亲人面前提起我时感到难为情。"

林珊觉得大川依然没有真正从自卑心理中走出来,这种感觉令她很不舒服,她想尽力让他明白,其实钱并不算什么,只有穷且志短的人才那样看重钱,于是又回道:"你将来再富有,又能有多少钱呢？ 若按门第之见,身家在十亿以下你恐怕很难跟我谈嫁娶,除非我笨到看不出你没有那十亿，又或者是你笨到没看出我根本就不需要那十亿，傻瓜，我只需要你口袋里有十块钱，足够乘公交车来接我就可以了。快睡吧，明天周五，财经新闻里说股市可能要调整了，你又要忙了，对了，我是说过你可以不富有，但并不意味着你可以不养我哦。"

周六早上，大川六点钟爬起来，他已经连续三周没起过这么早了。他爬出窗外，昨夜有小雨，老街的地面上湿漉漉的，空气如同被冲洗过一般干净，晾衣竿上还悬着一排不愿落地化泥的雨滴。这一天注定是不平凡的一天，尽管没有任何先兆来预示他的人生轨迹将被今天接下来发生的事彻底改变方向，但他依然嗅到了一丝不寻常的味道。空气有些湿冷，有点不安分，仿佛要从春的怀抱里抽回些暖意与生机。鸽棚里的宝贝们也提早开始鸣叫，嘈杂无序，向远处扩散，消融在沉重得几乎就要压至头顶的阴云里，像是在召唤着什么。

大川和林珊约在静安寺附近的"雷允上"大药房门口见，大川没有带伞。大川从地铁站出来，远远看见了她，一身橘红色韩版休闲短套装，露出白皙的双臂与小腿，头上戴了顶白色帆布垒球帽，脚下一双米黄色网球鞋。她就如同黑白照片里的一抹补彩，从大片的灰色中跳出来捉住了大川的眼球。若没有足够的资本与自信，五月中旬的梅雨街头，难见这般景致，那资本与自信下面必有一份特殊的好心情，而那份特殊的好心情，也必与恋爱有关。林珊蹦蹦跳跳地挽起了大川，宛如木炭上蹿动的火焰。

他们先去商场里买礼物，大川脑子里闪过青卿说的"脑抽筋"，想笑但忍住，他难以想象诸烨那一类公子哥面前堆满"脑抽筋"时是什么表情。他拉着林珊瞎逛，应该说是被林珊拖着漫无目的地走。最后连林珊也累了，说干脆简单点，买瓶男式香水。大川说不，那主难伺候,喜欢摆文化谱,还是去看看精致一些的工艺品。最后他们选中了一件价格还算"公道"的琉璃装饰品,那是一只山羊,因为大川推算,今年三十岁的人应该属羊。从商场出来后,他们又回到了"雷允上"门口,他们得原地等候朱乐平,然后一同去附近一家大酒店赴宴。

见到乐平的时候,大川发现他的眼球也同样被林珊捉住了好几秒钟而挣不脱,内心顿时生出一阵荣耀感。他想,原本担心的尴尬,今天也许会来个乾坤大挪移,转嫁到别人头上也不一定,这么想着,腰杆仿佛一下子硬了许多。

这确实是一家极尽奢华的大酒店,那镶有绿檀木雕的大门上散发着阵阵檀香,将世间一切寒酸之气倒逼回头,只容贵气通行。大川拉着林珊,表情庄重地跟在乐平身后。诸烨订了两个包间,一间是他与平辈朋友们欢聚的场所,另一间则是他爸爸诸国忠专用来宴请几位贵宾的,乐平说那都是些叔伯辈的贵宾,且贵到何等程度,连乐平也不知高低深浅。大川心里有些纳闷,这等豪门巨富的公子过寿,为何只摆了区区两桌?他们算来得早的,乐平一报诸烨的名号,服务小姐便将他们领入了他们应该去的房间。房间里空无一人,主人不在,乐平自然就临时代行主人之礼,招呼大川和林珊于靠近门口的位子上落座。他自己也靠门口,只不过与大川背对门口不同,他是侧向门口。一会工夫,服务小姐端上了茶水。

"大川这手里拿的是什么宝贝?"乐平眼望着门外心不在焉地问。

"送给你朋友的礼物,工艺品,琉璃的,生肖羊。"大川如采购员汇报采办清单似的答。

"羊?人家明明 1980 年生属猴的好吧,大生日都是提前一年过的,你是不是地球人?"乐平还是有些心不在焉,"不过无所谓啦,工艺品嘛,你只要不说送的是生肖,那也不算错。"乐平转而瞄了一眼大川身边的林珊,"这位是……"

"她叫林珊,我女朋友。"大川这回没让林珊抢了去,总要体现一回大男人的爽快。

"呼——够快的,迅雷不及掩耳盗铃儿响叮当了个当。"乐平确实吃惊不小,这才几天? 不过这会桌面底下的脚已快被大川碾成了锅铲,一阵咧嘴皱眉之后,也就不敢往深里探究了。林珊只朝乐平客气一笑,接着便若无其事地喝起了茶。她仿佛已经习惯了似的,从阿辉到高利仁、董青卿,再到今天的朱乐平,人人都认识大川以前的女朋友——燕子,人人都对自己的突然闯入表示出不同程度的诧异,可她却不以为然,她看重的是现在,现在谁和大川在一起,现在大川心里装着的是谁,她甚至都不屑去追问大川和燕子以前的那些事。其实说不屑那也是骗自己的,想落个耳根清净倒是真的。可她并未意识到,也许她有些自信过了头。此刻的大川,眼睛浮在台面上,心却与乐平一样飞到了门外,只不过乐平等的是诸烨,而大川期盼见到的则是燕子。

当大川终于听到身后一个熟悉的声音在轻唤"朱老师,长久不见了"时,他意识到冤家到了,心一下子提到了喉咙口,睁大了眼,目光直勾勾地钉在桌面一动也不敢动。乐平忙立起身来跟来人打招呼。林珊看看门口的人,又转脸看看大川,心里顿时明白了,眼前这便是大川的昔日恋人燕子无疑了。

和乐平一阵寒暄之后,燕子坐到了他们的斜对角。果然被乐平料中,燕子身边还跟了一个人——张墨然。今天他俩穿的像是情侣衫,两件款式相近的黑色长袖圆领 T 恤,衬得燕子更显肌肤娇嫩、身材苗条,张墨然也因黑色的瘦身视觉效果,身上减去了不少臃肿。坐定后燕子才发现斜对面坐着的竟是大川,当时的吃惊程度,不亚于在鸽笼里见到了一只鹌鹑。大川的脸又一次极不争气地红了,红得那么懦弱、那么卑贱。

"呀——大川也来了?"燕子极不自然地笑问,真后悔听了乐平的话来赴宴,更气恼乐平事先明知道他们分手的事,却连招呼也不打一声就把大川也请来了,害得她要面对这"撞车"的尴尬局面,说话间,笑眼的一角向乐平投去一束怒光。乐平狼狈地躲着那怒光,心里却暗喜:好戏开场了。

大川"嗯"了一声,心想,许你来,不许我来啊?

"还带了——新朋友来?"燕子故意将"新朋友"说得快而模糊,她自然不敢说"新女朋友",她懂得在敏感的气氛下要尽量避免敏感的词汇,但她还是忍不住紧盯着林珊看,目光在那倩影上快速地扫描,神色中略带了些紧张与戒备。林珊的美确实超出了燕子的想象,她本没料到在这样一个小型宴会上能遇见如此清新的可人儿。林珊也拿眼瞧她,两人目光交会了一刹那,却又都怯懦地抽离闪回。

大川点点头,心想,许你带,不许我带啊。

其实大川知道这种心理抵抗是毫无用处的,他对燕子向来都没有分毫抵抗力,如果此刻燕子来一句,"走,大川,我妈想通了,我们结婚去。"大川会毫不犹豫地站起身屁颠屁颠地跟她走。不过他知道这是不可能的,他此刻只是不想被燕子看扁。

一边被冷落的张墨然有些不乐意了,"燕子,别只顾着你们打招呼,也介绍你的朋友们给我认识认识啊。"

燕子心想,你算哪根葱。嘴上却说:"不好意思,这位也是新朋友,作家,平常写小说太苦闷,周末里想出来换个环境放松下心情,所以也跟着来了。"接着就将乐平与大川一一向张墨然笼统地介绍过来,只报大名,不带任何感情色彩,介绍到林珊时,燕子犹豫了一下,"哦,这一位好像应该大川来介绍了。"张墨然脸上挂满了失落与委屈,他万没想到燕子会如此若无其事、无足轻重地介绍他,好像他们之间除了一同来赶这么个无所谓缘由的饭局之外,什么关系也不存在似的,身上的情侣衫似乎也可以被她的话彻底定格为一种无聊的巧合。

"哦,她叫林珊。"大川的介绍比燕子还要简洁、笼统,这不禁给在座所有人留下无边的遐想空间。

服务小姐又补上了两杯茶。

房间里空下一段揪心的沉寂,如真空包装袋一般,等着一根针去刺破。张墨然很乐意扮演那根针,他是个精明人,嗅出了空气里的尴尬,那里面似乎还夹杂了由三种醋混合而成的酸溜溜的味道。倘若他再不说点什么,便真成局外人了,"大川兄弟跟我们燕子老早就认得吧? 我今朝出门前还在关照燕子,她的朋友就是我的朋友,今朝有缘一见,就算认得了,以后交往的时间还长,大家自家人,多多关照。"

燕子终于忍不住了,白了张墨然一眼,"话讲得清爽点,你出的是你自家的门,你是打了个电话给我,关照我穿这件黑色 T 恤,人家听了还以为怎么回事嘞。"燕子翘起兰花指轻巧地拎了拎靠近张墨然一边的衣袖,仿佛正在他们之间精确地画着一条"三八线"。张墨然在新朋友面前被燕子剥了个精光,这显然是他首度挑战燕子的耐心底线,羞愧之余不免失魂落魄,"对的,对的,我就是这个意思,我是圈外的人,想跟大家交个朋友。"

乐平将脸扭向侧肩,朝身后猛咳,忙又拿手去掩嘴,像是止不住那咳。其实他欲止的不是咳,而是那开罪人的坏笑。大川脸上的红云渐渐消散,纠结的五官也偷偷舒展开来,只是那钉在桌面上的目光依旧纹丝未移,耳朵和余光已成了他全权的外交使节。林珊本想于桌面下狠狠地去掐大川的腿肉,但在眼下这位对大川有着极度影响力的美人面前,她自知已彻底丧失了撒娇的资格,只是与张墨然稍有不同,暂时还未感觉到与大川之间的那条"三八线"。

燕子总也忍不住去看林珊,只是并非明目张胆地正视,而是于上下左右游移不定的目光中漫不经心地去轻扫。即便是那"打酱油"般的过路问候,此刻也如鞭刑般一记一记地抽在林珊的身上和心里,令她难以忍受。张墨然则是满脸无趣,彻底闭上了嘴。

宾客们陆续到了,接下来进门的人就没一个大川认识的了,看装束,八成都是美术界的朋友。前后进来五人,四男一女,那女的也不再是谁的老婆或女友。乐平倒是能认个大半,一一跟他们打招呼,言谈间的生分与恭敬,一听便知都是乐平新近结交的朋友,也许那本都是诸烨的朋友,乐平只是借道得了人脉。席上已坐了整十人,主陪与主宾两席尚且空着,人一多,先前微妙的空气便被冲淡了。乐平依旧代行着主人之礼,为一桌来宾相互介绍着,连交换名片这事他竟也要过手。大川发不出名片,但见收回来的名片上几乎都以"文化""艺术"打头,顿觉自己带着林珊来纯属多余,又见所有人都空着手,同时又觉得自己的繁文缛节也属多余,心中暗暗抱怨乐平事先不打招呼,连他自己也没带礼物。

后来的宾客们相互间交谈了起来,嘴里无一不恭敬地挂着诸烨,仿佛那人是饭前祷告时必念及的神,尽管那位即将过三十岁生日,实际却只有二十九岁的"神",最多只能算他们的幼弟。那五位美术界人士,最小的一位应该也有四十岁以上了。

众人念及神,神便果真驾临了。

19.地狱分九层

　　"诸位久等,小弟失礼了!"大川的身后传来一个斯文儒雅的声音,转脸来看,果然是位斯文儒雅、玉树临风的美男。只见那人身着一件D&G黑色双排扣立领短风衣,天衣无缝地配合着线条流畅的躯干,勾勒出优雅干练的身姿。他的双肩不宽但如峭壁般巍然,面颊瘦削却透着红润光泽,嘴角似弯月,挂着沉稳持重且还挟着些孤傲的笑意,鼻梁挺括,剑眉星目,英气逼人,恰到好处地为那整体略显清瘦的身形增添了七分阳刚与三分英武,那挺拔的脊背更令其比实际身高上挑了一寸,显得气宇轩昂。当他出现在门口时,周身闪耀着成功人士的灿灿金光,丈余之外,大川便能感受到一团摄人心魄的强大气场,那里面透着一股逼人臣服的王族贵气。那贵气果然瞬间"威慑"了全场,早已臣服的宾客们全体起立,谦卑地行注目礼,笑迎这位自称为"小弟"的主人。

此人便是众人口中的神、乐平心中的贵人及传说中的美男——诸烨。大川心头一惊，没想到老天竟会如此不公，造了此等完人之后，却偏又作弄人似的安排残缺之人与其同席而坐，面对面比较，且还是在大川最在意的两个女人面前。怎么比？一个是著名美男，一个是资深宅男，一个是腰缠万贯，一个是囊中羞涩，一个是出身豪门，一个是长于棚户……大川不禁自惭形秽起来，先前对诸烨的厌恶与反感，被当下的恼羞与嫉妒变作了满腔仇恨，大川的设想终于得到了验证，他果然是"因嫉生恨"了，那张本就已经情绪复杂到难以承载的脸，此刻更是宛如秦香莲的状纸——又苦又长。

大川的敌意只敢摆在心里，他下意识去看燕子的反应。此时的燕子如同被手电照住的夜鸟，目露异彩却恍惚怔神，逃又无处逃，与众人一样被震慑于那强大的气场之中，先前那一脸的骄矜已荡然无存。面对这样一位标本级的"白马王子"，就连平日一向不太以貌取人的她，此刻也不免怦然心动，本能地生出无限好感。再看林珊，反应与燕子大相径庭，她一脸事不关己的淡漠表情，并未拿正眼去关注那人，嘴角甚而还留有几分钟前未消的委屈。大川只消这两眼，便在内心看清了这桌面上的两个女人，究竟哪一个才真正属于他。要说绝对意义上的登对，满屋子人里，只有那诸烨与自己身边的林珊才算得上是天作佳偶，燕子则因缺少显赫的家世而必败无疑。可人心偏就如此作怪，老天无意将大川赶尽杀绝。

乐平果然料事如神，今天注定将有一场天昏地暗的混战，不过大川隐隐意识到他与林珊已然出局，战场是留给那四人的，燕子、张墨然、诸烨……对了，还有一个人，她紧随诸烨的身后进来，是一位十指涂满红指甲油的妖冶女子,戴着一对夸张尺寸的大耳环,坠得她步态谨慎而吃力,发型与身上的黑色套装一样,精致得有些复杂,给人留下深刻印象的并非她那张娇媚却不具端庄气质、年轻但缺乏青春活力的脸,或者是那性感可过于招摇的玲珑身材,而是她浑身上下无一处幸免的纷繁雕饰,仿佛出一趟门便要将所有珠光宝气聚拢一身。

大川有一种强烈的预感,那诸烨就像《傲慢与偏见》里的达西,而那伊丽莎白是谁,大川则不敢往更深处去想,他内心的一切担忧与恐惧,均源于那些矛盾且自私的想法。随着那两个高贵身影将最为高贵的两席空缺填满,大川心中也同时生出了疑问,他低声问身边的乐平:"学厚没来?"乐平垂目不答,像是没听见似的。于对面坐定下来的诸烨环视满席宾朋,最后竟也将目光停在了乐平脸上,问出了与大川相同的问题:"朱先生,怎么不见许先生来呢?"乐平缓过神来,换了张脸,拘谨地笑,"哦,学厚身体一直欠佳,闭门谢客已久,我也没能联系上他,不过想必今天的日子他也是记挂在心上的,古有孟尝君食客三千,今有诸贤弟识儒上百,待友如此,感念之情定是有的。"只有大川心里清楚,乐平平日与人交往,只有在谈及高深莫测的艺术哲理或在自己敬畏的人面前才会脱去方言改说普通话,却也未承想会文绉绉至酸溜溜的地步,且废话斗量,连人家的"感念之情"他都能预见,过分的掩饰往往可成为别有用心的揭露。

"那拜托朱先生有机会转达小弟的问候,他以前的手机号也不用了,长久不见,真的很想念啊。"诸烨的客套宛如那"亲切的问候与良好的祝愿",似官不是官,却又官腔十足,那是一种居高临下的关怀。

"好的!一定!"

门外进来一位西装革履的年轻男子,近前与诸烨耳语了两句,诸烨温文尔雅地起身向众人告假五分钟,说是隔壁召唤。诸烨前脚出门,乐平便急于凑近大川的耳边来唇语,"看见没有?风尘女子有两类,坐商与行销之别。坐商嘛,以跑量为主,前几天带你见识过了;行销的就高明很多,比较注重产品的包装与附加值,盯死一块市场深度挖掘,这一类眼下就有,你今天走运,可以开开眼界了。"尽管乐平目不斜视、声色俱敛,但大川对于他话中所指已明白了个通透,正是对面那搔首弄姿、一脸傲慢的女人,只是此刻大川心里又多了一层忧虑,但愿燕子不要步那女人的后尘。

这种忧虑并非空穴来风,前后几分钟的工夫,燕子已将关注的焦点从林珊转移到诸烨,再从诸烨转移到那女人的身上,此刻正偷眼看她。

五分钟不到,诸烨回来了,进门开口又是抱歉:"不好意思,怠慢了,最近上头风声比较紧,家父特地选在这处不算定点的饭店里招待诸位,不便声张,只请了平日里谈得来的朋友。逸飞先生的表弟前几天去了法国,新闻界朋友许先生有病在身,朱先生邀来的朋友也不是很多,隔壁又都是'官府衙门'里的人,与我们浑身不搭界,今天看来真正的寿酒就这一桌了,不求热闹,只求欢愉。"说这话时,诸烨的目光在燕子的脸上停留了一口烟的工夫。燕子心领神会般红云上脸,仿佛已成了真命天子的宠妃,此刻正以娇羞来回应召唤。

诸烨坐下来接受着众人的祝福,也接收着礼物,并一一道谢。令大川尴尬的是,那些老家伙送的清一色都是从衣袋或手提袋里轻松取出便可奉上的礼物。其中给大川留下深刻印象的是一张"千万富爷俱乐部"的金卡,还有一只欧米茄全球限量发行100块的纪念金表,其余四人送的均是个人作品,乐平也不例外,只是那些作品当场不可见,都是事先存放于某画廊的票根凭据。而大川手中捧着的那坨"工艺品",仿佛顷刻间变成了一颗即将引爆的炸弹,恨不能百米冲刺跑出去扔掉。他这还算好的,燕子与张墨然则压根没想到还要送礼物,此刻已在交头接耳、满面窘相。

诸烨似乎看出了燕子的窘迫,但见她身旁有个张墨然,便笑着试探道:"程小姐人来了就好,这就是最好的礼物了,你也许不晓得,两年前在下就曾慕名去朱先生的画室,想一睹小姐芳容,不料两年后的今天才有幸得见,更没想到如今小姐已名花有主了,呵呵,不管怎么说,今天我这里是蓬荜生辉了。"

燕子被他这么一说,着实一惊,心头也有"不料"与"想不到",不料的是诸烨早就认得她,更没想到的是两年前竟错过了这段姻缘,以至于如今还要去嫉妒他身旁的那个骚女人,心中不免一阵悲凉,转而又被他的话臊得满脸绯红。"哥哥抬举了,我哪有这样的好福气哟,'名花'是谈不上的,'有主'更是子虚乌有了。"说完竟反客为主拿眼去瞪诸烨身边那女人,大有逼宫之意,心想,都这会工夫了,诸大公子连半个字也不提她,足见这女人在他心目中是个什么地位了。那女人被燕子瞪得一时间竟莫名其妙地慌张起来,只苦于不了解这里面的故事,先前脸上的傲慢顷刻间化为了百般的费解与不服气,可又不好当场发作,只能低眉冷笑了一声。

在心里冷笑的其实还有张墨然,大川则连冷笑的气力也没有了,看到眼前的燕子,他的心在滴血。

诸烨听了燕子方才一席话,心中这脉已把准了,他不露声色地举起杯,"来!承蒙诸位不弃,今朝借小弟的贱寿欢聚一堂,我先敬大家一杯,表示感谢!"不可否认,诸烨的个人修养的确令大川叹服,别管那是不是一种伪装,且有几许做作成分,但凭他那成熟老练、含而不露的言谈举止,就曾几度令大川产生错觉,不由自主会高估他的年龄。可大川同时又在心里恨死了诸烨,认定他是个道貌岸然的伪君子。

大川一只手还端着那只短命羊,怎么都送不出手,也不再愿送,林珊也不去怂恿他,只任由他端在手里盖于桌布之下。从诸烨那交换回来的几个不经意的笑视中,大川分明觉察到了几分鄙薄,那是非高度敏感的神经而不能体察的。这会莫说求他谋个生路了,眼下这间豪华的包间在大川看来都已成了牢笼,一分钟也待不下去。

祝完酒坐下,场面稍有几秒冷却,乐平便开始了他的"文化之旅"。大川前一秒曾有过预感,乐平有话,且是成套的话在心里憋着呢,依照大川对他的了解,别管什么场合,他都会有意无意地去扮学究。"今天这个场面,让朱某联想起一个有趣的话题,在座的都是博学多识之人,但哪位知道地狱是什么形状?"乐平冷不丁问了这么个"妖怪"问题,倒是出乎大川所料,这在人家的寿宴上确实够煞风景的。众人皆摇头,但也有接话的,有说直桶形的十八层地狱,也有说没有形状。乐平摇了摇头,停一会又摇了摇头,"是上宽下窄的漏斗形,共分为九层——墨然兄是作家,应该读过但丁的《神曲》。"说完乐平的目光撩向张墨然,大川觉察到乐平话里的挑衅,但他不明白这种敌意因何而出,该不会是在为诸烨充当清道夫吧?

"哦,读倒是读过,但印象有些模糊了,好像上面还有炼狱和天堂。"张墨然说得有些模棱两可,脸上泛起了一丝虚浮,眼神也开始飘忽不定起来。但这一并不坚决的回答倒反过来令乐平吃惊不小,想是乐平本料定他没读过,于是话锋一转:"是的,我想说的是,其实当今社会也分了九个阶层，以前是'士农工商'笼统划分，如今应该扩充为'士员文商金白蓝工农'。"

"哦？怎么讲？"诸烨的兴致一下子被撩拨了起来。

"'士'是指政府官员、国企领导，上市国企就更风光，比如诸伯父；'员'是公务员，在座的好像没有；'文'是文艺工作者，自由撰稿人或演员什么的，比如我们在座的大多数人；'商'是商人，大老板、小老板、金融地产投资者都算；'金'是'金领'，一般是非国企的高管；'白'是'白领'，各种性质企业里的中下层雇员；'蓝'是'蓝领'，一般是在岗工人；'工'是农民工、下岗吃低保的人；'农'嘛，那就是纯粹的农民了。"乐平掰着手指侃侃而谈，眉间飞扬的得意想必有两层，一是将诸烨的父亲——'诸伯父'排在了第一的位置，二是在第二等位置空缺的情况下，把自己乃至那几位老家伙排在了第三。但他没有想到，按这个排法，大川在倒数第二，不过也许这本不在他的考虑范围之内。

在座的一片哗然，惊叹于乐平的创意，纷纷兴致盎然地去对号入座。

"那么墨然兄刚才说的'炼狱'呢？还有七层！不过对于我们身处地狱的人来说那是上层建筑了，我们连额头被刻上七个'P'的资格也没有——哦，只有'士'一级的诸伯父可以领略一二。"乐平继续眉飞色舞道。有时恰到好处的哗众取宠，损了人格却长了实用价值。

"朱老师，那什么是七个'P'呢？"燕子忍不住问。张墨然实在坐不住了，心想刚才差点被他考住，其实那《神曲》仔细回忆起来，很多细节都还是记得的，眼下燕子在场，说什么也不能丢了颜面，风头绝不能让他一人占了去，于是抢话道："那代表人生七大罪过，是守护天使用剑刻上去的，一走进山门就刻，在炼狱里每上升一层就消退一个'P'，那七大罪过好像是'骄、妒、怒、惰、贪、公、色'，朱老师，我没说错吧？"乐平再吃了一惊，想是连他自己也记不得那么仔细，窘笑着点头，"是的。"但他似乎有意要快速翻过这一页，进而道："很多人觉得天堂里总该人人平等了吧？其实不然！天堂还分为七重天，月球只不过是第一重天，美国人那么'牛叉'也只不过四十年前去过一次，要想真正来到主的脚下，匍匐在地企求他的佑护，唉——路漫漫其修远兮——"

"天啊——这么说，我们简直就如同蝼蚁，太渺小了！"那五个老家伙中唯一的女士惊叹道。

"是哦，我一直觉得神的世界其实就是宇宙，既然按照朱先生的高论，我们同处在地狱的不同层级，那么以后大家相互间都多多关照啦，为了朱先生的这番高论，小弟敬你一杯！"诸烨的脸上神采飞扬，酒杯里也是诚意满满。乐平窃笑，这哪是什么高论，不过是蹩脚的搬弄，本想戏弄那个不知所谓的作家，结果险些反被拆了台。

20. 赏画之战

"诸公子这话讲得实在！市场不景气，同道中人更应该相互帮衬。"紧挨着诸烨就座的那位最为年长的画家频频点头认同，方才那张金卡便是这老头送的，其造型酷似监狱中的萨达姆，听口音应该是高利仁的老乡。

"赞同！赞同！"张墨然附和道，刚刚找回点颜面的他，此刻是绝不敢立即挑战诸烨的。刚见诸烨第一眼时，他也跟大川一样，被那咄咄的气场逼至墙角半天喘不上气来，"我最近有意收集些美术界的题材，打算写一部新的小说。"

"你想写的东西可太多了，会分身术吧？你不是还要写我么？"燕子恐怕是此刻心情最好的人了，好心情来源于诸烨时不时瞟来的暧昧眼神及先前那风骚女人的示弱，这一切都暗示着在下一场类似的宴会上,她即将成为主人。燕子的话引来哄堂大笑,她似乎已经忘记了大川的存在,应该说,除了诸烨,她眼中已不再有别人。张墨然见处处碰壁,自认倒霉彻底封了嘴。

"老朽不才,'世庙会'多亏诸董赏识与关照,浮雕这一块接了个分包项目,老姚也不错——壁画。在座其他几位也都受过诸董的恩惠,今天是个大喜的日子,我提议大家同敬诸公子一杯,来!"方才那位山东萨达姆弹簧似的从位子上弹立起来,按说这把年纪的人不该有这么好的爆发力。他的酒杯在空中画了个弧,号召其余四人,话中的老姚被点了名,自然首先响应,其余三人也都先后起立,恭敬地双手举起杯。只有乐平在犹豫,一是至今尚未受过诸家老爷子的恩惠,不在提议敬酒之列,可又不甘被冷落一旁,所以人是扭扭捏捏站了起来,杯子却迟迟未端起。诸烨眼疾脑快,微笑着从容起立,顺带看了乐平一眼,用手中酒杯轻点了他一下,乐平顿时心领神会,受宠若惊般端起酒杯。

大川自诸烨进门后就没开过口,林珊此刻也是手里擎着杯橙汁低眉不语,燕子正和诸烨身边的女人打眼仗,诸烨看在眼里喜在心中。酒过三巡,乐平于桌面下轻拍大川的大腿,估计是想找机会把大川引荐给诸烨了,但大川却于桌下一把揪住乐平的衣袖死死不放,示意他不必了,但乐平终于还是开了口:"忘记给诸贤弟介绍了,这位就是两年前我跟你提起过的冯大川,久仰贤弟大名,很想跟您交个朋友。"诸烨一听竟豪放地大笑两声,然后笃定地说:"就是他了,刚才我还有些想不通,朱先生怎么会把程小姐身边的男士唤作'墨然兄'呢?这下终于对上号了,只道两年一场梦,原来改朝又易臣,这也是缘分,缘分妙不可言啊!"诸烨先前眼中的鄙薄这会已换成了嘲弄。

乐平掌扶于大川后腰，无声地鼓励他向对面敬酒，大川这回没再脸红，只在心底气得发抖，他真的端起了酒杯，屁股却死死地钉在椅子上。"很高兴认识各位美术界的朋友，我大川跟美术界没多少渊源，一定要说渊源，那就是以前曾有过一位学美术的女朋友，如今还有位画家朋友愿意跟我做兄弟，而且在我失业了以后，他还愿意伸手帮我。按照他的等级划分，我只恨自己做不成真正的农民，那样我也就不用留在城市里做末等公民供你们取笑了。说真的，很羡慕在座的各位，都是体面人，处在财富与地位的巅峰，你们有资格在这里弹冠相庆，陶醉于'地狱的上层'，而我这种平民就只能借着朋友的薄面偶尔来领略一番'上流社会'里的无限风光。我敬各位一杯！祝大家发财发财发大财，也祝程小姐能如愿找到自己的幸福。敬完这杯酒，请恕在下就要告退了，无奈生计所迫，各位见谅。"大川强压着胸中怒火，表面平静却掷地有声地说完了这番话，然后仰面干了杯中酒，起身拉上林珊夺门而去，没有给任何人留下反驳或挽留的余地。

全场傻眼了，诸烨仿佛霎时间变得迟钝了，甚至都还来不及收敛那嘴角的笑意，就这么僵在了那里，想必他有生以来很少有机会见识如此放肆的公开顶撞。

大川这是一竿子打翻了一船人，连乐平也未能幸免，尽管乐平也只是一只脚刚刚迈进"上流社会"，却很有可能因大川的鲁莽而被活生生地拖出来。乐平站起来犹豫了几秒钟，然后满脸歉意地跟众人说："抱歉，实在抱歉！这小子可能是一高兴喝多了，我出去看看，定要让他跟各位道歉。"乐平说完追了出去。其实他比谁都清楚，大川今天根本是滴酒未沾，喝了一肚子怨气倒是真的。

乐平一直追到大门口，他一把揪住大川的衣领，怒斥道："赤佬！

你有毛病啊？不识抬举！"

"有毛病的不是我，是他们！也包括你！你识抬举，一副贱样！不要面孔！"

"你——你！跟我'翻矛枪'（沪语，指翻脸、语言上的针锋相对）了是吧？你有骨气，你有骨气怎么连份像样的工作也找不到？你要面孔为啥没本事把燕子抢回来？燕子要是能看上你这种瘪三，太阳都从西边出来，我这是好心被人当成驴肝肺，你个赤佬这是在恩将仇报啊，不就为了个女人吗？你至于这样拆我的台吗？"

"你讲啥？再讲一遍？当心我'请你吃生活'（沪语，意为打你）！我为了那个女人？你不觉得她也是在'行销'吗？"

"不要吃不到葡萄讲葡萄酸，你我还不清楚吗？今朝不管怎么讲，你不能这样不清不爽就跑掉，走！跟我回去向大家认错！"

"呸！你跟他们是一丘之貉！你还是自己回去向主子摇尾乞怜吧，我看了都恶心，要我回去？做梦！"

就在两人扭扯争吵不休之际，林珊已经拦下了一辆出租车，招呼也不打一声就离开了这个是非之地。大川终于还是挣脱了乐平的纠缠，跑出数百米去追林珊，可那出租车没有半点迟疑地上了高架桥，消失在视野中。

乐平哭丧着脸丢了魂似的回包间，进门前努力整理了一下面部肌群，从嘴角里硬生生挤出一丝笑，服务小姐为他推门。满屋的人已经恢复了说笑，只是个个脸上抑着阴郁，与口中那些轻松的话语很难协调起来。燕子倒有些反常，不再那么兴奋难抑，此刻正满脸怅然若失地自顾自吃东西。

乐平想，方才大川的那番话若摆在贩夫走卒面前讲，定会被反笑

148

为神经，可眼下这一席宾客，均为平日里自命清高、孤傲不群之人，或为人师表，或自恃德高，只有乐平最能体察他们的心情，这回全伤了，而且全是内伤。"各位抱歉，没追上，喝多了，发酒疯！别理他！权当朱某遇人不贤，看走了眼，我自罚一杯。"满席无一人搭理他，只当他隐形，话也被神秘的消音器给屏蔽了。乐平还是举杯一饮而尽，放下酒杯再看众人，依旧无人睬他，于是又怅然补充道："抱歉！实在抱歉了！"

约莫一盅酒的工夫，诸烨朝乐平看了过来，脸上依然是沉稳的笑。"朱先生何必介怀？人生总有起起落落，生逢盛世而不得志，难免会有些个人感伤，只不过朱先生的高朋恐怕是误会了小弟，我本无恶意，没想到会触及他人的伤心处，该说抱歉的应该是小弟才对，有机会一定要代小弟转达歉意。"

乐平没想到诸烨能说出如此大度的话来，顿时羞得满面绯红，惶恐道："诸贤弟言过了，说一千道一万都还是朱某的错，我再自罚一杯。"满席除了诸烨，还是无一人正眼瞧他，尽失了先前的宾主相得。

菜过五味，诸烨的父亲诸国忠满面春风地进来了。那是一位慈眉善目却暗藏威严的老人家，五十五岁上下，尽管一身休闲装束，但其端杯、微笑、点头及话语中无不透着十足的官腔："非常时期，简单了些，还望各位不要介意，犬子能结识各位雅士，实在是我诸家的荣幸啊，今天借犬子的贱寿，我敬各位大师一杯！"说完诸国忠端起了酒杯，象征性地在嘴边抿了一小口，水位却未见分毫下降。众人诚惶诚恐地起立，乐平更是紧张得连酒杯都碰翻了。"下午都到烨烨的新窝去热闹热闹，那是我送他的生日礼物。"诸国忠仅在屋子里待了半分钟不到便在众人的簇拥下离开了包间。

这顿饭乐平吃得够窝心的，心绪比这豪宴菜式还要复杂。近下午两点钟散席，诸烨谨遵父嘱，邀众人同往新居赏画。五位老家伙皆已人困马乏，纷纷告假，只有乐平一人积极响应。诸烨心下甚欢，正好向燕子抛出橄榄枝，但当着张墨然的面又不好直接邀请，于是借乐平与张墨然都是文化人，邀二人到家中帮忙鉴赏几幅字画，顺带征询燕子是否也有雅兴。还未待张墨然婉言推辞，燕子便一口答应下来。诸烨随即打发了身边女人，安排司机送她回家。那女人临出门前回过头来狠狠地瞪了燕子一眼，那一眼十分狠毒，同时又是万般绝望，想必她已了然自己的"行销"生涯将告一段落，须另择他木而栖了。

张墨然去取自己的车，燕子却不肯再上他的车，借口久未与朱老师见面，有聊不完的话题，顺势上了诸烨的车。张墨然心中的绝望其实不亚于那个被草草打发的女人，但一万个不甘心却还是驱使着他尾随诸烨的车开往他最不愿到达的目的地。诸烨的车里，燕子好奇地问他怎么会认识逸飞先生的，还说她一直很爱逸飞先生的画。诸烨神秘地笑，只轻描淡写地称"一切皆缘分"。乐平告诉燕子，诸烨认识的大师多了，不必大惊小怪。

诸烨的新居在近郊，他们很快便到了，那是一幢前后皆有花园的英伦风格的三层独栋别墅。诸烨吩咐用人备茶送至楼上，随后引领三人来到位于二楼的书房。

宽敞的书房里井然陈列着各式艺术藏品，其中以墙上挂着的四幅画作最为抢眼。一幅是马里共和国总统夫人 Alice 于旅美期间创作的，展现非洲大陆风土人情的丙烯画，一幅是当代画家马忠贤的文人画，还有一幅是齐白石关门弟子陈国刚的写意虾，陈逸飞的一幅油画也在其中。诸烨指着这四幅画，说这就是他新近偶得的几幅藏品，请三位品鉴。

乐平首先被吸引到马忠贤的那幅《葡萄架下的贵妇》前,频频点头,赞不绝口:"笔墨间脱略形似、妙趣横生,大有'言不必宫商而邱山皆韵,义不必比兴而草木成吟'之神韵,妙得很!正所谓大道无形,大音希声,果然是大儒之作!朱某慕名已久了,没想到马老师的这幅大作花落于此啊。"乐平用了五个"大"和两个"妙",才将他的叹服之情"精确"地表达出来。

而此刻另一边的张墨然却满脸狐疑地盯着那幅"写意虾"上的一首诗反复推敲。"'跳跃灵于蟹,峥嵘势若龙。生前无滴血,死后一身红,'这诗有问题,大有问题!起码是对仗不工整,这'生前'对'死后'好说,可'跳跃'对'峥嵘'就有问题了,你们看,'跳跃'是动词,而'峥嵘'却是形容词,实在牵强……"张墨然连连摇头,话还未讲完,脚跟已被身后的燕子狠狠地踢了一记。

乐平被张墨然的质疑声吸引了过来,也来到画前仰面斟酌了一番,然后胸有成竹道:"墨然兄此言差矣,作者的意图很明显,前两句不求对仗,所以'灵于蟹'与'势若龙'也不完全对仗,发现了么?"乐平说着竟还拿手去摸那光秃秃的下巴,若那下巴此时能配合着长出一髯银须,燕子定会产生时空错乱感,不知是身处现代,还是穿越到了古代。她心中纳闷,朱乐平原本不是这副腔调,为何在诸烨面前竟和变了个人似的。张墨然还是不服气,把头摇得像拨浪鼓,反正他心中不爽,横竖总要挑出点毛病来,仿佛只有这样方能将那诸烨的嚣张气焰抵消掉一两分。

诸烨坐在书房一角的沙发上一言不发,此刻他已点燃了一支雪茄,正透过烟雾欣赏着燕子的曼妙背影。

大约五点钟不到的光景,诸烨再度邀请三位一起共进晚餐,说已经吩咐厨房准备了些酒菜。张墨然再也不肯多留,说要和燕子先回了。燕子一时倒没了主见。正当她犹豫之间,张墨然进而借口附近很难打到出租,女孩子回去晚了不安全,既然两人一起出来,他便有责任将燕子安全送到家,而他有车方便些。他这么一说,乐平倒有话了,说自己也有车,无论多晚他都能安全送燕子回家,反而请张墨然安心自己回去,一定没事。张墨然诧异,问乐平不是搭诸烨的车过来的吗? 没见他开车。乐平指了指楼下,说自己的车就停在车库里,车牌号都报给了他。张墨然彻底没了辙,仿佛一只在饿狼面前再也守不住羊圈的牧羊犬,他实在想不通为何自己今天的运气竟差到了这步田地。

　　他当然不懂,这不完全是运气问题,机缘有时是可以人为创造的,关键还是看能力够不够。

21. 天降横财

　　张墨然走后，诸烨放松了下来，趁燕子上洗手间的空隙向乐平感激道："朱先生是小弟的萧何。"乐平揶揄地笑，"今天出了两个不识大体之人，愚兄既有过在先，那必将功补过。"转而又一脸的崇敬与真诚，"萧何谋事，刘邦驭人，刘邦虽文不如萧何武不及韩信，却是萧何与韩信加在一起再平方也遥不可及的，贤弟过奖啦。"诸烨听此言会心一笑。

　　冯大川见没追上林珊，便疯狂地拨打她的手机，手机一直关机。大川呆呆地站在街角，不知该何去何从。大约三点多钟，他回到了家中，剥去那套最体面的行头，扑倒在行军床上欲哭无泪，仿佛至此人生已走到了断崖绝谷的边缘。他深感自己的渺小与无力，正如乐平描述的那样，他即将坠入那最底层的地狱。

回想自己酒桌上那席既酸溜溜又血淋淋的话，顿感自己如那堂吉诃德般可笑，也许伤不及那群人的皮毛，却将乐平刺了个体无完肤。他仿佛能够想见，在那身后的包间里，诸烨虚怀若谷的笑，那群伪君子轻描淡写的点评，还有乐平那张如丧考妣的脸……这一切都过去了，他只想快速翻过这一页，最好连同这一段黑暗的生命也一同翻过。

从未领略过人生极端戏剧性逆转的冯大川，也许并未意识到，灾难的前夜往往拥有最绚丽的星空，而黎明来临之前的天色往往却又是最令人绝望和窒息的黑暗。大川的黎明即将于下一秒来临。

大川耳边响起了"咕咕"声，那个声音距离他很近，他抬头一看，眼前一亮，窗台上立着的难道是小灰？只有小灰够胆量立在那窗台上，因为它是唯一一只被恩准有此特权的鸽子。但又不像，毛色虽然相近，但完全变了副模样，那翅膀上、身上还血迹斑斑，一只脚也瘸了，怎么回事？大川不由得起身上前仔细察看。终于确认了身份，那的确是小灰，大川最宠爱的小灰，那只通人性的鸽子。它终于找到了回家的路，没有飞去公棚，而是径直回了家。

大川的视线有些模糊，作孽！这一路上小灰不知吃了多少苦，那弱小身体上的累累伤痕定是一路上挨千刀的偷猎者所为。大川心疼地用手去抚摸小灰的羽毛，小灰顺从地闭上了双眼，很享受、很陶醉的样子。两秒钟后，小灰拉了一泡便便。原来闭眼是在酝酿便便，大川是又气又心疼又觉得好笑，正想拿卫生纸来清理那便便，却猛然间发现那是一泡非同寻常的便便，里面竟射出一道刺眼的寒光，闪得大川眼一眨心一惊，俯身仔细去看，便便里裹着一颗亮晶晶的东西。

是的！那便是故事一开头说的"飞来横财"了。洗去便便，呈现在眼前的是一颗巨无霸钻石,不过当时大川的脑子里可没敢立即往钻石上想,也有可能是玻璃碴、水晶什么的。他想,怎么可能有那么大一颗钻石呢?电视上都很少见到,听说六克拉以上的钻石就被称为"鸽子蛋"了,那一颗若果真是钻石,大小几乎接近两枚"鸽子蛋"那么大,除非小灰是只神鸽,否则绝没可能拉泡便便就真的生出一只鸽子蛋钻石来,而且早不生晚不生,偏偏千里迢迢飞回家里生,这得是具有多么高的觉悟才能做出的壮举啊。

也正如故事开头时说的那样,接下来的一个多小时里,冯大川做了三件事情。首先是用榔头去猛敲那玩意,敲不碎!然后又用它去划玻璃,很轻松!之后其实他并未直接去药店,因为那时他还不知道他需要的鉴别工具从药店里可以买到。他先去了趟附近的网吧,从网上查到了些资料,记录在纸上,"钻石比色灯、放大镜、镊子、热导仪、电子秤……"大川的脑袋晕乎乎的,那实在太专业了,有的听也没听说过,根本不知道要从哪里采购,更不晓得自己是否买得起。于是再查……终于被他找到一个简单易操作的鉴别方法,只需要一架十倍放大镜即可。

等大川从药店里将放大镜买回来时,小灰已经僵直地挺在窗台上一动不动了,大川由于过于兴奋,竟然都没有发现。他按照网上提供的方法,在放大镜下逐一比照那异物的特征。腰围颗粒状,刻面棱线锐利、无磨损,天然面上有清晰的三角形生长纹,连其中一处阶梯状崩断口都与鉴别实例偶然吻合……仿佛那个鉴别方法正是依据眼下这枚异物照葫芦画瓢写成的。大川的心越跳越快,频繁抬头、挺胸、深呼吸,以免因心跳过速而昏倒在桌面上。

当大川完全确定眼前真的是一枚"鸽子蛋"时,第一反应却是下体急剧膨胀。好奇怪,他自己也不明白怎么回事,大脑兴奋也就够了,下面竟然也跟着凑热闹。脑子里同时萌发了一个强烈的欲念,他想暂时抛开一切,找个女人苟合一番!跟谁都行,燕子、林珊、青卿,甚至是他的初夜对象——那个颇有几分姿色的风尘女子,如今他能联想到的性对象也就这么多了。第二个反应便是去窗台上抱过小灰猛亲两口。可是当他来到窗台前终于看到小灰那奄奄一息的样子时,竟伤心得哭出了声来。

大川暂时把性幻想放在一边,匆匆将小灰送到了附近的宠物医院,一直等到医生告诉他小灰暂时脱离了生命危险,他才肯回家。回到小屋后又急迫地从枕头下取出那枚"鸽子蛋",放在掌间把玩,同时憧憬着美好未来。可也奇怪,他的手只要一摸到那"鸽子蛋",下体便又开始膨胀起来,紧接着又是一阵阵欲火焚身的煎熬。于是他鼓足勇气,再次去拨林珊的手机。

这回接通了,电话那头传来没精打采的回应声,大川明白不能开口便提这事,于是狠狠心将内心与燕子之间的情感纠葛暂且放下。

"在生我气么?"

"没有,我有什么气可生?"

"这种口气还说没生气? 都是我不好,我们不该去吃这顿饭。"

"这顿饭吃对了! 不去都不知道你是什么样的人!"

"别这么说,燕子只不过是我以前的女朋友,我跟她以前没什么,以后更不会有什么,那都过去了,我现在有你了嘛,你才是我的一切。"

"你看! 到现在还'燕子、燕子'叫得这么亲,还说没什么? 再说了,你跟她之间有什么,我怎么会清楚? 跟我又有什么关系?"林珊终于爆发了,"还说以前只喜欢过沉鱼、落雁和闭月,怎么少了一个？又偏偏在你的'流氓诗'里出现了？我猜她就是那个'羞花'吧？还说是胖妞？你一定觉得她比我漂亮才故意那么说哄我的!"林珊想是气坏了、急坏了,思绪混乱、东拉西扯,似乎是想在第一时间将大川的所有罪状都罗列出来,以便尽快将他绑到火刑柱上。

"我求你了,我对你是真心的,你先原谅我,我以后证明给你看,一定!"

"证明的机会只有一次,而我认为你已经浪费了!"林珊的语气并非斩钉截铁,顿了一下后她又补充道,"除非再有一次这样的饭局,还是那么多人,你变本加厉还给我!"

"珊珊……"

"什么?"

"Forgive me!"

"有点创意好不好？换个口音说,也还是——no way!"

"I need you! 我现在比任何时候都需要你。"这倒是实话,终于奔了主题了,"你知道吗？下午你不辞而别之后,我满脑子都是你,我快疯掉了,我现在只想和你在一起,我想……"

"What?"

"我想……和你……make love……"

"Oh my God! No way! This rogue! My God,help me!"

电话在林珊的尖叫声中挂断了,大川这才意识到自己有多么愚蠢,再拨过去时,又关机了。接下来该怎么办？燕子是想都不用想的了,那是一朵荼蘼之花,正试图以最后一抹娇艳去博取一次被移植的机会,怕是没可能在大川身上再浪费半点表情了。董青卿呢？Shit!

他怎么会有如此淫邪的念头？她本不该进入大川的幻想中来，朋友之妻，且平日里一次单独往来也没有过，可能性比燕子还小。最后……只剩下那个买票就可上的"公共汽车"了，只要安全措施得当，到站下车，那也算是最"环保"的了。现在可不是谈感情的时候，当务之急是要自救于水深火热之中……

大川说到底并不是个老手，虽然知道此类风月场所遍地都是，但还是傻乎乎地乘车辗转两个区，直奔乐平前些日子带他去过的那家会所。很明显，人家早已对他丢失了印象，当成了新客人来接待，任凭大川如何竭尽全力地提示："你还记得上次……"人家只会一脸的敷衍，"记得！记得！老公快来嘛……"这公共汽车也有不好之处，它不认生，或说它生熟无所谓，关键认车票……

从"洞房"里出来，大川神清气爽，他想下楼去浴房泡个澡。这家店虽说挂着"桑拿"的羊头，但说到底那洗浴服务只能算硬件的附件，反倒成了次要的配套服务，所以设施上自然不够完善，大川在空荡荡的温水池里泡了一会，又去略高于常温的桑拿房里"蒸"了一会，然后擦干身体穿上浴袍，找服务生开了个小包间，点了免费提供的几样餐点，他肚子确实饿了。

大川躺在宽大的沙发上等候餐点与饮料，身体惬意，心里却空空如也，像是被挖耳勺掏过好几遍似的，心绪全无。但当他脑子里再次闪过"鸽子蛋"的魅影时，心便被迅速填充并激动了起来，就像他走进那"洞房"前的下体。

大川回到家时已是晚上十点多钟，看到桌上一闪一闪发光的手机，这才意识到自己已"失踪"了好几个小时，而此刻手机上正有十几个未接来电和来不及统计条目的短讯。翻开一看，电话全是林珊打来的,短讯也几乎全是,只有一条不是。谁?大川的脑袋"嗡"的一声作响,他这一天浑身的血液,不是冲到脑袋和心里,就是冲到下体,这会又冲上了脑袋。

那是一条从燕子手机里发出的短讯。大川撇开一切,首先点开了那一条,上面写道:"亲爱的川,请原谅我不能继续留在你的身边,请原谅我的自私吧,虽然我不知离开你是错还是对,但在我把自己弄得污秽不堪之前,一直想把第一次给你……分手那晚我这么想过,今晚我还是这么想……我来过,你不在家,保重! ——永远深爱你的燕子。"发信时间是晚上九点半。老天还真幽默,反复跟大川开着雷同的玩笑,手法单一、缺乏创意。大川也顾不上懊悔,紧接着又点开了林珊的短讯……

"你难道不想把你和燕子的事详细讲给我听么?"

"算了,你就算讲了我也不想知道。"

"好吧,只要你能保证彻底忘掉过去,我愿意再相信你一次。"

"怎么短讯不回,电话也不接?"

"你究竟在做什么?接电话呀!"

"怎么了?生气了?再也不想理我了是吗?我知道我讲话有些过分,你真小心眼!"

"晕——几分钟前还说想和人家 ML,现在究竟怎么了?"

"接电话呀!我又没说不答应,你要是真的那么想要,那你现在就来找我吧。"

…………

苍天!这种玩笑还真是没完没了了……大川一屁股坐到了床上,脑袋都快要爆炸了。他顺手去摸枕下的"鸽子蛋",还在,只要它在，一切都充满了希望。他想，燕子迟早都是别人的，即使和上回那样又一次错过梦寐以求的云雨交欢，那也只能说明他俩之间真的没有缘分，何必要用漫长而无底的失落去交换那一时的欢愉呢？再说，现在一切都不同了，大川很可能因为眼下这枚"鸽子蛋"而从此加入到富人的行列中，燕子恰在此刻绝情地离他而去，那也只怪她运气不好了。不过话又说回来，如果燕子是真心喜欢那张墨然或诸烨中的一个，而不是图他们的富贵或其他什么，那么即使大川有再多的钱也拉不回她。而林珊就不同了，一位出身豪门的千金大小姐，能如此屈就于自己，足见那才是真正属于他的情感归宿，他自问对林珊的喜欢其实并不亚于对燕子，只不过之前对燕子心存太多的不甘。而更重要的是，直到这一刻，大川感觉自己终于配得上她了。况且今天确实把她伤得不轻。

大川在心里原谅这、宽恕那，又回过头劝慰了自己好一阵，却丝毫未对半小时之前的那段露水姻缘感到半点羞愧与不安。没想到一个人在欢场上的成长速度竟会如此之快，难怪乐平……

你 是 我 今 生

第 二 卷

蜕 变

最 大 的 宝 藏

［摘要］

欲望是个好东西，它能够激发人类智慧的潜能。"寻宝团"终于出发了……

"鸽子蛋"使他蜕变，他的世界从此不同了……

后来，他断定那鸽子蛋带给他的并非幸运，他要了结这一切……

22. "鸽宝"？

　　大川回拨了林珊的电话,林珊在那一头都快急哭了,"坏蛋! 你到哪去了?"大川象征性地安慰了她两句,把下午的事提到了晚上,说他遇到了一件不可思议的事。林珊紧张地追问了他好几遍究竟什么事,他压低嗓门神秘地反问:"你长这么大见过的最大一颗钻石有多大?"林珊感到有些莫名其妙,语气不确定,"我自己呢,有一颗四克拉的,是我十八岁生日时爸爸送给我的,但我一次也没戴过,要说见过的……对了,有一颗七克拉的,是在一次时装发布会上,那是一条项链,妈妈的一个模特戴过,记得好像是借来的,怎么了? 问这个做什么?"

　　"如果我告诉你,我有一颗更大的,你相信吗?"

　　"啊? 你别开玩笑了,怎么可能!"

"我认真的！刚刚得到,虽然我目前还不确定它的重量,但我敢肯定它比七克拉要重！珊珊,我——发——财——啦!"大川有意将最后几个字讲得很轻、拖得很长,激动的情绪在沙哑的声音里颤抖。

"别骗我了,不可能的！你确定那不是有机玻璃?"

"我确定!"

"你确定那不是水晶或锆石什么的?"

"好了啦！我完全确定！你说的这些我都怀疑过,但都不是,而且我已经用专业方法仔细鉴定过了。"

"你怎么会懂专业鉴定方法？再说钻石哪来的？你哪来那么多钱？你知道七克拉的钻石值多少钱吗？吹牛也不打草稿,你再怎么说我都不信!"没想到林珊固执起来,能气死九头牛,不过也真难怪她,若不是几乎快要将两边腿肉都掐紫了,大川自己也当是在做梦。林珊沉默了一会,突然恍然大悟,"好啊！我明白了,你整晚一定都跟燕子在一起是不是？否则干吗不接电话也不回短讯？现在实在找不到借口了,又编出这么可笑的谎话来骗我,哼!"

"你想哪去了？要怎么说你才相信？我既没见燕子,也没骗你,这事要不是正好摊在我的头上,谁说我也不会信!"

"你发誓?"

"我发誓!"

"好吧,那你说说看,哪得来的？反正马路上是捡不到,你养的鸽子也绝对生不出,要说买的,哼哼！卖掉你十个大川也买不起。"得,她还是不信。

"还真被你说中一个,是我的鸽子生的。"

"大川,我严正警告你！你这是在挑战我的忍耐力极限！你要是主动承认自己脑子有残障,那我二话不说带你去看病,我还要你,但你要是以为比我大几岁就可以把我当成小孩子来哄骗,哼!后果很严重!"

"哎,这事我也觉得不可思议,鸽子生鸽子蛋这本来很正常,但要生出'鸽子蛋'钻石,确实是天方夜谭,可这事情千真万确地发生了,我亲眼所见。你还记得前两天我跟你提起的那只小灰吗?就是我最喜欢的那只,本来以为这次比赛放出去就再也回不来了,可没想到它第一个回来,而且一回来就拉大便,一拉就拉出一颗大钻石……老天,我怎么说着说着自己都觉得那么假呢……干脆给你看吧,你要看吗?眼见为实!"

"好啊!我倒想看看你大川究竟玩的是什么把戏,什么时候?现在吗?"

"现在啊?这么晚了,我带着它出门恐怕不方便吧?"

"不嘛——我要看嘛——就现在!大不了我过去你那,给我地址,快!"这还是林珊第一次在大川面前如此明显地撒娇。大川只感到心尖一阵酥麻,拗不过她也就只好依了她。

林珊见爸爸到现在都还没回家,司机老周没睡,也不急着出门接他,心里暗骂:"一定又去了那个风骚女秘书的公寓。"那个女秘书是个香港人,那套静安区的公寓原本是在林珊名下的,她爸爸与那女人好了没多久,就过户给了她。林珊心里恨死了,她倒不在乎那套公寓,反正从来也没去住过,她只恨爸爸竟如此明目张胆地当着女儿的面搞女人,难怪妈妈迟迟不肯回来。林珊每次出门,都要顺便看看爸爸的那辆迈巴赫 62 在不在车库里,只要一有机会,她就会去玩那车,但开不出门,平常只有爸爸要回国时,才许她开着送到机场,今天和

165

往常一样,即使爸爸不在家,她也依然没有办法开它出去。她爱那辆车,不是因为它够豪华,而仅仅是因为那车的音响效果简直太梦幻了。林珊是个酷爱音乐的女孩,她喜欢一句格言,"音乐与水果是健康生活的标志"。她那乐观开朗的性格,一半要拜音乐所赐,而那近乎完美的皮肤,则一半要拜水果所赐。

林珊问老周她的宝马是否加过油,老周说昨天加满了,就是今天没洗过车。大半夜的她也顾不得那么多,吩咐老周回头转告爸爸她去了一个朋友家,要很晚才回来,不必等她,然后就开车去了大川家。

大川听到小楼下安静的老街上一阵跑车马达的轰鸣声,但他没意识到那是林珊来了,直到林珊熄了火,站在楼下打他手机。大川探出脑袋挥手示意她把车往边上靠靠,这条街实在太窄了,晚上没车经过倒也相安无事,万一有,哪怕是辆 QQ,那可就热闹了,喇叭声与叫骂声能吵得整条街都鸡飞狗跳。

林珊一进门并未追问"鸽子蛋",而是用讶异的目光四下扫视着这间昏暗的小屋,"天呐,感觉你是住在老电影里。"

"讲得那么浪漫,你直接说我住在贫民窟里不得了嘛。"大川已经为林珊沏好了一杯热茶,伸手过来接她手中的包,"不过就快熬到头啦。"说着也跟随林珊的目光四下里扫了扫,窘笑里竟夹了些菲薄,仿佛在自嘲投错了胎,天生不该过这等贫贱生活。

"不是,我说真的,我只在老电影里见过这种房子,还想象过住在里面的感觉呢,你一直住在里面,当然不觉得有多浪漫,这叫审美近视,懂么?"林珊煞有介事地与他辩,认真的神情中兴奋难抑。大川才不想跟她探讨什么"审美近视"呢,他只想说她这是"饱汉不知饿汉饥"，这么多年都住下来了，他还不清楚是什么滋味嘛，但凡有一线可能，他也想搬出这间小屋，甚至远离这条老街。不过见林珊的确不是那种嫌贫爱富的女孩，大川倒也挺欣慰。的确，高墙深院里养出来的大家闺秀，能屈尊驾临，还抱着欣赏的眼光来看自己的生活环境，这何止是对大川的抬举，简直是恩宠有加，倘若大川在燕子眼中是那弃之可惜的鸡肋，那么在林珊眼中就完全有可能升格为"垃圾中的战斗机"，极具变废为宝的潜质。

"喝茶，我专为你泡的，4月中旬刚采的雨前西湖龙井，浙江一个朋友送的，每年都送，今年的特别好，你尝尝。"

林珊喝了一小口，"嗯！真的不一样，一股清香。"大川得意地笑，端视着林珊的脸，四目相对时，惹她好一阵娇羞，"看够了么？看够了该我看了，把你的宝贝拿出来吧。"大川缓过神来，忙从枕下取出那宝贝递到林珊的手上。

林珊有些吃惊，她想，本料定他在撒谎，可眼下却又不像，起码不全是撒谎，因为她相信，在这开车过来的短短几十分钟里，即使大川想临时找出个替代品来糊弄她也是件难于上青天的事，更何况那宝贝看上去竟还那般乱真。她捏着那宝贝举手过顶，翘起兰花指，眯缝起一只眼，对准屋顶那盏四十瓦电灯泡不停变换着角度，仔细研究了起来。反正大川已成竹在胸，不必在意她的研判，只要别一个劲地说他是骗子或精神失常就已经足够了。于是他气定神闲地弯下腰去取床下的榔头，打算按照自己的原始步骤一一向她证明，还要配上些绘声绘色的注解，比如，"我当时一眼看见那宝物，就感觉满屋的贵气"，再比如，"于是我急中生智，想到了用榔头先敲敲看，就是这把榔头"……

可林珊的反应却直接把大川的一切步骤都省了,她郑重其事地点了点头,"嗯! 我看这是真的!"说完把那宝贝交还给大川,没事人似的转身去品那桌上的茶,弄得大川有些茫然失策,手里提着把榔头呆坐在床沿,瞪大眼睛望了望林珊的背影,又低头看看手中的宝贝,"完了?"

　　"什么完了?"

　　"你的鉴定完了?"

　　"嗯! 完了! 我觉得是真的!"

　　"不对! 你怎么可以这么冷静? 一副若无其事的样子,你应该怀疑才对啊,现在市面上的假钻石那么多……"

　　"那人家不都已经仔细看过了么? 我又不是专家,我觉得像真的,就实话实说咯。"

　　"等等,我脑子有点乱……这不对,按照正常的逻辑,你应该先持严重怀疑态度,然后要求我一步一步为你验证……最后,假如确信它是真的,你难道就没设想过会因此产生什么样惊天动地的后果吗?"大川配上了一板一眼的手势,仿佛这样可以令他的逻辑思维更为缜密。

　　"你不都验证过了么? 还要验证什么呀? 我主要是担心你一整晚都跟燕子在一起——现在证明了你没骗我,那我就放心啦,还要什么'惊天动地的后果'?"

　　"还是不对,你电话里可不是这态度,你说我是骗子,还说我脑残,打死也不信我得了真钻石,对了,你还大呼小叫,说我十个大川也抵不上这大的钻石,这都是你说的吧? 好了,你现在为了验证这事,那么远跑过来了,结果,这么简单就完了? 你最起码应该大叫几声'哇！哇！这简直是天下奇闻'，还要隆重地恭喜我发财了才对啊——反正我想不通。"人有时就是这样，"想不通"比"行不通"更可怕……

林珊见大川有点急了，赶忙模仿着他话里的语气，生搬硬套地补救着，"哇！哇！这简直是天下奇闻啊——"然后又收敛了飞眉，羞愧地笑道："好了啦，都说了人家是担心你旧情难忘嘛，我电话里那么说，也是想逼供嘛，我才不会真的稀罕一颗透明石头呢。"

"这是钻石啊大小姐，世上罕见的这么大一颗钻石，不说价值连城吧，成就一个富人总没问题吧？我看你才是真的'审美近视'呢，身在福中不知福。"

"别说那么好听了，顶多成就一个暴发户就是了，审美近视其实人人有，也不单你我了——对了，你还没告诉我呢，小灰怎么摇身一变，成了招财鸽了？这倒是真的神奇了。"

"你自己看看那窗台上，小灰的大便都还没干呢，这事太神了，我一百张嘴也解释不了，简直是超自然现象。"

"我总觉着这事还不是'超自然现象'这么简单，你想啊，这宇宙万物是平衡的，有'物质'，就有'反物质'，有'作用力'，就有'反作用力'，有'得到'，就有'失去'，也就是说，有人得到了这颗钻石，就一定有人失去了这颗钻石，这你有没有想过？"

"庸人自扰！'得到'与'失去'，那是相对于归属权而言的，对于那些本来就没有归属权的东西，凭空得到了，就相当于第一个拥有了归属权，有人'失去'吗？没有！只有'得到'！当然，之后就都是二手了，因为从此有了归属权，于是每一次易手都会同时伴随着'得到'与'失去'。比如我们这条老街上的人，祖上最初来这里谋生时，在地上

169

画个圈说，'这里以后就是我的家'，结果他们就得到了最初的土地使用权，生活到现在已经好几代了，别看地上的房子再旧再破，政府要征地拆迁，那也不能白抢了去，是要给补偿的——不过也有例外，那就是大姑娘的贞操，只能有一次得失。"

"去你的！老不正经！那我问你，你就这么确定这颗钻石是'凭空得了'的？你家小灰究竟是什么生理构造啊？能孕育出钻石来？我只听说过'三宝'，狗宝、牛黄、马宝，那都是动物身上的结石，你不会告诉我这颗钻石叫'鸽宝'吧？"

刚才还扬扬得意、长篇大论的冯大川，被林珊这么一问，傻了，"倒也是，我也不相信小灰有这么大的来头，难道是——"

"几乎不用怀疑！一定是！"林珊还未等大川将心中猜测讲出来，便隔着肚皮给予了坚决的肯定。

"是什么？"大川反问。

"还用问？一定是小灰路上'偷'的、'捡'的、'抢'的，反正是误食了这颗钻石，然后恰巧回到家中才排泄了出来，难道你不这么认为么？"

"那你的意思是说——这有可能是不义之财？"大川神情开始有些紧张起来。

"肯定是！你想啊，小灰既造不出'鸽宝'，又不懂采矿技术，它不就只有拣现成的吃么？吃进肚里回头再拉给你，小灰实际上只扮演了运赃交通工具的角色，而那个真正的幕后黑手就是——你！"林珊显然已经入戏很深了。大川听了近乎崩溃，眼前一黑，"啊"的一声倒在了床上。

23. 宝藏？

就在林珊进门之前,他还在这间屋子里绕了不知多少圈子,由于房间太小,圈子半径也就小,绕着绕着很容易头晕,所以他只能顺时针转完再逆时针转,然后坐下来歇歇,再起来接着转,反正是坐立不安。他一时还难以接受这么大、这么快的转折,仿佛在去地狱的途中突然发现天堂的门为他开启了。"鸽子蛋"被他一会攥紧在掌心里,一会又藏到枕头下,好像怎么放都不安全似的,生吞下肚的念头都有过,不过他同时又担心没有小灰那技术,万一不留神掉进盲肠里出不来就麻烦了。等待林珊的这段时间里,他几乎什么也没做,脑子里交织着兴奋、紧张、恐惧、侥幸,他只知道幸福降临了,却死活也想象不出那幸福是啥样,潜意识里竟还有一层朦朦胧胧的犯罪感,如同他脑袋里对未来所抱的巨大希望一样抽象。他当时没去细究那犯罪感,直到听了林珊方才的那番话,幸福感顷刻间烟消云散,而那犯罪感突然完全占据了他的心。

"有这么严重么?那我该怎么办?"

"干脆交出去吧,落它个安心。"

"不行!想都别想!这是我的!谁都别想从我手中抢走它!"大川几乎跳起来怒吼道。

林珊打了个冷战,"大川,你吓到我了,你知道你刚才的样子有多可怕吗?"

"哦,不好意思,我不是有意要凶你,我只是……"大川语气缓和下来,但同时又十分矛盾与犹豫。

"好吧,我不会强迫你做什么,我只希望你将后果都考虑清楚,不要被眼前的诱惑冲昏头脑。"

大川沮丧地点了点头,"嗯,你倒是提醒我了,从明天开始,我真得好好留意一下这段时间的新闻,看看有没有人真的丢了这宝贝,一切见机行事吧。"

接下来,林珊又喝了口茶,准备要起身告辞了,大川一把拉住林珊的手说:"珊珊,今晚可以留下不走了吗?"大川这是真心留她,不存丝毫邪念的挽留。这一刻,他比任何时候都更能体会那可怕的孤独,也许是因为心里装着如此一个惊天大秘密,心所承受的负荷确实大了些,而眼下也只有林珊可以为他分担一些。林珊没有抽回手,反而轻轻摇了摇,平静地笑道:"不走睡在哪?这张单人床么?"大川转脸看了看那床,又挠了挠头,"应该没关系吧?帐篷我们不也一起挤过吗?大不了还是老规矩,我不碰你还不行么?"林珊用另一只手去轻抚大川的面颊,温柔地玩笑道:"碰又怎样?Who 怕 who 啊?"大川一听，在心里直喊救命，现在不是"who 怕 who"的问题，实在是弹尽粮绝难以应战了。

第二天一早，大川被楼下传来的阵阵喧闹声吵醒，发现自己的一只手搭在了林珊柔软的胸前，林珊睁着双眼仰面朝天，无意拨开他的手，估计昨夜又是雷公伴枕难以入眠。大川起身来到窗前，探头往下看，老街上已经拥堵不堪，堵塞节点正在于林珊的那辆红色跑车，行人、自行车、三轮车，纷纷从跑车身边缓缓绕行，小心翼翼，却又个个怒目斜视、满口怨言，甚至偶有骂声。这是周日的早上，幸好还没有机动车从此处通过，否则早有抗议的喇叭声响起。大川在阿二头家的门口看到了阿辉的身影，估计是和往常一样来老街上买早点的，他正和阿二头交头接耳，对着那跑车指指戳戳，脸上既有幸灾乐祸的坏笑，又有矮人一截的故作傲慢。

大川忙叫林珊下去将车开走，林珊问他停到哪，大川说沿着老街往东开，第二个路口大转弯，那里有一个可以停车的地方。林珊赶忙穿上外套下楼，大川也要下楼，他要到厨房去端妈妈为他准备的早点，临下楼还不忘将"鸽子蛋"塞进上衣口袋的皮夹子里。早点只够他一个人吃，大川只得再到老街上去买。出弄堂口的时候，目光正与阿辉顶了个正着，想必他已看见林珊下楼来移车，此刻脸上只有惊讶与质疑，傲慢已消减了大半。大川心情好得很，他愿意跟阿辉"大人不计小人过"，于是对他拘谨一笑。其实从小一起玩到大，两人每次吵嘴，几乎都是大川先做出让步，阿辉可要比大川有"骨气"、有腔调得多。

阿辉见大川首先习惯性地示弱，便也随之放下了先前的身段，点头招呼："大川，今朝起得早的嘛。"大川客气地回应："嗯，买早点。"

"今朝家里的早点不够吃了吧？呵呵。"阿辉的坏笑中夹着戏谑。大川已来到阿辉的近前，"是啊，你都看见的。"尽力掩饰脸上的得意。

"你真的不讲究的，那种随便的女人也好要的？搞笑！"阿辉这话把大川弄糊涂了，只道他是嫉妒，未承想还生了偏见，忙问："啥意思？啥叫'随便的女人'？"

"真是黄鱼脑袋，搞笑，第一次见面就跟人家'混帐'的女人，会是正经女人吗？怪不得这么快就同居了，呵呵。"阿辉倒是坦白，大川可不干了，"你晓得个屁！林珊是再正经不过的女人了，不要胡说八道。"

"我不跟你争，你欢喜当'冲头'（沪语，指上了当还全然不知反而很开心，做错了事也没意识到错的人）不关我事，我只想提醒你，人家是傍大款吃大户的，现在寻你只不过调调口味。"阿辉又开始自以为是，一连串表象在他脑子里一过，按照他的"正常逻辑"来推理，眼下显然已形成了定论。大川明白他之所以说林珊是"傍大款吃大户"的女人，全因那扎眼的跑车，于是便也释然，轻描淡写道："不要将人看扁了，你怎么晓得她自家就不是大户呢？我警告你，你不要反过来再讲我'傍大款吃大户'哦，当心我刮你耳光。"

这倒令阿辉又吃一惊，千算万算，算不出贼鸥自己也下蛋，只怪自己见识短，于是把话岔开："听说公棚昨天大部分鸽子都已经回来了，我今天要去打听一下，看看我的名次怎么样。"

"我早知道了，我们家小灰昨天直接回家了。"

"哪个小灰？直接回家应该是不算成绩的吧？"

"就是最小的一只，你拿走时我说'可以用来烤乳鸽'的那只，现在快累死了，送进宠物医院了——要什么成绩呀，谢天谢地，它要是

174

真去了公棚我反倒傻眼了。"

阿辉一听"烤乳鸽",脸上有些挂不住,不过更多的是不解,"为啥?跟奖金过不去啊?搞笑!"

"哦——你是想不到的,再借给你一个脑袋——反正我宁可不要那奖金……"大川很想将事情的原委说出来,但转念又怕他再生出更多的嫉妒来,所以欲言又止。

阿辉见大川非但不怪他挑中小灰参赛,快累死了都没有半点怪罪之意,反而一脸的兴奋,心中顿生狐疑:"老实交代! 到底啥事情?"

"没啥事情,真的!"

林珊停好车回来了,大川却还没把早点买回来,林珊见两人站在路边攀谈了起来,一时犹豫放慢了脚步。阿辉没拿正眼看林珊,大川吩咐她先上楼吃早餐,随即就要去早点摊头。阿辉一把抓住他的衣袖,不交代清楚说什么也不让他走。大川拗不过他,答应买好早点上楼说给他听。

两人来到楼上时,林珊已经用完早点,坐在椅子上跟阿辉客气地问好,阿辉也只好极不情愿地以象征性的点头来回应,表情很别扭。大川不再卖关子,将事情经过和盘托出,还从皮夹子里取出"鸽子蛋"给阿辉看。林珊坐在一边替大川捏了把汗,心想,眼下这只烫手山芋尚不知该如何处置,大川个糊涂虫竟就这么沉不住气捅了出去,她虽然吃不准他俩的关系究竟好到什么程度,但凭她对阿辉的初步印象,这绝不是个靠得住的人。

阿辉显然受了莫大的刺激,反应比大川发现"鸽子蛋"时还要强烈,"不可能! 搞笑! 绝对不可能! 你骗小孩啊? 假的! 绝对是假的! 只有你这种乡下人才相信这是真的,一定是假的,你当我洋盘是吧？会有这种事？太阳从西边出来，搞笑！实在搞笑！你老实讲是不是在骗我？"大川也不跟他辩，他跳得越高，越是不相信，越是语无伦次、废话连篇，大川心里才越是得意，大川终于有机会将昨晚没能在林珊面前顺利实施的检验步骤一一展现了。

大川悠然自得地弯腰俯身，又去找床下的榔头……

等大川将所有的验证步骤再一次完美呈现后，阿辉已是大汗淋漓，呆立于显微镜旁，喃喃自语："这怎么可能？一定是搞错了！"他说的"搞错了"，也许仅仅是指"鸽子蛋"找错了主人，找到了他就准没错了。阿辉依旧难以接受眼前的现实，这个现实对他来说确实残酷了点，刚才还在楼下傲慢地指指戳戳，现在完全变成了个一败涂地的彩友，仿佛手里握着一张跟中奖号码只差一个数字的彩票。大川完全能体会这种与巨额财富擦肩而过时的失落感，从他手中取回"鸽子蛋"，拍了拍他的肩膀调侃道："阿辉你一向比我走运，这回轮到我头上了，调整一下心态，节哀顺变吧。"

阿辉脑子快，"老卵啥，要不是我帮你挑了小灰去比赛，你大川的额骨头会这么高？多了不敢讲，这'鸽子蛋'里头是有我一小份的！"林珊一听心往下猛一沉，果然不出她所料，大川就要自食其果了。大川倒不以为然，只当他又在说笑，"呵呵，有你一份你也拿不走，当心我跟你决斗！"

"你给我，我也不见得要，不过话讲回来，我虽然不要你这一只，但接下来的我要占股份，多了我也不开口，百分之三十总要给到我的。"

"啥？啥？自说自话！啥地方还有'接下来的'？就这么一只，没有了！你以为小灰出去吃了一把珍珠米回来啊？"

"昏倒！讲你是黄鱼脑袋吧？这种东西是随便吃吃的么？小灰一路上一定是阴差阳错、误打误撞寻到了一个宝藏，也就是一泡鸽便的时间，假使排除'鸽子蛋'太大，第一泡大便拉不出来的可能性，两泡大便的时间顶多了，距离此地不会太远，五百公里以内，这桩事情要抓紧，晚了被人家寻到了等于零。"这番话可真令大川和林珊开了眼，两人昨晚嘀咕了半宿也没往这一层跃进半步，阿辉竟然几秒钟内想得出来。

紧接着大川急问怎么找。阿辉说这其实也不难，他养鸽子这么多年，对鸽子的习性了如指掌，它们往往在飞同一条路线时会本能地积累经验，什么地方可以歇脚，什么地方有水喝，他们都记得清清楚楚，只要给小灰腿上绑一个带拍照功能和定位经纬度的微型 GPS 再飞一次。也无须全程飞，按照原路线方向往西送至五百公里以外的地方放飞即可。但那个 GPS 是关键，不能太大，太大了它飞不动，也容易坏，而且他们这一头还要准备一套跟踪遥控系统。小灰每停下来一次，就会显示跟踪目标不动了，于是立即遥控启动 360 度拍照，把停留处的地貌特征记录下来。这样的话，小灰一路上所有的停留点既有了经纬度，又有了地貌特征，然后回过头一个一个去找就比较方便了。阿辉讲到真正出发去找的环节时，更是自信膨胀，自诩为资深老驴，这么多年的野外生存经验不是白积累的，当即夸下海口，再险的地形他也能如履平地，这仿佛再次给他所觊觎的那百分之三十股份加了点筹码。

大川与林珊面面相觑，一时缓不过神来。阿辉又强调了一遍："百分之三十股份！怎么样？"

这事越来越离奇了，单单一个"鸽子蛋"就已经够令人难以置信的了,现在这么快又要去经历一桩更离奇的事,去寻一堆"鸽子蛋",或者是与"鸽子蛋"价值相仿的一堆宝藏,想想都觉得不可思议,更何况真的去做了。

林珊终于忍不住开口问道:"可你怎么敢肯定——一定有那样一个宝藏?"

阿辉的眼前立即浮现一片葳蕤的草丛,一只翻倒于其间的宝盒若隐若现,盒盖打开着,从里面溢出大大小小各种奇珍异宝,有些小灰吃得进,有些小灰吃不进。"你要说没有我才不信,这么贵重的东西,怎么会像玻璃弹珠一样孤零零落在地上任人去捡?"

林珊无言以对,但她担忧的是大川会因此而动心。

24. 初级版跟踪器

可那不争气的大川偏偏真的信了,也由此动了心,"可是……你说的那套复杂的系统怎么解决？难度好像不是一点点……"

"技术方面你是专家,怎么反倒问我？搞笑!"

"无知者无畏! 你以为这么便当？照相、经纬定位的 GPS,还要带遥控接收,市面上就算有现成的,拼在一起也要比秤砣还重,你想累死我家小灰啊?"大川一想起昨天小灰奄奄一息的样子就心疼得要命,一脸苦相。阿辉是不知深浅才有方才那番"高论",眼下"专家"都显得一筹莫展,他也只能闭嘴。

"除非……"大川犹豫不决。阿辉似乎看到了转机,情绪 V 形反弹,双目直逼大川,"除非啥?"

"除非再拉一个人进来——我以前公司里的同事,刘学,美国回来的,是个编程高手。"大川之所以想到刘学,是因为他的电脑里有一个 GPS 遥控开关程序,好像是带经纬定位的,用 JAVA 写成,不是他本人写的,是偶然间得到的一个手机跟踪窃听程序,当时觉得好玩就留下了,但后来居然被这小子反编译成功了。如果他现在依然保留着那套程序,那么只要跑一趟虬江路,买一套微型 GPS 和针孔摄像头,回来让这小子改编一下程序,接收器的体积和重量有望大大缩小,而控制台的大小就无所谓了。"主要是软件,只要软件方面能搞掂,硬件我基本上可以保证控制在半根香烟的大小,不过此事要想好,你阿辉加入要股份,人家进来也不是白做的,到头来你们都要分我的股份,我在当中变义务劳动,那我情愿算了。"

"那么你啥意思呢?"

"你要得太多了,你们加在一起顶多从我这里分出去四成,他要是一成以内可以摆平,你阿辉三成不变,他要是提出两成,那你也只有两成,他要胃口再大点,我跟他首先就谈不拢,也就不谈你阿辉了,除非你反过来同意他三成你一成——反正你们俩去玩跷跷板,总是不能超过四成,超过了,我就放弃。"大川的谈判技巧一向很烂,从没有像今天这么底气十足、当机立断过,他吃准了自己手中有足够的筹码,阿辉或刘学断没有不就范的道理。大川也许并没有意识到,他能有今天这一步成长,完全得感谢一个人——范思彝。这一刻的冯大川简直就克隆版的范思彝,手法上如出一辙。

"好吧,我同意,不过谈的时候我一定要在场。"

林珊在一旁呆呆地望着大川,她感觉眼前这个男人其实很陌生。

第二天是周一,日子特别吉利,5 月 18 日,大川把电话直接打到了公司里刘学桌上的分机,约他午餐时到对面的咖吧见面,说有重要的事情要跟他商量。刘学只当是股票方面的事情,没多问就答应了。

中午大川带着阿辉与刘学见面,一通介绍之后,大川将事情的经过跟刘学交代了个清清楚楚。这事昨天大川思前想后一整晚,瞒是瞒不住的,若骗他说其他用途,这个胆小鬼准会疑神疑鬼往歪处想,最终肯定怕担责任一口回绝,其实他只要说那程序早删了,便可轻而易举地打发大川,就算之后大川再怎么解释不会用来干违法的事,那小子一定还是不肯,一来不会轻信大川的说辞,二来也碍于面子不肯改口。

刘学听了这事,那头微卷的乱发几乎要根根竖立,瞪大了双目紧盯大川的脸,活像一只受了惊的泰迪熊。大川不介意他的"正常"反应,前天晚上林珊的反应那才属于不正常。大川问他干不干。刘学使劲点了点头,弱弱地问:"我有什么好处?"

"你占一成股份,两成也不是不可以,不过所有花费你就得全包,如果你答应只占一成,那就不必全包,所有费用你跟阿辉一人出一半,超过两成,谈也不用谈了。"大川在谈判桌上的成长速度可与他在风月场上的成长速度相媲美,如今几乎要赶超对面办公楼上的范思彝了,对了,范思彝"滚蛋"了。

"总共需要投多少钱?"

"我昨晚粗粗算了一下,大概六七万的样子,设备争取两万以内搞定,其余的全花在路上,车子是要租一辆的,油费、路桥费都得算进去,租多长时间定不了,而且我们三个又都不会开,还得雇司机,雇多长也定不了,如果有山路,还得雇向导,还有路上的装备和补给,处处要花钱,又处处不确定要花多少,我就按大致十五天来计算,总要这个数的。"好熟悉的场景与感觉,三周前,也是在这间咖吧里,大川的眼前仿佛有一挂算盘噼里啪啦不停在拨,而如今,大川却变成了那挂算盘。

"好吧——那我占一成吧,但你真的有把握吗?"大川用脚趾也能掰算出是这个结果,刘学一定既想得利又怕担太大的风险。"绝对把握是没有的,八九成吧,总要试过才晓得。"大川说了违心话,他心里对这事其实还真没底,不过眼下为了动员刘学,也顾不得那么多了。

谈判结束,就这么成交了。阿辉自始至终一句话也没说,坐在一边察言观色,以确保大川并没有胳膊肘往外拐。今天刘学破天荒买了一次单。

"寻宝团"正式成立了。接下来的几天里,大川倍加留意近期各类媒体上的消息,报纸、电视、网络……消息面上风平浪静,并未发现有谁丢了这么大一样宝贝。大川稍松了口气,打电话跟林珊汇报。林珊说她也在关注,也确实没得到什么消息。是了,对于大川来说,没有消息就是最好的消息。但林珊电话里为这事忧心忡忡,劝大川不要去寻宝,说那是子虚乌有的事,先前得到的那颗钻石,若实在不想立即交出去,那就暂时保管着,万一将来失主现身了,还是要还给人家,万不可变卖,否则这么件贵重的东西,一旦流出去,那便成了一颗走时不定的定时炸弹,早晚会将他牵连进去。大川哪里听得进这些话,他心想:捂在手里不能吃不能喝,还不能拿出去炫耀,得与不得还有区别么? 老天这是可怜我,让我大川终于走了回运,这种千载难逢的好机会,怎可轻易放手? 于是他一边敷衍着林珊,"你当我戆徒? 我有数!"一边却我行我素。

当天,大川找来一架精度较高的电子秤,称了一下那"鸽子蛋"的分量,1.906克,也就是9.53克拉,比预计中少一些。然后他一个人跑到银行里租了个保管箱,那枚"鸽子蛋"终于有了个安全的存放地。

刘学竟为这事辞了职,新任人事经理并没有为难他。其实即使不为寻宝,他也真不想干下去了。刘学也梦想一夜暴富,起先他对宝藏的事也是将信将疑,因为他从大川的话里听不出宝藏确实存在的半点证据,可大川手上偏偏确有那件宝贝,有时候,找不到证据的事恰恰本身就是证据,它不再需要别的旁证来证明自身,这么件富人都趋之若鹜的宝物,怎可能孤零零地存在于世间,而又单单让一只过路的鸽子叼了去?如果真是那样,反倒令刘学更不愿信,那简直是奇迹中的奇迹,巧合中的巧合,"概率"他是学过的,一个奇迹或巧合既已发生,不得不信,但还要他去相信背后的另一个巧合,那便难了。于是他的眼前也浮现了一幅画面,一座塌陷一角的神秘古墓……

接下来"寻宝团"要做的筹备工作有很多,三个人彼此间有了分工。小灰从宠物医院被接回来后,直接交由阿辉照料。阿辉在养鸽、训鸽方面要比大川老练得多,另外他还负责联系租车、找司机、充实野外装备。而大川和刘学两人则要联手攻克那 GPS 系统的一道道技术难关,首先硬件要够小,这个太重要了。大川之前只设想了它的大小——半截香烟那么大,却忽略了重量,他让阿辉做了个试验,将一只半截烟大小的铁棒绑在小灰的腿上让它飞飞看,结果飞起来十分吃力,小灰到底还是只幼鸽,没飞多远就落地休息。他又让阿辉绑上 7 号电池试验,结果成了,于是大川将大小和重量标准严格锁定在了 7 号电池以下。

大川和刘学在虬江路上兜了整整两天,能够找到的尽是些足以累死老鹰的"秤砣",阿辉平日里结交的那些三教九流,也没一个能提供有价值的线索。正在一筹莫展之际,大川想到了一个人,许学厚。

其实让许学厚前两年获得成功的"卧底"节目不单只有跟踪报道吸毒人群,相同的手法他还曾运用在了违禁电子产品的黑市交易上。

事不宜迟,大川也顾不得之前与乐平那场不欢的争执,忙打电话找乐平索要学厚的联系方式。乐平显然气还未消,电话里没好气地说:"你找学厚能有什么事?他现在废人一个,我看你也差不多了,又想跟他同病相怜,从他那找找安慰?"大川顾不得跟他怄气,说想从学厚那打听一个人。乐平极不情愿地将学厚家的固定电话号码给了大川,"他躲债,手机早不用了,家里电话可只有我一人晓得,你绝不能再泄露给别人!"大川连声诺诺,转脸就找到了学厚。

学厚有些惊讶和恐惧,待大川说明来电意图后,还真没令大川失望。他以前确实认识这么一个邪道商贩,几乎没有那人不做的产品,学厚把那人的电话找出来给了大川,反复叮嘱大川不要在那人面前提起自己的名字。大川纳闷,学厚该不会连那种下三烂的钱也借吧?

当天,大川和刘学终于和那个专卖违禁电子产品的黑市商贩取得了联系。商贩带他们来到一个临时租借在弄堂深处的破旧小屋里,里面堆满了只有简易包装的黑市商品,窃听器、针孔摄像头、远红外透视监控仪、微型跟踪器、电磁波干扰器、遥控车门破译机、指纹锁解码器、高倍聚声监听仪……五花八门,一应俱全,最令大川惊叹的是,这里竟然还有普通门锁消音爆破装置和银行卡克隆机……除了这些电子产品之外,商贩还经营各类迷幻剂和春药。

商贩是个炭脸,貌似印度或巴基斯坦人,总是一脸惊恐的表情,想是干这一行惊恐惯了,于是便进化成了常驻表情。商贩取出了他们要的货,一套遥控针孔摄像头和一套微型GPS跟踪器,两大两小共四件东西。先不看那两件大点的主控机,单单两件小玩意,若剥去外壳将它们改装拼接在一起,倒真的跟一节七号电池大小相仿,重量也只会比七号电池更轻一些。大川这回可真开了眼了,心想,若连针孔摄像头都能遥控操作,那让刘学加入进来还有什么用? 这不是白分给他一成股份么? 刘学似乎看穿了大川的心思,忙问商贩:"这两样东西的收发范围分别是多少?"商贩坦言因功率不够大,范围很小,分别是五百米和两公里。刘学脸上露出了笃定的笑,"OK,需要改装! 我懂电路!"

经过一阵手忙脚乱的调试和双方你来我往的讨价还价后,刘学付了钱,一共八千元,比他们预计中便宜很多。回来的路上,刘学提议两个装置不必拼装在一起,那样小灰飞起来反而感觉不平衡。大川也正有此意,干脆就一腿一个。

回到大川的阁楼里,两人便忙开了,拆开那两个装置,遥控针孔摄像头的主控机大约只比烟盒稍大一点,微型 GPS 跟踪器的主控机外形和大小都跟 ADSL 的 MODEM 相近,都有 USB 接口,要与电脑连接才能工作。大川离职那天就已经交还了笔记本电脑,至今电脑包里空空如也,刘学只好回去拿自己的过来,顺便还要取些电烙铁之类的工具。刘学走后,大川盯着桌上那堆怪异的装置,脑子里开始制订起寻宝方案……

若刘学果真有能耐将两个装置的功率增大至五公里以上,或者干脆只能将遥控针孔摄像头的功率增至与 GPS 跟踪器一样的两公里,那么此行便是两辆车一个来回。两辆车一前一后,刘学在前面一辆车上操作主控机追踪小灰,看得见身影最好,实在看不见,只要 GPS 主控机上的跟踪点停了下来,就立即启动遥控针孔摄像头,把周围的地貌拍摄下来,然后将视频从电脑里转到手机上,发给后面一辆车上的大川和阿辉,同时要发的还有那个带经纬标识的 GPS 跟踪截屏图片,点要精确到一公里以内,结合事先弄到手的附近几个省的大地图,大川和阿辉便可以停下来,在后面展开地毯式搜索,刘学则要接着跟踪小灰……若刘学无法实现提高功率,那么此行便是一辆车两个来回,三人同车,集中精力跟踪小灰,把取得的所有数据与影像资料全部按时间序列存放在电脑里。一路跟到家后,数据也就全了,然后整理出一张完整的寻宝路线图,三人根据这张图,便可随车前往小灰最后一处停留点,按图索骥,展开倒序搜索……

　　大川正这么在心里盘算着,楼梯上传来了阿辉那独一无二的沉重脚步声。

25.升级版跟踪器

"小灰,阿辉,一家子,搞笑！它现在比我精贵,我当财神一样供着它。"阿辉一进门就嚷嚷开了。

大川问他小灰的近况,阿辉说进食和大便都很正常,精神状态也恢复了好多。大川明白阿辉肚子里打的是什么算盘,他把自家的鸽棚当成公棚了,他要亲自饲养一段时间才肯拿出去放,到时候小灰若再吃进一枚"鸽子蛋",生也是生在他的鸽棚里。不过大川不去戳穿他,心想这种巧事是绝没可能再发生一次的,只盼望小灰真的如他所说,在相同的地方停留,这一点上阿辉是权威,养鸽养了十几年了,对鸽子的脾性摸得一清二楚,虽然鸽赛上从来拿不到好成绩,但在众鸽友中他也算有些口碑的资深鸽友了,应该不会乱说。

而且大川以前曾在一本国内的杂志上看过一篇转自《流动生物

学》的文章,是一个叫汉斯·李普的人写的,上面记录了他的多次放飞实验,用 GPS 全程跟踪不同的鸽子,证明了信鸽通常是根据地标来寻找回家路径的,而且,同一只鸽子,无论放飞多少次,路线与停留点大体都是相同的。还有一个叫格瑞芬的美国人,更是利用直升机来跟踪他的鸽子,也得出相似的结论。

大川把刚买回来的装置给他看,还把刚才的想法跟阿辉说了,阿辉当场瞪圆了眼睛,"搞笑!两个书呆子啊,你们以为鸽子一直是沿着公路飞的啊?稍微偏离一点,汽车就跟不上了!除非我们租得起直升机,我还以为你们两个技术专家有本事搞到什么先进装备呢,连我这个外行人也懂的,无线电怎么靠得住?那跟放风筝没啥两样,线断了就跟丢了,更别说还要去遥控拍摄了。"

"这个办法不是你阿辉想出来的吗?"大川先是一愣,然后急了。

"是!是我想出来的,但我没说用无线电遥控呀,这不明摆着的吗?肯定要靠卫星的,GPS 靠的是什么?不就是卫星吗?我的意思是小灰腿上的 GPS 要借卫星来定位,摄像头要靠卫星来遥控,我们拿在手里的跟踪器也得靠卫星。"

"你信不信我刮你耳光哦,早知道你是这个意思,我也不折腾了,你阿辉有本事现在就给我放一颗卫星上天,然后我负责想出一套靠卫星的方案,简直异想天开!靠卫星来遥控摄像头?"

"你看你的毛躁脾气又上来了,我今天没跟你们一起去,我不知道市面上有些啥新鲜货,但我觉得摄像头如果实在寻不到卫星遥控的,那我们就不要了,只要有一套 GPS 就可以了。专业术语我讲不来,我就这么讲吧,小灰腿上现在只要绑一样东西就可以了,它在哪里,是在飞还是停下来了,卫星全知道,然后卫星再告诉我们手里的跟踪器,那就解决了,绝对不是靠无线电来和小灰腿上的东西联系,懂了吗?"

大川一拍脑门,恍然大悟,但技术方面竟然输给一个高中插班生,心里怎么都不服。

阿辉进而道出了他心中的构想:"现在干脆这样吧,你回头和刘学辛苦点再跑一趟,寻寻看有没有这种东西,只要寻到就好办了,到时候我们先出一个人,沿着甘肃过来的直线距离去八百公里以外放鸽,这事必须我去,你们搞不懂路线的,你们俩就在家里啥地方也不用去,我打电话回来讲放了,你们就盯牢电脑,把小灰飞回来的完整路线和它所有停留过的点全部记录下来,画成精确的图纸,我就在放飞点不走了,到时候把地址发给你们,三个人的野营装备我出发之前会办齐,车和司机也会联系好,你们等小灰回来后,带上装备和图纸,跟车过来寻我,我们三人再跟车一路寻回来,重点搜索图纸上的那几个点,一路上能乘车就乘车,乘不了车就跟司机保持电话联系,让车子去下一个有公路的地方等我们。"

"不是五百公里吗?怎么又变八百了?还有,从节省成本方面考虑,我觉得应该从我们这边往你那头寻过去更好哦。"

"那不行!要寻就三个人一齐寻,你们不要想甩开我!"阿辉真的精,大川的提议本没想到这一层,"加到八百公里,是因为鸽子不会飞直线的,我是按照甘肃过来的直线方向选放飞点的,为了避免小灰寻不到老路就去寻新路,还是再拉远一点比较保险,就算放飞点有些偏离它原来的路线,它总归还有三百公里可以用来调整,一旦又寻到老路上,它还是会沿着老路回来的。"

阿辉的心细到令大川叹服,眼下看来只有这个方案是可行的了。

于是大川赶紧打刘学的手机，让他只带电脑过来即可，他们还得折返商贩那里。

当大川和刘学再次找到那商贩，把正确的需求详细向他描述了一遍，商贩二话没说又从仓库里取出一套"双向定位GPS跟踪器"，开价一万五千元，不还价。大川提出换货后补差价，那商贩表示宁愿不做这笔新生意，也绝不换货。无奈之下，之前的八千元只好当作打水漂了。回来的路上，大川和刘学相互埋怨："你事先也不问问清楚？"……"还说我？你还问人家收发范围呢，这不误导么？"……

为了让小灰尽快适应腿上的异物，在它恢复体力的这几天里，阿辉干脆就不取下那节七号电池，早晚都一直绑着。之前几天小灰总忍不住要用一只爪子去拨弄那电池，由于阿辉绑得比较紧，它怎么拨也拨不落，有时还会将电池拨歪，阿辉也不去纠正它。今天就好了，小灰显然已经习惯了腿上那玩艺，不再试图挣脱。这几天里，阿辉开始给小灰做规矩，大川以前给予它的自由与特权全部被剥夺，喂食、喂水都在棚内，其他鸽子早晚各一次家飞训练，而小灰哪也不准去，整日关养。等刘学在自己的电脑上装好了GPS主控机的驱动程序后，阿辉也不许他们用小灰来实验，而是找了一只家飞训练有素且对超音波训鸽笛声最敏感的老鸽来飞。已经损失了八千元了，阿辉可不想连宝藏的影子都还没见到，再丢了那一万五千元。

试飞很成功，屏幕上的点十分清晰，当地图比例尺调到1：500的极限时，甚至可以辨识鸽子正飞越的建筑物名称。三个人开心得相互击掌庆贺，仿佛宝藏已近在眼前。

大川催促阿辉带上小灰立即出发，可阿辉连连摇头，说要等时机。大川不懂什么时机，他只知道，再这么窝在家里，他要发疯了，

"还等什么？已经六天了，小灰应该没问题了吧？"

"怎么没问题？养信鸽讲究'血、养、训、调、赛'五条。'血'是指血统，你家小灰血统不好，看它一身杂毛就晓得了；'养'是指喂养方式和营养状况，这个你平时肯定是疏忽大意的，也是我这些天重点在做的事情；'训'是指训练，不用说，你做得也很烂，我现在临时抱佛脚也来不及了；'调'是指状态调整，也就是现在这个阶段了。不能就这么放飞，人家公棚赛怎么做，我们也得怎么做。临近三天，饲料只能给七成，真正放飞的时候更要空腹。最后才是'赛'的阶段，那就全看小灰的临场发挥了。"阿辉滔滔不绝，大川与刘学的景仰之情也跟着滔滔不绝。

"那你打算等到什么时候呢？"大川还是很关心结果。阿辉一番深思熟虑后说："那天小灰到家是傍晚五点钟，落后第一名六个多小时。我计算过了，它的时速大概每小时六十公里，也就是说，改飞八百公里大概需要十三个小时。如果还是要它傍晚五点钟到家，那么我们可以往前推十三个小时，八百公里外的放飞时间就应该是凌晨四点钟。而且天气也很重要，途中的天气要与那天相近。那天的前夜，整个华东地区有小雨，不过第二天就转为阴而无风，这批参赛的鸽子大多数应该没淋雨，小灰肯定也是。所以我们放飞那天，最起码不能下雨或风速太大。我看过未来五天的天气预报，我三天后带小灰上路，乘火车到河南的南阳市附近。"

在阿辉如此周详的行动计划面前，大川自然不再有任何异议，他的那点养鸽经验若与阿辉比起来，如同一个养的是信鸽，一个则是在养菜鸽。大川心想，别看阿辉一副钻营的样子令人厌恶，但这次行动没了他还真不行。至于刘学，到目前为止，除了可以出点钱，外加搭把手之外,基本上就是废物一个,分给他一成股份可真是亏死了⋯⋯

方案敲定,阿辉回去了,屋里留下大川和刘学,刘学自知占了不该占的便宜,一脸亏欠道:"贡献数我最小,不过股份我也最小,我出力、出钱、出电脑,最多费用平摊方面我六阿辉四,省得你感觉亏了。"大川一脸不屑道:"我早说了,费用你和阿辉是跷跷板,跟我浑身不搭界,你就算全出,对我也没什么好处,现在既然阿辉没意见,你也别想太多,是我主动寻到你,我总不能说话不算话。"刘学的脸上堆满了感激,不过还是像只摇尾乞怜的泰迪熊。

刘学临走前跟大川约好三天后再来碰次面,看看阿辉动身前还有什么交代,电脑就留在大川家不带回去了。

刘学走后林珊来了电话,质问他怎么又没了音讯,连个短讯也不发。大川难以从大计划、大构想中立即抽身,一时情急撒了个谎,说这几天自己一直忙于四处投简历。林珊知道他在撒谎,她上午来过,大川妈说他跟一个同事去了虬江路,去虬江路干吗?难道要寻一份数码产品销售员的工作?"你还想瞒我到什么时候?难道铁了心要犯那个傻吗?"大川一听便知已被她戳穿,于是也就死猪不怕开水烫了,"知道了还问?不过你结论也别下得太早!不去寻怎么知道一定是犯傻?"

电话那头,林珊停顿了好几秒钟才阴沉低语道:"大川,钱对你来说就那么重要么?"

"这个问题我们好像已经讨论过不止一次了,等我真的有钱了,我一定会说'不重要',但不怕你失望,现在真的很重要。"

"比我还重要么?"

大川有些犹豫,"我不会那样去比——但我这么说你就明白了,没有钱,只有你,我不但不觉得那是雪中送炭,反而感觉是雪上加霜,因为我始终都觉得配不上你,我很痛苦,而有了钱,又有你,那就是锦上添花了——我只能与你在同一个世界里牵手,懂吗?"大川自认为这番话讲得够圆滑,既立意鲜明,又不至伤她。

然而电话被林珊无声地挂断了……大川挂上电话,坐在床上发呆。

高利仁也打来了电话,大川向他和青卿问好。

"好什么呀,现在人在医院里呢。"高利仁叹了口气。

大川紧张地问:"怎么了? 交通事故?"

"倒霉! 被人打了……"

"谁? 为什么?"

"我们今天又组织去'亿科'闹了,可没想到这回他们有备而来,纠集了一大帮保安和地痞,见到头上缠布的人就打,我逃不及,头上开花了,现在真的缠上了绷带……"

"光天化日之下,他们简直无法无天了! 报警啊! 全抓起来!"大川这头已怒不可遏。

"报了,没用的,'亿科'是筑建集团的项目,诸国忠的后台硬着呢。"

"啊?'亿科'是筑建集团开发的?"大川仿佛被人用冷水从头到脚淋了个透。诸国忠他怎么可能不知道呢,前几天还被乐平领着去他儿子的三十岁生日宴上逛了一圈呢,这事现在回想起来,还气得牙根痒痒呢。

"是哦,所以只能自认倒霉了……对了,我打电话过来是想问一下那天托你的事,网站帮我建得怎样了?"

大川哪还记得这件小事啊,忙支支吾吾搪塞道:"哦,近一段比较忙,可能要拖上两天了……这样吧,后天把所有文件打包发到你邮箱里,好吗?你要求的页面简单,东西不会太多。"大川讲这话时,脑子里想到了刘学,这小子不能吃白食,让他帮忙做几个页面总是小事一桩,他家里应该还有一台台式机……

　　利仁当然没意见,又谢了大川一次。大川转而问起青卿,有了那一晚青卿的高调宣言,大川心想,这回总算可以问他们的婚事进展了。可没想到,答案依然迷雾重重,利仁说青卿始终不愿把日子定下来,不知道还在等什么……

26. 董卓戏貂蝉

诸国忠近一段时间确实被一浪高过一浪的退房潮弄得焦头烂额，今天这事更是搞得沸沸扬扬、满城风雨，媒体紧追不舍大肆报道，百姓民怨四起、情绪高亢。网络上更是说什么的都有，甚至有人把上海楼市比作丑女，腿短、脸大、腰粗、胸小的丑女。"腿短"是指刚性需求支撑不足；"脸大"是指价钿蛮大，GDP 占比不小，面子够大；"腰粗"是指夹心层数量庞大，高不成商品房，低不就保障房；最后一个"胸小"就是在骂开发商唯利是图，心胸狭窄，本该性感的部位不性感。都说红颜多薄命，丑女却寿命长得很。那个作者竟还是个作家，叫张墨然。

诸国忠正为这事气得"将军肚"一起一伏像只蛤蟆，这会正坐在书房里的电脑旁。诸烨和燕子也陪坐在身后的沙发里，满脸凝重，一言不发。他俩当然知道这张墨然是谁，也非常清楚他是什么用意，但在诸国忠面前又谁都不敢提半个字。

桌上的电话响了，诸国忠接起来听了一会，与长辈怄气顶嘴似的说："你别跟我说这些，不是忍无可忍我不会这么做，没什么好收敛的，在商言商，一切都得按市场规律办事，民生再大，大不过改革开放……"他的话显然是被那头打断了，又听了一会，语气缓和下来接着说："不是我诸国忠要把民生问题跟经济建设对立起来，你们这些官老爷两只手，'左'巴掌、'右'巴掌打得都有理，可我这是上市公司，业绩差了没法向股东交代……"

挂上电话又过了好一会儿，诸国忠似乎气消了大半，他用鼠标在电脑上点开了一个页面，回身对两人说："你们过来看这个。"

诸烨和燕子不敢怠慢，忙起身近前来看，立于诸国忠两旁，燕子更是俯下身凑近了仔细看。诸烨有些失望，"什么呀，不就是筑建集团的广告嘛，有什么好看？"诸国忠没有理他，转脸朝燕子慈祥地笑，"怎么样？燕子改天想不想跟烨烨一起去叔叔的集团公司里参观参观？"说话间目光不自觉地漂移至燕子那垂荡开口的前襟里，肆意淫邪地亵赏着"美景"，一只手竟还在裙下摸到了燕子光滑的小腿。燕子心头一惊，却不敢闪躲，生怕自己"不识抬举"，只恨今天穿了套裙装出来。

见燕子愣住了，诸国忠又补问了一声，"嗯？"吓得燕子如鲠在喉说不出话，连连点头。诸烨全然不知发生了什么，正欲走开，被诸国忠叫住："烨烨，去外面帮老爸买包香烟。"

诸烨瞪大了眼睛疑惑道："不会吧?！什么时候连抽烟也要自己买了？你不会是被媒体吓出毛病了吧？"

"我叫你去你就去，哪那么多废话！"

"好吧，我让管家去买。"

"不用了，我让管家去海鲜市场买菜了，燕子第一次来做客，没有海鲜不行的，只有管家去我才放心。"

"那我叫其他人去。"

"你个小赤佬今天怎么回事？让你买包烟也啰里吧唆推三阻四的？快去！"

"好吧，燕子，我们走。"

"你自己去！燕子是客人，陪我聊聊天。"

诸国忠转过脸来朝诸烨威严地逼视。燕子如同惊弓之鸟，趁诸国忠转脸之际坐回了沙发。诸烨无奈之下只好一个人出去了。

诸国忠坐到了诸烨刚才的位子上，伸手去拉燕子的手，亲切和蔼地说："叔叔刚才发脾气了，燕子莫怪哦，其实叔叔今天最开心了，烨烨交了这么漂亮一个女朋友，叔叔心里真喜欢啊，以后不要跟叔叔客气，有什么需要就告诉叔叔，燕子的需要就是烨烨的需要，总要满足的！"

那晚最后一次从大川的小楼下离开后，她的爱已死，心也如死灰般沉寂了下来……燕子一直幻想着有一天能嫁入豪门，虽然她在心底也无数次地演算过，所谓"豪门恩怨深似海"究竟是否足以挑战自己的心理极限，但无论如何都没能设想到如此龌龊的一幕。

"叔叔，燕子没有其他的需要，只要叔叔能开开心心、健健康康就好。"说完这话，燕子的心仿佛被嘴巴出卖了，强烈的羞耻、强烈的被践踏的感觉，她亲手撕碎了那些无用的自尊与自爱。

"嘴巴好甜的燕子，叔叔更喜欢了。"说完一把将燕子揽入怀中，在她那娇嫩欲滴的脸蛋上嗫了一口。燕子除了顺从还是只有顺从，她心里很清楚，这个男人才是真正的国王，王子的一切都是他给的，他若不悦，自己以后连这个门怕也是迈不进了……

诸烨买烟回来了，进门前他还在纳闷老头子今天的举动很反常。没坐一会开饭了，管家恭恭敬敬地进门来打招呼，诸烨好奇地问："你不是去海鲜市场了么？"

吃饭的时候，诸国忠已经把燕子当成自家人了，亲自为她夹菜。燕子同时回避着诸家父子的目光，拘谨地低头扒饭。诸烨此时若再看不明白，那也真成了傻瓜了，但他只敢怒在心里，只怪妈妈去世太早，老东西偏又荤腥难戒……

"最近在外面低调一些，上面的风声一天比一天紧，烨烨那辆法拉利暂时不要开出去了，太招摇，用一段时间奥迪吧，建材方面的朋友最近也少来往吧，美术界倒无碍，不过你生日那天来的几个老屄眼也得暂且回避。"顿了一下，诸国忠又转向燕子，"燕子是好孩子，你可不能亏待了人家，否则我不答应，回头我让人往你卡上打点钱，先买点首饰、衣服、化妆品什么的，但不要声张。"这些话都是说给诸烨听的，诸烨唯唯诺诺，一阵点头。燕子心里却不知是该高兴还是苦恼，也就在诸烨买烟回来进门前的一分钟里，诸国忠记下了她的手机号码……

燕子与诸烨没交往几天工夫，就搬进他的别墅里住了，诸烨几乎没费多少口舌，只跟她说了句"我想天天看到你"，燕子轻而易举地实现了梦想，赶走了诸烨身边的那个妖女，真的做起了诸烨别墅的女主人。今天是诸烨主动提出要带她来看望父亲的。

为了和诸烨在一起，燕子向公司请了好几天事假，手机也已经三天没开机了,全为了躲张墨然。诸烨生日那天下午,张墨然一个人灰溜溜地开车回家,但他心里总也不甘心,过了晚上九点就疯狂地拨燕子电话,在电话里纠缠燕子,逼着燕子给他个说法。燕子冷笑,告诉他没什么说法,还在电话里揭穿了他是个有妇之夫。张墨然一时被她镇住了,当晚改发短讯解释而不再来电骚扰。其实燕子当时也是猜的,并无真凭实据,他俩在诸烨生日前一晚的约会中,张墨然曾接过一通电话,当时他神色怪异,吞吞吐吐地应答着来电,后来干脆移至洗手间去讲,燕子就看出了问题,不过并未当场揭穿他。其实就算第二天没遇到诸烨,燕子也没打算与他长此交往下去。

燕子的父母在诸烨生日当晚就得知了女儿的"喜事",一听对方的家世,燕子妈兴奋得和个小孩子似的缠着燕子问这问那,恨不得当晚就用八抬的大轿把女儿送过去。当然,燕子妈少不了还要传授一些如何讨男人欢心及看守男人的技巧给女儿,一直讲到燕子哈欠连连,才突然想起要替女儿收拾行李。燕子惊异地问她为什么要这么做,燕子妈神秘地笑道:"你迟早要搬到大房子里去享福的,妈妈是过来人,就是这几天,不信你等等看……"燕子见父母欢天喜地的,总算也替自己松了口气。

要说燕子对诸烨一点感觉都没有,仅为了讨父母欢心或只想着为自己找一个衣食无忧的好归宿,那也是不客观的。第一眼看到诸烨的那一刻,燕子就像被闪电击中一般浑身瘫软,她确实被他的外形与气质迷醉了,那是长久萦绕在她心中不折不扣的白马王子形象,她确定自己对诸烨一见钟情了。可之后内心滋生的某种微妙的情感却秒杀了那股冲动。

当大川于屈辱间愤然离去的那一刻,她的心被蒙上了第一层阴影,她难以测量自己对那个相貌平平且碌碌无为的男人的爱究竟有多深,她只知道那时自己的心很痛,像有钝锯在割。眼睁睁看着大川拉着那个漂亮女孩不顾一切地往外冲时,燕子内心的酸涩是诸烨身边的那个妖女无法带给她的。

燕子的第二层心理阴影,是通过这几天的朝夕相处,她发现诸烨并无特别的人格魅力。虽然人前的客套与谦逊,以及那拒人于千里之外的友好笑容,使他看上去深不可测,其实只有在零距离接触下才能将一个人看个通透,慵懒、闲散、鄙俗……一览无余。只不过稍令燕子感到宽慰的是,他是个对自身外在形象讲究到近乎挑剔、挑剔到近乎苛刻的男人,这多少可以为燕子在外面挣足"面子",即使不向人介绍他的家世,人往那一站,身份与地位就像影子一般不离左右。

还有一层阴影,那便是眼下了。以前只听说过"吕布戏貂蝉",摊在燕子身上却全然倒了过来,变成了"董卓戏貂蝉"。不过戏来戏去,最悲哀的总归还是貂蝉,要同时承受两代人的摧残……

吃完饭,诸烨带燕子回自己家。他们从北京东路出来,燕子说好久没看外滩了,诸烨就往外滩方向转。沿着外滩自北向南开,快到复兴东路路口时,燕子说可以回去了,诸烨就小转弯进了复兴东路。往西开经过光启南路时,燕子转脸看进去。兜这么大一个圈子全为了看这一眼。她没指望能看到大川的身影,却还想看看那条老街。

车子上了南北高架后,诸烨一脸阴郁地问:"中午我出去买烟那会,老头子都跟你聊什么了?"

燕子的情绪紧张了起来,"没,没什么,就问了一些我家里的情况。"诸烨不再问什么,脸上依然冷漠。

到了诸烨那所近郊的别墅后,燕子上三楼卧室去洗澡,诸烨进了书房。二十分钟后，诸烨突然闯进了卧室，猛推开浴室的门，将浴缸里惊吓得蜷缩成一团的燕子湿漉漉地捞了出来，一直抱到卧室的大床边，将她翻身摔到床上，她赤身裸体，无一丝遮盖，然后诸烨如一头饥饿的野兽扑了上去，任由燕子如何嘶叫、挣扎，那野兽丝毫没有停手的意思。他前几日的温存与浪漫此刻已荡然无存，只剩下了泄愤般的变态兽欲……

十分钟后，卧室里满地都是诸烨零乱的衣物，燕子趴在床上，头深埋于床里，湿淋淋的散发将床单洇湿了好大一片，诸烨仰面朝天闭眼喘息。

"你爱我吗？"燕子的声音仿佛是从床下发出的。

"爱——"

"那你可以不要把我当成玩具么？"

"正因为爱，所以你是我爱的玩具。"

屋里只剩下诸烨渐缓渐弱的喘息声，他睡去了，燕子侧过脸来凝视他的睡态。即便他只能通过这种方式来发泄胸中的怨恨，也不得不承认他依然算是个具有超强忍耐力的男人，这种男人很可怕，有时也很可怜。

回想诸烨生日那天的宴会，那时的诸烨与眼前这个男人简直判若两人，众人也都伪善得可笑，只有一个人是真实的，那就是大川……

27.落空的美人计

　　三天后的清晨,阿辉要动身了。刘学也赶来了,一见面就邀功似的向大川汇报,给高利仁做的页面已完成并发到了他的邮箱。大川最后抱了抱小灰,并仔细检查了一遍它腿上的跟踪器,然后有生以来第一次象征性地抱了抱阿辉,在他的背后拍了两下,"辛苦你了!"阿辉好像有些感动了,从小光屁股一起长大,他没想到大川还有这么肉麻煽情的一招,"又不是为你一个人打工,赢了是大家的,搞笑!"大川也不跟他顶,心里还是有那么点"西出阳关无故人"的伤感,他深知此次寻宝的艰险,每一个环节都必须保证万无一失。阿辉是寻宝团的中坚力量,但愿他一路上不要出什么差错。寻宝任务今天正式开始,这是一个崭新的起点。

　　阿辉走后,刘学打开了跟踪系统,为了节省跟踪器的电量,他们约定只在放飞前才最后调试一遍,此时屏幕上没有目标。大川回床上接着睡觉,刘学开始编写一个自动绘图程序,可以将小灰回家的路径与停留点自动记录下来并连成线,最终构成一幅完整的拼接地图,到时候只要拿到外面文印社去打印出来即可,不必一边死盯屏幕一边吃力地在纸质地图上手绘。

接近中午时,林珊发来的一条短讯惊扰了大川半梦半醒的神经,点开一看,上面写着:"我正在做一道选择题:A. 守着一个正常的你;B. 离开一个失常的你。能给我点提示么?"大川意识到问题的严重性,由于自己的一意孤行,很可能已致林珊对他失望透顶,眼下对他的爱也正在发生动摇,也许今天是留住她的最后机会了。

"你知道我爱你,我只能给你唯一的提示:永远不要离开我!求你!"

"你是要我守着一个失常的你?"

"不是,你给我点时间,我就快正常了,我向你保证!"

"我能给你的时间多的是,甚至可以是一生,但没有一分钟是用来等待你寻宝归来的,醒醒吧,大川! 你必须做出明确的选择。"

"你现在哪里?"

"家里。"

"你等我,我马上过来找你!"大川发出这条短讯后翻身下床,披了件夹克冲出门外,对身后屋里的刘学说,"中午到楼下厨房去找吃的,找不到就自己去老街上买,我去去就来。"

到了虹桥镇别墅区附近,大川又给林珊发了条短讯:"我到了,是我按铃进去,还是你出来见我?"

"你进来吧,用人会给你开门,我会交代她领你到我的房间来。"

两声铃响后,门里果然探出一颗盘着东洋发髻的脑袋,那是一位身着和服的日本中年妇女。那女人见了大川一阵点头哈腰,还附带了好多烦琐的小动作,然后背着个小枕头一路小碎步领着大川穿过小花园,进入门厅。大川以为林珊就在客厅里等着她,或者她的房间也不会太远,但他错了,这幢别墅比他想象中要大好几倍,他们穿过门厅来到后院,后院是一个小花园,种植了各式各样的花草树木,尤以樱花最为抢眼。大川紧跟那女人进了后院的一幢小楼里,小楼不高,只有上下两层,林珊的卧室在楼上。

林珊身着一件薄如蝉翼、三分透明的真丝睡袍,正坐在飘窗上看书,白皙的小腿裸露于袍下,没穿鞋,光着脚丫。大川愣在门外不敢进来,林珊见他来了向他招招手,示意他进来,大川识相地脱了鞋,心里在恨今早为何不换双干净袜子。

"大川——"

"嗯?"

"我们认识多久了?"

"哦——总有两个多星期了吧。"

"十八天零十六个小时。"

大川面露少许惊愕,转而羞红了脸,"你记得还真精确。"

"但我感觉有些恍惚,一会像是十八个月零十六天,一会又像是十八个小时零十六分。"林珊垂目盯紧自己的脚尖,大脚趾俏皮地动了动。

"我明白,既熟悉又陌生的感觉——"

"你能答应我一件事吗?"

"嗯——什么?"

"假如你将来有了钱，有了好多好多钱，无论如何也不要让我知道好吗？"

"啊？为什么？"

"我想在心里始终保留原来的那个大川，会讲笑话的大川，和我一起'混帐'的大川，好吗？"

"哦——当然可以——不过好奇怪——其实这冲突吗？无论有钱还是没钱，我对你是不会变的，你跟钱有仇么？"

"不一样的，我怕看到将来的你，我甚至可以想象你有了钱之后的样子，不过——无所谓了，我可能是看不见的。"

"你说什么？什么'看不见'？你怎么会看不见？怎么了？"大川有点急，他有种不祥的预感。

"没什么——我想去意大利找妈妈，两个月前我报名参加了'马可·波罗计划'，认识你后我是想放弃的，可现在看来……"林珊的表情如她的话语一样犹豫，她需要的也许仅仅是一个留下来的理由，而绝非前往的动力。

"不！我不让你走！"大川一把拉过林珊的双手，她手中的书被抖落在地，"就算我求你了，再给我一次机会，我保证什么都听你的。"大川的冲动给了林珊些许安慰，不过她终究还是挣脱了大川的双手，"可能吗？我要你别去寻什么宝，你能答应吗？"

大川既不甘心失去林珊，又不甘心轻易就范，"好！那我问你，你究竟是因为认准那宝藏根本不存在才不让我去寻，还是根本就反对这件事？"

"当然是反对这件事，从头到尾地反对！就算它存在，我也不要你去！"林珊终于毫无顾忌地摊牌了。

温馨的闺房立时陷入了尴尬的沉默,四目相背,拉开了冷战的序幕……

大约过去了十分钟,午饭时间到了,大川的肚子唱起了空城计。林珊弯腰捡起地上的书,放回到紧挨窗边的书橱里,然后来到窗边沙发上低头坐着的大川面前,静默地立了一会,用手去轻轻拨弄他的头发,"先吃饭吧,你想下去吃,还是叫人送上来?"大川仰面点了点头,"我不想下去了。"

又是十分钟后,用人推着一辆推车进来,推车上有台面,台面上有干净的白桌布,白桌布上有丰盛的菜肴,这实际上就是一张特制的移动餐桌。待用人在卧室靠窗的位置上安置好座椅后,大川和林珊面对面坐了下来。大川第一次这么用餐,有些新奇,他以前也经常在自己那破旧的阁楼里吃饭,有时手里端着饭碗,头却探出窗外,观赏着楼下熙熙攘攘的街景,偶遇个熟人,还楼上楼下大呼小叫地打招呼……

桌上有清酒,这令大川回想起几周前乐平请他吃的那顿日本料理,想必林珊并不知道古代的日本人喝的都是"浊酒"。为了缓和刚才的气氛,他将乐平的那个段子照搬了过来,林珊听了竟掩口大笑起来。

一顿饭,大川连讲了好几个笑话给林珊听,等用人将餐桌推出去后,林珊的心情已经完全恢复了。她牵起大川的双手,仍旧把他拉到靠窗的那只单人沙发上坐下,然后竟狂放地分腿骑到了大川的腿上,双手交叉着搂住大川的后颈,用额头去顶大川的额头,羞答答、娇滴滴地说:"你只要依了我,我就是你的,好不好嘛——"睡袍下隐隐现出红色的底裤,对了,林珊属牛,今年是她本命年。看样子,这便是那传说中的"美人计"了。

"依你你什么?"大川其实并非装傻,只因在如此诱惑面前,脑子已经不灵光了。今天是她主动提出来的,又恰逢大川已养精蓄锐好多天……

林珊故作恼怒状:"我真的生气了哦! 就是寻宝的事。"

坐怀不乱大川是绝对做不到的,更何况是眼前这朝思暮想的倾心可人儿,他拖着长音大叫了一声"好——",双手托起林珊圆润的翘臀猛地直立起来,大步冲向那张帷幕缦纱遮掩下的公主床。林珊欢快地尖叫:"救命啊——坏蛋——"

大川没想到林珊还是处子之身,当他耗尽最后一点体力后,抚着她的肩头在她耳边轻声问:"疼吗?"林珊使劲摇了摇头。大川感到似有水珠溅到自己脸上,忙支起上身俯视林珊,发现她已是满头大汗了,大川心疼地去吻她的额头,才知那是冷汗……

从林珊家出来时已是下午两点半,林珊亲自送他出门,在他口袋里塞了一样东西,是一只牛皮纸信封。大川坐上公交车后取出来看,里面有一张照片和一支录音笔,照片上的人竟是自己,正躺在帐篷里半张着嘴酣睡,其状陋不忍睹。这定是东极"混帐"那天日出前偷拍的,从曝光度能够看出,用了闪光灯。再按下那录音笔的播放开关,大川有生以来终于有机会听到自己那令人毛骨悚然的鼾声……难怪林珊说他是"雷公"了,那是一种足以把学龄前儿童吓哭的怪声。

多可爱的女孩,大川心里幸福得想哭。他真的不想辜负林珊,为了她,他愿意做除了放弃寻宝的任何事……他心里其实很清楚,这寻宝的起点也许就是他俩爱情的终点。可开弓没有回头箭,事情都已经进展到了这一步,就不是他个人的取舍问题了,眼下只有尽最大的努力瞒着她干……

回到家时,大川看到刘学脱了鞋袜笃笃定定地睡在了自己的床上,居然还像模像样地盖上了自己的被子。长这么大,还没人敢不打招呼就钻进自己的被窝里,而且瞧他那颗油头,用篦梳都能篦出一两脑油来,在自己的枕头上不知来回蹭了多少遍,大川真想一只手拎起他扔到窗外去。

在大川的一阵捶打之下,刘学爬了起来,兴奋地告诉大川"成了",大川一脸的莫名其妙,"什么成了?"

"程序我写出来了!"刘学忙去开机向大川演示。大川顿时为之一振,刚才还缭绕心头的一丝牵绊,一刻间被他那百米冲刺般的激情轻松突破了,"这下完美了,天助我也!哦不,应该是你助我也!也不对,应该是你为团队立了一功!"刘学的存在价值终于得到了肯定,那个激动劲,就差没有热泪盈眶了。

高利仁又打来电话了,是一通感谢电话,说电邮收到了,也找人将那些页面文件上传到虚拟主机上了,效果比他想象的还要好。大川心想,刘学这小子算他还有点用,先前那种吃亏的感觉随之消了大半。电话里大川问他伤势好点没有,利仁说本来也没啥大碍,皮外伤,主要是伤在了心里,为那些中产及刚跨入却又即将告别中产的人感到不值。大川想想也是,眼下金融危机,最脆弱的也就是他们这些"夹心层"了,上无通天之路,下无入地之门,既发不了财,也得不到政策保障,像他这样没有上海户口的外乡人更是如此,生存安全感甚至都还不如大川这样的本地平民。

从利仁的口中他得知,退房遭打事件还没完,群众与开发商之间的对立情绪日益加深,事态很有可能会进一步升级……

28. 追踪八百公里

其实林珊使出美人计也是从大川跟她讲过的一个笑话里得到灵感的。大川跟她说，当年夫差被勾践的大军围城，绝境中派伯嚭出城搬救兵，伯嚭出城即被俘，越国人盘问他城中粮草及守兵情况，结果被打得半死不成人形他也不说，于是勾践问他究竟要怎样才肯开口，伯嚭说："你们还没用美人计呢。"

林珊的想法很简单，就是要竭尽所能阻止大川踏上那条寻宝的"不归之路"。一个人，不怕他富，也不怕他很富，就怕他一夜暴富，更怕他走鸿运式的一夜暴富。在那种付出与得到严重不对等的状态下，他很可能会把持不住，迷失人生的方向。大川刚从阿辉嘴里获得寻宝灵感那一刻的眼神，以及这段时间以来的表现，都向林珊证明了一点，他并不是个经得起诱惑的男人，欲望正在他的灵魂里迅速滋生、发酵、膨胀……

夜幕降临了，林珊很想知道大川在做什么，她握着手机躺在床上发呆。而大川此时正和刘学两人在阁楼里做着出发前的准备。阿辉已抵达南阳并找了间便宜旅馆住了下来。燕子跟诸烨谎称回家看父母，此刻却躺在诸国忠肥腻腻的怀里。诸烨与一帮美术界的朋友觥筹交错，聊着些阳春白雪的话题，乐平毕恭毕敬地陪坐在一旁。张墨然正与姿色平平的老婆在厨房里斗嘴。许学厚蜷缩在租屋的一角癫狂地搜寻着臂上的静脉。高利仁正在安抚气鼓鼓的董青卿，隔壁房间是同样气鼓鼓的他的老父老母……

这一天即将过去，也许明天大川便要踏上一段注定不平凡的寻梦之旅，也许是后天。他没有时间停下来去计算这三十二年生命里的所有得与失，他的耳边只有一个迫切的召唤声："大川，还等什么？来呀，来找我呀，快！"他抗拒不了那个召唤，他认为那是天意，就好比天意要把他生在这破败不堪的棚户区里一样，如今天意要他离开……

当晚，刘学没回家，干脆就留在了大川这里。他给出的理由很滑稽，说他这人从小就特别没出息，遇大事总是心里难以踏实，连赶个早班飞机都只情愿在候机大厅里眯两小时，而绝不愿卡着钟点去赶时间。大川考虑到明天一早四五点钟阿辉可能就要与他们联络，所以并不打算赶他走，只不过不再给他床睡，而是从登山包里随意抽出一席防潮垫丢给他，"不怕呼噜你就留下。"

第二天一早四点半，大川的手机响了，是阿辉从南阳发来的短讯："天气帮忙，一切准备就绪，看看你那头信号怎样？"大川忙爬起来去启动系统，顺便将地上的刘学一脚踢醒。屏幕上，信号出现了，非常清晰，目标在地图上南阳市的位置闪动，屏幕下方的坐标显示，北纬 34°40′，东经 112°21′。"目标出现，信号强度满格，可以按计划放飞。"

那套辅助软件是刘学写的，所以接下来大川就交给他来操作。刘学将地图比例尺调到 1：500，目标开始缓慢地朝东南方向移动。刘学的程序可以在目标停止移动时自动记忆下那个点的精确坐标，而且原先屏幕上只能显示一个移动的点，经他改编后，目标所经之处被连成了线，清晰、连续地显示在屏幕上。工欲善其事，必先利其器，这显然是一套完美的跟踪系统，接下来，就全看小灰的了。

既然由刘学盯屏幕，大川干脆下楼洗漱，然后买早餐去了。

大川约四十分钟后带着早餐回来了，刘学向他汇报说小灰到目前为止还未歇过脚。大川一边吃早餐，一边给阿辉临走前联系好的司机打电话。一上午两人在紧张的情绪中度过。到了中午，小灰一共停下来歇过三次脚，三个落脚点分别是信阳市附近、光山县、六安市附近。其中，在第一个点，位于河南省南部的信阳市附近逗留的时间最长，大川有一种强烈的预感，那个点将成为他们重点的搜寻之处。那里究竟有些什么呢？大川恨不得挖出自己的双眼安在小灰的脑袋上，以看个究竟。

整个下午，小灰只在南京的栖霞山附近停过一次，然后就一路飞往上海。加在一起，途中一共落地四次，平均测算，每飞一百六十公里左右小灰就要休息一次，这个频率可真够高的。大川以前曾听其他鸽友介绍过，成年鸽飞一千公里以内的路途，大部分有能力一口气飞下来。前几天大川曾担忧地问过阿辉，若到时候小灰一口气飞到家，那他们的计划不也就算泡汤了吗？阿辉胸有成竹地告诉他，小灰

211

到底还很小,估计它一口气最多也就能飞个二百多公里,这一路上至少要停留两次,果然又被阿辉料中了。不过此事说来也挺纠结,假如小灰一次也不歇,那是大川最不愿看到的结果,但假如小灰歇的次数太多,就像眼下这样,大川也头疼,这便意味着他们要搜寻的点就太多了。

下午五点钟左右,小灰飞回了阿辉家的鸽舍,刘学将数据拷贝至U盘,出去找地方打印图纸。大川也赶紧去找小灰取回它腿上那只跟踪器,因为他们还用得上那玩意。如今四个停留点的经纬度都已顺利得到,按照事先计划,他们此行不仅要带上打印出来的图纸,还要同时带上完整的一套跟踪设备,刘学的笔记本电脑也得一并带上,且得带备用电池。与阿辉会合后,他们会从南阳市沿着小灰飞行的路线一起往回找,在接近那四个停留点的附近时启动跟踪器,将他们当时所处位置的经纬度与小灰留下的数据进行比对,完全吻合时便算是找对了地方。不仅如此,阿辉还随身带了一种极不易干的红色颜料,按约定他会在放飞前涂抹到小灰的爪子上,以便在它落地时留下明显的记号。不过那恐怕只对前两个停留点有用,阿辉也没料想到会有四次落地,估计到后面两个点时,那颜料早用光了。

阿辉回来时,见刘学已站在小楼下与找上门来的司机聊上了。那司机年纪很轻,二十岁出头的样子,文文弱弱的不像个体力劳动者,讲话也是慢声细语,一口略带点南汇口音的上海话,温顺得像只分不清性别的绵羊,他叫沈强。大川怎能料想,正是眼前这个小伙子,在未来的几天里,差点要了他大川的命。大川招呼他们一起上楼做出发前最后的准备。

车是沈强自己家的,与他哥哥共用,一部丰田 SUV,只要不是太险峻的地势,性能应该是足够了。阿辉之前与沈强预定了三天的行程,连车带人,含油费和路桥费,一口价一万块,伙食由大川他们提供,超过一天加三千块,一周以上则每天四千块。大川暗笑,阿辉的心可真够细的,连一周以后的事都安排好了,此行还不至于打这样一场持久战吧?否则林珊那头恐怕也很难瞒得住了。不过大川还是感觉很不合理,一周以上不仅不给优惠,反而还加了价,于是在阁楼上边整理行装边跟沈强做最后的讨价还价。别看沈强外表温顺,谈起价钱来可就不含糊了,他讲不出激烈的言辞,只是慢条斯理地拒绝着,再拒绝着,仿佛吃定了他们没时间再找第二家似的。不温不火的态度磨得大川没脾气了,只好依照事先的约定先付给他五千元定金。

他们终于出发了。车开出上海时,已是晚上七点半的样子,刘学开心得在车里哼起了歌,他可以松口气了,终于没被甩掉。林珊来了电话,大川赶紧示意刘学闭嘴,并升起车窗来接听。林珊那头的语气十分警觉,"你在哪?怎么昨天从我家离开后又没声音了?"

"哦,在家里啊,刚吃好饭呢,正想打电话找你。"

"小灰的伤怎么样了?好点了吗?"

"早好了啊,要不然阿辉也不会……"大川突然意识到话多了,这八成是林珊对他的试探,险些说漏了嘴。

"怎么不说下去?这跟阿辉有什么关系?你们的计划已经开始实施了吧?"林珊的语气里暗藏着冷笑。

"没有没有!怎么可能啊,我不都已经答应你了么?你不相信我么?"大川急了。可他万没想到,此时正有一辆开足了马力的重卡想超他们的车,那长长的电气喇叭声足以震碎他们的车窗。大川心想,完了,这下要穿帮。

"你不在家里？"

"在！哦，不是……你听我解释……"

林珊挂断了电话。大川一脸的懊恼，对着那辆擦身而过的重卡竖起中指破口大骂，骂完又转脸责备沈强的车速慢得像拖拉机，连重卡都能超他的车。沈强也不辩口，笑眯眯地摇着头，就像一位老者对顽童的宽容。

大川不停地回拨林珊的手机，一直关机。他盼望着上一次的情形再度发生，林珊经过一番激烈的思想斗争之后再发来短讯，先发一通脾气，然后慢慢软下来……可一整晚，手机信号满格，大川却一个字也没收到。

第二天一早九点钟，诸烨叫人搬了把椅子放在别墅花园的中央，这里是进楼的必经之地。他手里点了根雪茄，正坐在那里等燕子归来。

九点一刻的样子燕子回来了，她从出租车里出来，事先等候在门口的管家为她开了门，燕子有一种奇怪的感觉。当她远远望见端坐在花园中央的诸烨时，心头掠过一丝不安与惊恐。她缓步走近诸烨，不知要以怎样的表情来跟他问候早安，因为她越走近，看得就越清楚，诸烨的脸上分明没有任何表情，甚至连目光都没有投向她这边。

"回来了？"诸烨依然没有抬眼看她。

"嗯，你怎么坐在外面？"燕子一脸关切地问，一只手已经搭在了诸烨的肩膀上。

"哦，老头子的功夫还可以吗？你花了几秒钟摆平他的？"

"你！这是啥意思？"燕子心虚极了，手触电般抽了回来，嘴却还很硬。

"没啥意思，早知道一颗 3.5 克拉的钻戒就能把你搞定，我也可以送给你啊。"诸烨冷笑了起来。

"你跟踪我？"燕子的心被老虎钳猛夹了一下似的，既痛又怕，她万没想到这么快就被诸烨识破了。昨晚在床上，诸国忠确实许诺要送她一枚 3.5 克拉的钻戒，不会直接交到她手里，而是派人送到燕子妈妈那儿。可这些诸烨又是怎么知道的？即便是跟踪，如此私密的对话也不可能泄露出去啊……燕子忽然如梦方醒般地去翻手提包，诸烨一阵放声浪笑，"不必找了，都在这里呢。"他扬起的手中握有一支录音笔，"这里是下载的备份。"

"卑鄙！"

"呵呵，我卑鄙？有你卑鄙吗？有你们卑鄙吗？"

"那你究竟想怎样？"

"呵呵，别怕，你现在是老头子的宠妃，我也不敢把你怎么样，我甚至不会点穿这件事，我要让老头子继续以为我被蒙在鼓里。"说完诸烨立起身来蹿到燕子的身后，凑近了用阴冷的口气低声说，"老头子每月给我的零用钱实在不够花，我有一个对你我都有好处的计划，想不想听听看？"

燕子心里对诸烨开始厌恶起来，没想到他竟是个连老父都要算计的小人，如果说之前对他只是了解后的失望，那么现在内心却生出了屈辱的憎恨，自己在他心里不过是个被玩弄、被利用的工具。可无奈如今授人以柄，她绝对相信，一个为达目的连生父都可以出卖的小人，几乎没有什么事是他做不出来的了，于是只好点了点头，"好吧，那你说说看。"

29. 初战告负

　　大川与刘学头顶着头一觉晃到了大天亮，南阳到了，沈强已是满脸的倦容，再不到的话估计他也支撑不了多久了。沈强把车停在了阿辉落脚的那家旅馆附近，大川与刘学两人空手下车去找阿辉，沈强迫不及待地爬进后排座，门窗锁好，倒头便睡。见到阿辉之后，三人激动得搂成了一团，仿佛二万五千里长征之后红军三大主力在西北的那次胜利大会师。他们即将正式踏上寻宝征程。

　　在旅馆里，阿辉建议，为了节省时间，他们可以不必严格按照小灰的飞行路线走，而是事先制订出通往每一个点最经济的路线，集中精力搜寻那四个点。刘学第一时间表示赞成，可大川却反对，他觉得这样可能会漏掉一些可能性，比如小灰此行路线的正确性虽然是毋庸置疑的，却不敢保证它停留的那几个点一定可靠，只搜点而不搜线,把握并不大。阿辉听了差点晕过去,"如果按整条线去搜,我们搜到明年也回不了家,搞笑。"大川想想也是,进而告诉阿辉在距此两百公里左右的第一个点——信阳市附近,小灰停留了长达三分钟左右。阿辉脑子转了转说:"干脆折中一下,我们现在是在南阳市的方城县,从这里出发到第一个点,实际上应该归在我有意放出来的'延长段'里,我们直接开过去,到距离信阳五十公里的地方再进入'轨道',按图上的路线沿路仔细查找,如果没有,那么出了信阳五十公里,我们就不按图走了,怎么样?"这回大川没意见了。

临上车前,阿辉谨慎地问了大川一句:"司机晓得我们在做什么吗?"

"当然晓得,这事瞒得住吗? 不过你放心,我只告诉他是在找一份重要文件。"

"搞笑! 鬼才相信我们是在找文件,你还不如说是在找假牙呢——算了,不怕他晓得,我们三个人呢。"

阿辉见到了沈强,不冷不热地跟他打了个招呼,然后拉门坐进了副驾驶的位置,眼下看来只有他最有资格坐那个位子,阿辉俨然成了此次行动的总指挥了。阿辉坐定后大手一挥,"出发!"

与燕子分开后,诸国忠出现在筑建集团宽敞的董事长办公室里,他的面前站了一排保安,当中还有几个民工模样的人。他本来是不必亲自见这些人的,但事情闹大了,上面要下来调查,情急之中才派人召集了这么一次身份悬殊的特殊会议。说"身份悬殊",看看那些人都只能站着就明白了;说这是"特殊会议",是因为只有"会"而没有"议",一排站桩似的只有聆听的份,而没有开口讲话的权利。

"谁让你们这么干的? 我吗? 好! 你们可以说是我,扛不住的尽管往我诸国忠身上推，不过认不认是我的事，后果也是天晓得的事，想清楚了就跟刘秘书说一声。"诸国忠定了定神，语气缓和了下来，"鉴于这次事件，我们当中也有人受伤，犯错误归犯错误，集团一向还是很关心员工的嘛，每人都可以申请营养补助，对了，刘秘书，回头拟个内部方案出来，标准就定在每人一万吧，不必形成书面文件，想清楚的人签个名就可以领走……"

"散会"后，刘秘书出去安排工作了。办公室王主任敲门，领了个人进来。王主任跟那人使了个眼色后便二话没说自觉退了出去。来人从夹包里取出一方精致的首饰盒，并当着诸国忠的面打开盒盖，里面是一枚硕大的钻戒。"诸董一直对我很关照，烨烨的终身大事，我这个做叔叔的怎么好一毛不拔呢？您还托我去打听？这也实在太客气了，我表哥就是做珠宝生意的，方便得很，我直接就给您送过来了，就当作我送给贤侄的大婚之礼了，您可千万不能推辞。"

诸国忠满面堆笑地摇了摇头，"你这个人啊，要我怎么说你才好，本来让王主任通知你来，是想跟你讨论梅花河畔景苑项目施工进度的事，你却给我送来了这个，这工作还怎么谈？况且我只是让你帮我打听一下，我怎么好收呢？"

"您可一定要收下，工作该怎么谈还是怎么谈，这是原则问题，我懂，今天这是顺便送过来的，是当叔叔的对烨烨的一片心意，跟诸总反倒隔了一层了，只不过麻烦诸董转交，您要是实在不肯，要么我自己给他也是一样的。"

"难得你对烨烨这份心啊，我看叫他认你做干爹也是不过分的，好吧！我就代他收下了。"诸国忠将那首饰盒连同一个装有鉴定证书及发票的档案袋一并接过来，随手放入了板台抽屉里，转而收起了笑容，"那接下来就谈正事了，梅花河畔景苑的施工进度怎么会这么快？建筑质量有没有问题？你们公司可是基础工程总包哦，建材这一块一定要把关，绝不能留下隐患，否则一出问题就是天大的问题，谁也担不起。"

"那当然，那当然，偷工减料的事我们是绝对做不出的，安全第一，利润第二，请诸总放一百个心！"

单凭这么两句轻飘飘的话就能让诸国忠放心，那是绝不可能的，不过他心中自有分寸的拿捏，能出多大事呢？只要楼不倒，再大再多的问题那都是可以扯皮的事，"这个我相信，改天我会亲自去工地转一转，会事先通知你的。"

那人走后，诸国忠从抽屉里取出档案袋，证书上明确标有"3.51克拉"的字样，再看那发票上的金额——五十万元……

当天下午五点半的样子，大川一行四人打算离开信阳，他们对第一个点的搜寻进行得还算顺利。别误会，不是说顺利找到了什么，而是顺利被排除了。因为那里是一大片湖泊，只有湖的中央有一个几十平方米大小的湖心岛。大川站在岸边比对坐标，怎么比都还欠那么一分一毫，于是断定小灰的第一个落脚点正是在那个湖心岛上。

他们三人沿着湖畔找了半天，终于找到了一条拴在岸边废弃已久的小木船。小木船里有一尺多深的积水，大川猜那定是雨水所致，看那船身布满了厚厚的苔藓就知道，小船被拴在那绝非一两天的事了，倘若是因船身漏的缘故才有了那些积水，那这船早沉了几百遍了。大川和刘学从车上找来水壶和水桶，齐心协力排积水。阿辉也不知从哪里寻来了两块木板，正好可以当桨用。

小船太小，撑不住三个人的分量，刘学被留在了岸边，大川和阿辉带上跟踪设备,吃力地划了过去。湖心岛上除了些低矮的野生植物之外便什么也没有了。大川手中的坐标显示,就是这儿了,阿辉也在杂草丛中找到了小灰留下的红色爪印。

车子开出信阳后可以上国道,但沈强说他不能再开夜路了,再开下去准出问题。大川这才意识到,从昨天出发到现在,沈强零碎加起来至多也就闭了两个小时不到的眼,一车人竟没一个能替换他。可这前不着村后不着店的,想找个旅馆都办不到,而此时天色也已渐渐暗了下来。阿辉说今天就到此为止,哪也不去了,就在湖边安营扎寨。

虽然第一站以失败而告终,但在寻宝团每个人的心中,这反而是往成功的方向迈进了一步,还剩下一步、两步,最多三步,所以每个人的心情都不算坏。大川和阿辉有说有笑地搭起了帐篷,刘学去附近捡柴火了,沈强等不及他们生火,从大川那讨了只面包,胡乱填饱肚子后回车里睡觉了。当三顶帐篷稳稳当当地支好之后,天色完全暗了下来,刘学也抱着一大捧柴火回来了。篝火很快生了起来。

今晚是个月夜,大川握着手机独自坐在湖边,林珊的手机始终都没有开过。无限的惆怅涌上心来,他仰望星空,那点点繁星仿佛林珊灵光忽闪的瞳眸,神秘地眨着,就是不跟他说话……

阿辉从身后走了过来,将一杯热气腾腾的咖啡递到大川的面前,还为他带来了一条毛毯,然后紧挨着大川席地而坐,"怎么了?想她了么?"阿辉的声音里透出前所未有的善意与关切,声量也前所未有的低。大川不确定话里的"她"是指燕子还是林珊,接过咖啡,披上毛毯,低声应着:"嗯。"

"还记得我们小时候一起偷阿二头家的风肉吗?呵呵,搞笑,我那时候胆子小,老是把你往前面推,你呢,也从来不往回缩,真的敢拿竹竿去挑,我当时躲在你的后面,心里真的很佩服你,我就在想,总有那么一天,总有那么一件事,我会冲到你的前面,而且那一定是件大事,呵呵,说真的,我们从小到大还没在一起做过一件大事呢。"阿辉像变了个人,他平常就跟个失忆人似的,别说让他主动去追忆那些童年往事,就算大川偶尔跟他提起,他也会拿世故的笑来搪塞。高中毕业之后,从他身上就再也找不见半点儿时的纯真了。

"是啊,我们是该做件惊天动地的大事了,否则真的白活了。"

"你真的拎得清什么是大事么?林珊是个好女孩,我说的是实话,看得出她对你是真心的,不瞒你说——我心里也喜欢过她,呵呵,搞笑,不过既然你捷足先登了,就便宜你小子了,我不跟你争。"看得出阿辉是动了真情,他那故作潇洒的语气,恰恰袒露了心迹。

"唉——我都不知道自己有没有这个福气。"

"你呀——是身在福中不知福,我才是真正没福气的人,如果我有的选,我就会选她。"

"什么?你是说——"

"嗯!我一向没有女人缘的,所以我没的选,而你大川不同,以前有个燕子,好是真好,但不适合你,现在又遇到了林珊这样一个既好又适合你的女孩,换我就会珍惜。"

"你是在劝我回头吗?"大川转过头来,向他投去讶异的目光。

"这看你自己了,只要你大川一句话,我也可以放弃!"这越来越不像是从阿辉嘴巴里说出来的话了。

大川心想,这小子究竟又在打什么算盘?难道是想把大川骗回去后,返回头去独吞那宝藏?不过也不像啊,图纸与数据全在大川的手里,阿辉甚至都不清楚接下来三个点的确切位置,更别提如何操作那套复杂的系统了。大川暗自在心里为那条警觉的神经设置了一行条件语句:"IF'阿辉开口索要图纸'OR'探听跟踪系统操作方法'THEN'有阴谋';ELSE'阿辉良心发现';END IF……"

"我知道你不信,在你看来,我把钱看得比什么都大,那是因为你看不到我的肚皮里,比钱更大的就藏在我肚皮里,呵呵。"说着,阿辉竟真的拿手拍了一下自己的肚皮。

"你是说——爱情?"大川好像有些明白了。

阿辉眨了眨眼,有些难为情,他从未设想过两个老男人之间的谈话会涉及这两个肉麻的字眼,"呵呵,管她叫什么呢,搞笑,反正就是我未来的女人。"

大川立即删除了脑子里的那行"条件语句",他开始相信阿辉了,这么多年交往下来,阿辉身边果真从未出现过任何一个女人的身影。每个人的心里总有比金钱更重要的东西存在着,要么是生命,要么是爱情,这是人之本源,金钱不过是令本源更为丰富的添加剂,假如真的要选,谁又会去舍本逐末呢?"哦,是的,我真的好糊涂……"

"你考虑一下吧,明天早上我们就跟着你的决定走。"阿辉起身拍了拍大川的肩膀,回自己帐篷去了。

回望那摇曳篝火映照下的三顶帐篷,大川的心仿佛又回到了不久前的东极岛,在那个夜雨磅礴的断崖之下,第一次与林珊激情似火地狂吻……

30.绝处逢生

第二天一大早,刘学第一个爬起来,在昨晚留下的一堆灰烬旁卖力地点火,他想为大家煮一壶咖啡。听到帐外窸窸窣窣的异响,大川和阿辉同时从帐内探出头来。阿辉又好气又好笑,"帮帮忙好吧,这么大的露水,你点啥火哦,到我这来拿汽炉。"

早上八点钟了,大川爬起来去湖边洗漱,阿辉也跟了过来,"大川,考虑得怎么样了?"

大川昨晚回到帐篷后,没多久就稀里糊涂睡着了,也不是没想,确实是想不出头绪,要他千里迢迢跑到这儿然后再放弃,还不如当初就听了林珊的话不出来了。现在是钱也砸了,心思也花尽了,没有任何结果就回去,总是不甘心。且早一天回去,也未见得就能讨得林珊的好,只盼望此行能顺顺利利,他们也好早点回家。

"我问你,你阿辉要是有这样的觉悟,怎么早一天没来开导我? 那样我也就不出来了。"大川不答反问。

阿辉先是一愣,接着认真地说:"其实我之前是真没想到你对她动了真情,昨天看你魂不守舍的样子,就问刘学发生了什么,他说你路上跟女朋友闹翻了,我当时能体会你的心情,真的,换上我也会很矛盾,不过假如你大川觉得没问题,那我是最开心不过的了,还真担心你就这么放弃了呢。"

"呵呵,可能么? 你这跟担心西藏人会发生高原反应有什么两样? 我是喜欢林珊,但既然出来了,那就将在外君命有所不受了,我不可能让你们陪我一道白跑一趟。"

"好! 要的就是你这句话,不过我昨晚说的也都是真心话,你还是想办法尽快联系上林珊吧,不要让她心里有疙瘩,就说已经在回去的路上了,这总不算在骗她吧? 我们的确是在往回走哦。"

"狡猾的老狐狸! 这你都想得出。"大川向阿辉竖起了大拇指,"不过,她一直关机啊,等卜路上再打打看吧,不行就给她留言。"

上午十点多钟,燕子从诸国忠的床上懒洋洋地爬起来,诸国忠已经出门了。她用手指按了按太阳穴,随后拿起床头柜上的手机,拨通了诸烨的电话。诸烨正在那头等着她呢,"怎么样了? 老头子怎么说?"

"暂时还说不通,老头子不让我管工程上的事,说那家公司靠不住,你再等等吧,给我点时间。"

"什么? 你可不能自己得了好处不帮我出力啊,钻戒已经到手了吧?"

"我又不是不愿意帮,也要帮得上才行,找你的那家公司可能确

224

实有问题,否则老头子不会那么紧张。"

"你没提我吧?"

"废话!我敢吗?不是说好了是我家的亲戚么?"

"嗯,那你今晚还是留在那边,一直跟他缠下去,缠到他同意为止。"

"好吧。"

燕子白天回了趟家,她迫不及待想看看那枚大钻戒。燕子妈见女儿回来,像迎财神般隆重将她接进屋。燕子把那戒指放在手掌心,望着它出神。这以前在普通珠宝店里都难得一见的大颗钻石,如今竟被把玩于股掌之间,归了自己所有,真像是在做梦。不过这梦一半是美梦,另一半则是噩梦,她付出的实在太多了。

"燕子啊,看样子诸烨是真的欢喜你,你看这颗钻石就快要有鸽子蛋那么大了,啧啧,不得了,五十二万块洋钿,够你在外面拼死拼活做十几年的。"燕子妈兴奋得红光满面、手舞足蹈。她哪里知道这并非诸烨所送,如今别说从那个伪君子手里得到些什么了,自己都反成了他的摇钱树。"比鸽子蛋还要差'交关'(沪语,意为非常,很多),起码六克拉以上才算。"其实燕子此话都多余,这些在她妈妈脑子里是没什么概念的,如果不加特别说明,她甚至会以为七克拉的钻石就应该价值一百零四万块,完全由乘法得来。

果然,燕子妈有些疑惑地问:"上趟建成买给你表姐一克拉的好像只有五万块不到哦,怎么会相差这么大的啦?这一只肯定更加正宗你相信吗?"燕子听了苦笑。

傍晚时分,燕子见诸国忠没打她电话,便主动拨了过去。诸国忠说正好晚上有几位远道而来的贵客,叫她过去陪陪。燕子不敢怠慢,急忙将钻戒再交妈妈保管,自己赶去了饭店。

那几个客人一看便知是有身份的人,个个官派十足。谈话间燕子听出了些端倪,诸国忠正打算将触角伸向几个有"潜力"的二三线城市,这些城市有个共同点,高度信奉与依赖土地财政。有筑建集团这样的国有大地产商进驻,地方上的土地收入就有了保障,且对当地的经济拉动作用不可限量。这看上去像是某市招商局专门负责地产项目的一个部门,局长带队专程来访。

燕子谨遵诸国忠的眼色,强颜欢笑地陪那几位难辨何方口音的客人喝酒。吃完饭后,诸国忠又带一行人去一家俱乐部唱歌,其间又安排燕子陪当中一位领导模样的人跳舞。

晚上十一点多钟,燕子随诸国忠同车回家。一进门,诸国忠从背后一把抱住燕子。燕子喝得太多,此刻连澡也不想洗就想上床睡觉。诸国忠哪肯轻易放过她,趁着酒劲将她拖到床上,心急火燎地来解她的衣扣。燕子也不反抗,闭上双眼躺在那里任由他摆布……

这一晚就这么昏昏沉沉地睡过去了,燕子没有机会跟诸国忠说那事。

第二天、第三天,燕子白天带上诸国忠给她的附属卡在街上闲逛,看上喜欢的东西就胡乱买,晚上就守在诸国忠的家里等他回来。连着两天,诸国忠都很晚才回来,且一脸疲惫,一进门就让燕子为他放洗澡水,洗完澡便倒头大睡,甚至都不再像前几天那样关心她是以什么借口来他这儿的,仿佛燕子已成了他家一个用熟用惯了的用人。

三天过去了,燕子还是没能完成诸烨交给她的任务。近两天,诸烨如催命夺魂一般,逼她逼得越来越紧。燕子靠在床头,看着身边这个酣睡的老头,心里萌生了一个奇怪的念头,假如一定要在这父子之间挑选一个来侍奉的话,她倒更情愿留在老头子的身边,最起码不会感到每时每刻都在面临威胁……

第四天,当大川醒过来的时候,发现自己面朝下趴在山坡下,背上的登山包还在,此时正重重地压在他的身上。他最后几秒钟的记忆告诉他,他是从那高达二十几米的山坡上失足滚下来的,此时阿辉与刘学已不知去向。

他们是昨天下午与沈强分开后走进栖霞山的。当然,之前的光山和六安两个点都是一无所获,否则他们也就不必进山了。那两个目标点一个在一片废弃的工地上,比较方便搜寻,而另一个则要麻烦得多,位于一个占地面积巨大,且安保严密的化工厂内。

他们耗费了一上午的时间围着厂区四周寻找入口,最后终于找到一处矮墙,三人翻了进去。当他们确信厂内没有宝藏打算原路返回时,被两名保安逮个正着,三人被带到厂保卫科办公室整整审了一下午。

刘学算是机灵了一回,跟负责审讯的保安煞有介事地说,他们一行三人是"SOS拯救地球"组织的成员,这个组织是否真的存在估计连刘学自己也不清楚。他指着手中的设备说,那里面有他们放飞的气象气球带回的空气采集数据。刘学随即打开电脑,还让大川取出路线图给他看,说根据图上标明的四个点的数据,空气污染指数API值都高达200以上,属于严重污染,其中就包括了这家化工厂,所以组织上特派三人前来实地勘察。那保安听了神情稍有些紧张,急问勘察下来的结果如何。刘学深嘘了一口气,说这家化工厂可能还不是真正的污染源,API值在160左右,只能算是轻度污染。阿辉见那保安不再像先前那样神气活现,也装腔作势地补了句:"不过也很玄了,要是再不注意控制废水废气的排放,在媒体上曝光是早晚的事啦。"刘学一听这阵边鼓,胆更壮了,进而说:"节能减排、环境治理的意识你们一定要有,而且要落实到行动上。"

大川坐在一旁,心里那叫一个欢乐,恨不能从椅子上滚倒下来捶地浪笑五分钟。他想,也真难为这个保安了,谁叫他是化工厂的保安,不过,跟一个小保安讲这些有屁用。接近下午下班时间,他们不用再翻墙了,在一群保安的簇拥下,三人大摇大摆地从厂正门出来。沈强在厂外守得快要精神崩溃了。

他们当天没再赶路,就在六安找了家还算干净的小旅馆住了一夜。下一站是栖霞山,由于那是最后一个点了,所以三人都显得格外谨慎。第二天一大早他们事先商定,到了目标点后要展开地毯式搜寻,必要时可以分头行事,务必要将方圆五百米以内全部搜遍。当时他们已不再像最初时那么乐观,不再认定已向成功迈进了四分之三,相反,只剩下了四分之一的希望。

第四天上午1点钟,大川他们找到了最后一个目标点,那几乎位于山脚下。他们面前有一条沿东北方向上山的路。说那是路,完全是因为半人多高的灌木向两边倾倒,估计以前曾有人从此经过。

他们从目标点的位置兵分三路,刘学沿着东北方向的路往上找,阿辉手中有砍刀,且野外探路经验丰富,所以选择往西北方向单辟一条路出来,大川负责往西南山坡下的方向一路搜过去。每人分配到的搜寻范围约莫都是几百米半径、120度的大扇区,到了两个扇区的分界处时需要自己想办法做记号,只能靠目测与脚步的粗略丈量。

大川计划先一口气搜到山脚下,然后沿弧搜到一边的边界,再于两个边界之间走V形路线,这样可最大限度照顾到每一个边边角角,同时也可以避免来回大幅度地上下攀爬，这是一个省力不省功的登山窍门。

当大川就快搜遍自己的那个扇区时，已经是下午两点半了。烈日的烘烤让大川的身体有些虚脱。他想立定下来歇歇脚，顺便打其他两人的手机询问一下进展，可脑袋偏偏在这时一阵晕眩，背后沉重的登山包将他的身体往后拉扯，紧接着脚下一滑跌落下去……

是沉重的登山包害了他，可能也正是那包救了他，否则从那么高的地方滚落下来，非死即残。大川试图扭动身体，他想翻身侧转过来，可猛然间感到右腿一阵巨痛，好像是骨折了，右肩也脱了臼，头上流下的血已经将他面前的地上染红了一大片，视线也出现了重影，估计是脑震荡。四下里一片安静，只有幸灾乐祸般的鸟鸣和地上不明真相的蚂蚁在围观。他用左手艰难地从裤子口袋里取出手机，想看看时间，但掏出来的却是一把零件。

天色渐渐暗了下来，大川趴在地上动弹不得，口干舌燥、咽喉生烟，他声嘶力竭地呼喊着阿辉和刘学的名字，每喊一声，脑袋都会被震得如裂开一般痛。他想，两人应该就在不远处，如果在目标点上等不到他，一定会到这个区域里来寻他，宝藏难寻，大活人可没那么难寻。可他想错了，这是位于栖霞山南麓脚下的一大片未垦之地，荆棘密布、人烟罕至，除了先前见到的那条路之外，几乎找不见人类踪迹，连野外生存经验丰富的阿辉此刻也都迷了路，刘学就更不用说了，方向已偏离至了东南，而且越走越远。

所幸他俩倒是通过手机联络上了，可谁也联络不上大川，无奈只好相约同往山顶爬。傍晚时分，两人终于在山顶上会合，但还是联络不上大川，只好电话打给守在沪宁高速公路入口附近的沈强，问他大川有没有直接去找他,沈强说没有,阿辉断定大川还在山下,于是要立即下山去找。沈强这一路身心疲惫、苦不堪言,他是真没想到这趟钱是这么难赚,此刻只想早点等到他们一同回上海,于是电话里让他们先去与他会合,然后一起等大川。阿辉说什么也不干,一定要下山找。沈强见拦不住他,转而让他们就在山顶守候,哪也别去,大川一定是手机没电了,既然他们想得出往山上爬,大川也一定想得到,况且此时下去,天色暗不易找不说,还很可能跟大川错过。阿辉想想也有道理,就在山顶上找了块平坦之地扎了帐篷,打算在山顶先过了这一夜再说。

当晚,可怜的大川趴在山脚下苦苦地等人来救,可人没等来,却等来了一场瓢泼大雨。这一夜的凄风苦雨,拉扯着大川从鬼门关前走了一遭。第二天一早,天放晴,大川虚弱地睁开了眼睛,整个人已被冻僵,面色惨白,嘴唇发紫,浑身湿透,雨水混合了血水,将他的衣服染成了淡红色。他还是动弹不得,只能原地趴在那里等。他预感,假如今天再没人发现他,他就很难再支撑下去了。

阿辉和刘学一直等到第二天接近中午,还是不见大川上山,手机也一如既往打不通,于是又打电话问沈强。沈强睡是睡饱了,可已经等得实在不耐烦了,他甚至想过要放弃剩下的钱独自回上海,见阿辉又来电话问大川有没有到,心想,如果照这样你等我、我寻你耗下去,不知要什么时候才能回上海,大活人一个,自己还能找不到回来的路么?于是骗阿辉说已经到了。阿辉喜出望外,仿佛比寻到宝藏还要开心,收拾起野营装备,带刘学一起从东面下山。

当阿辉得知沈强欺骗了他时,气得七窍生烟,挥拳便想打过去,被刘学一把拉住,"辉哥,这也不是解决问题的办法,既然已经如此了,现在也只有再等等看了。"

"放你妈狗屁！什么叫'只有等等看'？快！回去找！大川一定出事了！一个两个没进过山不知死活的东西！"阿辉怒火中烧,双手在空中挥舞着,一脸恐怖的杀气。刘学一下子犹豫了,老实说他也不想大川真的出事,但这会人已经累得不行了,所以态度与脚步一样变得犹疑不定了起来。

"你不去拉倒,老子自己去,跟踪器在大川身上吗？"

"嗯,都在他的包里。"

阿辉重新背起包,回头朝车里的沈强恶狠狠地骂道:"畜生！大川要是真的出点事,不要讲给你钱了,你他妈就算躲进地缝里,我也会把你挖出来……"刘学犹豫归犹豫,终究还是背起包紧跟着阿辉去了。

阿辉对这一带的地形并不熟悉,为了避免走错,他最终决定还是要原路返回至山顶,然后再按照昨天上山的路往下寻。

天色又近傍晚,大川在绝望中终于听到了阿辉那已近嘶哑的喊叫声……

31. 倒塌

　　他们的车子一进上海市区就直奔了医院。当晚，大川的生命脱离了危险。阿辉一直守在医院里焦急等待，此时他已暂且忘记了宝藏，只盼大川能安然无事。刘学当晚也没走，他付清了沈强的余款之后，一个人坐在医院的长椅上算起账来。连同刚付出去的住院费，此行共计花费了约八万元。设备已被摔得不成样子了，刘学的笔记本电脑也跟着一起报废了。

　　他们的梦终于醒了。阿辉坐了过来，望着刘学手中的账本，扶额低语道："这下赔了。"

　　"这已经是我的全部积蓄了。"刘学有些激动，声音变了腔。阿辉拍了拍他的肩膀安慰道："你也不要急，一切都等大川醒过来再说吧。"

大川第二天就醒了过来,但身体太虚弱,坐都坐不起来,阿辉一直留在医院里照顾他。接下来的几天里,刘学偶尔也来医院看望大川,三人和约好了似的,谁都不再提寻宝之事,只有刘学会偶尔战战兢兢地冒出一句,"损失惨重啊。"

大川心里明白,这次行动虽然主要由阿辉策划,但事出于小灰,且自己是最大的股东,在损失面前自然不能没有担当,况且自己这条命都还是眼前这两位好兄弟捡回来的,于是微笑着宽慰刘学:"放心!我心里有数,亏不了你们。"

十天后,大川即将出院,他让阿辉带上自己的身份证去电信局办了张 SIM 卡,然后又从二手小店里买回了一部旧手机,他在心里盘算着出院后的两件大事。

自从出发那天起,至今已半个多月了,大川没能再听到过一次林珊的声音,他的第一件大事便是要拄着双拐亲自登门去找她。

依旧是那个和服女人为他开的门,由于语言障碍,那女人没话,双手恭敬地呈上一封信。那是一封林珊的亲笔信,上面写道……

大川:

当你看到这封信时,我已离开上海去了佩鲁甲,我要在那里度过一段求学生涯,有妈妈陪在我身边,我会过得很好,勿念!

每个人都有追求财富的权利,你也是,关键看什么途径,我只是觉得你太急于求成了,这样会改变你对人生的看法,我害怕,真的! 我猜你已经把一切都押了进去,金钱、精力还有爱情……

我离开你并不是因为我在你心目中的地位不如那宝藏，而是坚信这世上根本就没有什么宝藏，即使有，那也是无形的，只存在于你的内心，我是真的不想看到你垂头丧气地回来后，再来试图挽救我们的感情……

认识你是我的幸运，我深爱过那个住在老电影旧房子里的穷小子，也许这份幸运并不长久，但我愿意在遥远的某处用心永远纪念它。保重自己！

林珊

在那高高的院墙之下，大川慢慢蹲下身来，哭了。他明白，自己心里对她的这份爱其实早已千万倍地超越了当初对燕子的爱，他可能已经永远失去了林珊。从林珊家回来后，大川一连好几天将自己关在屋子里，他甚至已经淡忘了在银行的保管箱里还有一枚"鸽子蛋"，直到有一天阿辉和刘学上门来找他……

"我们都晓得你心里难过，但是人既然都已经出国了，你想追也没地方去追，还是多考虑考虑实际问题吧，我一直老笃定的，跟刘学讲过不知好多遍，大川这个人一向是讲话算数的，他答应过的事情哪会忘记呢？"阿辉在刘学那怂恿的目光下终于开始"启发"大川，试图激活他脑子里一些至关重要的记忆细胞。大川不是傻子，自然听得出阿辉的意思，但他现在极不愿去想这些事，林珊的离开对他的打击实在太大了，那比肉体的伤害还要痛。

"我会兑现承诺的，给我点时间，我问亲眷借借看。"

"什么？搞笑！你还要问亲眷借？你现在是身家千万的大户，你不会现在才告诉我那个'鸽子蛋'是假的吧？"阿辉真的把大川的话当成了玩笑。

"哦,你讲那个啊,当然是真的,但是——但是我不能动的。"

"为啥不能动?"

"林珊关照过我……"

"大川,你没有毛病吧?在信阳的那天晚上我就跟你讲过,要回头,兄弟我奉陪!但是你偏要寻下去,你当时可没这么听话,现在人走了,你反倒学乖了,你说你搞笑不搞笑?"

"你不要再讲了,这桩事情让我再考虑考虑,反正我现在腿还没好,也出不去。"大川有些动摇,阿辉的话句句说到他的心里,他知道自己最终是抗拒不了那个诱惑的,转而问刘学,"你家里还有没有电脑?"

"有,怎么了?"

"给我搬过来,另外辛苦你跑一趟电信局,帮我申请个宽带,我也要先看看能不能寻到可靠的买家再讲。"

此事基本上就这么敲定了。阿辉和刘学的心中重新燃起了希望,因为大川曾答应不会"亏了他们"。这话若是从别人嘴巴里说出来,那也不过就是个"挽回损失",可大川偏是个大方之人,所以"意外收获"想必是值得期待的。倘若果真如阿辉所说,大川如今够得上千万身家,那即便是九牛一毛的"溢价",也足以令二人开心了。他俩相视而笑,结伴离去。

那边厢,高利仁自从那次参与集体退房被打破头之后,再也没敢与那些业主联络。他心里确实有些怕了,他在上海无亲无故,就像那随波逐流无根的浮萍,只盼能早日与心爱之人携手在这个大都市里安个小家,顺利地发展自己的一份事业,将来有机会再将父母接到上海来安享晚年。按说这些诉求对于他这样一个小有些能力的人而言并不算高,可偏偏就有那么多的不顺心。恋爱上与董青卿相恋多年却始终走不上那条婚姻的轨道,事业上又遭遇百年不遇的金融危机,与父母的关系也是每况愈下,根结在于董青卿。

青卿是个爱自由的女孩,她甚至不喜欢跟自己的父母住在一起,又怎容得下同一屋檐下利仁的父母呢?这次利仁的父母又来上海看儿子,全因儿子如今买了房,才打算多住些时日,却不料住出了问题。青卿每日睡到大中午,下午闲在家里,晚上八点钟以后才出门做事。利仁的父母很看不惯未来儿媳这种黑白颠倒的作息规律,经常警觉地问儿子青卿究竟做的是什么工作。利仁当然明白老人家担心的是什么,只能不停地劝他们思想开放些。白天利仁要去公司,青卿留在家里与老两口相处,生活习惯上的差异导致了相互间难免磕磕碰碰。利仁总是只能于事后在双方之间充当调解员,夹在当中的滋味还真不是一般的难受。

这天下午,家庭争执再起,晚上青卿因心情极度不好,干脆没有出门,在卧室里跟利仁吵了起来,起因是一场雨后,新房子墙体渗水。其实并不是他们一户人家摊上这事,整幢楼乃至同为"亿科"梅花河畔景苑一期的其他住户也都不同程度遇上了。这可是交房没几个月的新房,建筑质量肯定存在大问题,于是近日尚未平息的退房潮再度掀起。利仁本不想参与,但这回青卿铁了心一定要他加入,说这房子实在住不下去,非退不可。其实利仁心里明白,她说的"住不下去"还有另外一层意思。

两人躺在床上一直吵到晚上十点多钟,忽听窗外地崩山摧般的一声巨响,卧室的玻璃窗被震得粉碎,他们的床也跟着一阵剧烈地摇晃。那一秒,两人吓坏了,蜷缩在床上相互紧紧搂抱在一起,以为是地震,但接下来外面却又风平浪静。

利仁战战兢兢地到窗边去看,简直不敢相信自己的眼睛,对面约五十米楼距开外正在施工的一幢二期工程顷刻间不见了,眼前一片敞亮,整条梅花河尽收眼底、一览无余,怎么回事?原来是那幢楼整体倒塌了,眼下正在工地上横躺着呢。利仁惊恐之余转脸跟青卿说:"亲爱的,我们别吵了,我明天就去退房,这也太恐怖了。"青卿隐隐有一种感觉,她与利仁的感情也如对面那幢楼一样即将轰然倒塌。

第二天,利仁重归退房大军的怀抱,青卿却想起了一个人——那晚曾与她有过一段心灵对话的林珊,此刻她很想再一次跟这位聪慧的妹妹倾吐心中苦闷。可她拨了无数遍林珊的手机,总也不通,只好拨到大川那。大川正在阁楼里上网,一听是青卿,心里一阵诧异,当得知她是在找林珊时,心里又一阵苦楚。他没瞒她,说林珊已丢下他去了意大利。这倒令青卿诧异了,一定要与大川见一面。大川没有拒绝,与她约定在老街附近的一家茶餐厅碰面。

大川的腿已好了大半,但石膏尚未拆除,于是他依旧挂着双拐去见青卿。青卿见了大惊失色,没想到相隔不久,大川身上竟发生了这么多的变故。交谈中,大川将事情的原委全都告诉了她,当提及那枚"鸽子蛋"时,大川特别提醒青卿一定要为他保密。青卿听了感慨万分,眼中闪烁着异彩,对大川的这段经历连连称奇,同时也将原本要向林珊吐露的心事一股闹全倒给了大川。两人相互同情着,彼此安慰着,转眼已到了晚上。他们在茶餐厅里随便点了些吃的,吃完青卿主动提出要送大川回家。大川见离家不远,不会太麻烦她,所以也就没有推辞。

大川的小屋里弥漫着久未散尽的烟雾,青卿被呛得说不出话来,忙去开窗通风。窗边青卿那曼妙的身姿再次勾起了大川对林珊的思念,那个身影真的与林珊极为相似。青卿倚窗回眸,埋怨道:"第一次到你家呢,以前都不晓得,你是怎么幸存下来的? 你家里一定是没有四害的,全被你的毒烟灭光了。"大川摆放好打着石膏的右腿,坐在小床上笑,"你们家利仁不也抽烟么? 怎么没把你给灭了?"青卿不笑,侧脸翻了他一眼,"不想提他,烦!"

"好! 不提他,说说你今后有什么打算?"

青卿一脸的茫然,"我也不晓得呢,就是觉得自家老苦命的。"

"你也不要这样讲,人总有低落的时候。"

"那你呢? 现在是有钱人了,不一样了,有想过要回头找燕子么?"

大川躲避着青卿的目光,"唉,我也不想提她,不适合我的。"

"那谁才适合你呢? 林珊适合你,但已经是过去式了,你总要重新开始的。"青卿的语气中透出些若无其事的试探。大川听得出来,这种试探往往又意味着某种意义上的暗示,他苦笑着说:"我未必放得下,尝试重新开始对目前的我来说是痛苦的,原地不动反而能让我慢慢平静下来,我也不晓得,也许时间可以改变一切吧。"大川实际上是想事先在两人间设置一道屏障,他此刻确实无心另觅新欢,林珊的离开相当于抽走了他绝大部分爱人的能力,尽管眼前的这位女子绝对算得上是他钟情的一类。

青卿缓步走到大川的跟前,在那条伤腿边与他并排坐下,她俯身去抚摸那石膏,隔着厚厚的石膏,大川感觉到青卿的手指在上面滑动，她的脸上不存半点挑逗之意，只有平和的关切，"还疼么？"

"呵呵，不疼了，再过两天就要去拆掉了。"大川心里有些莫名的紧张，他并不期待接下来会发生什么，只盼这一幕能早点落下。

青卿起身去桌子上取了支水笔过来，然后坐回原位，依旧俯下身来，认真地在那石膏上涂写着什么。大川第一次如此近距离端视这位美女，并可嗅到她的气息，这种感觉像极了那晚的KTV……待她抬起头来时，石膏上已多了一张笑脸和一行蝇头小字"早日康复"。

晚上十点钟的样子，青卿起身要回家了，她似有些刻意地告诉大川，今晚她是回父母家。大川不方便送她，跟她象征性地拉了拉手说再见。青卿走到门口时，回身朝大川微笑着摆了摆手，又比画了一个打电话的手势，然后下楼而去。

青卿仿佛就是燕子与林珊的综合体，她既有燕子的冷艳与矜持，也有林珊的轻灵与可爱。今天是大川第一次与青卿单独相处，他没想到他们之间竟然可以如此亲近，那是一种没有多少暧昧，却极其自然与令人舒服的亲近。他有一种强烈的感觉，青卿与利仁之间真的是已经走到了尽头。

两天后，大川去医院拆掉了石膏，他特意关照医生为他完整保留那个笑脸和"早日康复"。回到家，大川将那块石膏安放在桌子的一角。

32.妲己的发簪

　　大川拆石膏的第二天,大概是见那么多天小灰都没能再生出"鸽子蛋",阿辉终于放心地将小灰送了回来。当着阿辉的面,大川一本正经地去检查小灰的肚皮,"还好,没给我们家小灰开膛破肚。"

　　大川告诉阿辉,他这几天在网上认识了一个自称是"专收鸽子蛋"的大商户,此人化名"老八",是珠宝论坛里新近注册的一个用户,这几天曾发过一个牛气冲天的主帖——《专收鸽子蛋》,回帖者寥寥,且多为调侃之辞。老八脾气甚好,有帖必应,大川仔细观察了一下,他几乎是二十四小时在线,也不发新帖,好像专等有人回此帖。大川十分警觉地回过他一帖:"真牛啊,你知道'鸽子蛋'多少钱么?真有那么多钱?"对方立即回道:"根据成色,几百万不等,没钱敢收么?"大川想进一步试探,同时也想大致了解自己手中的钻石值多少钱,又回了他一帖:"哦,那九克拉半值多少钱呢?"没过多久,对方发来了站内短信:"一千两百万,请加我的 QQ(3559747)详谈。"从此人的反应来看,大川隐隐觉察到对方要找的似乎就是自己手中的这个宝贝,但又不敢确定,一天过去了,大川还在犹豫。

大川不急阿辉急,"戆徒!还犹豫啥?快加他呀!"

"但是万一他就是失主呢?我不就暴露了么?我现在都后悔讲得那么具体了,九克拉半都报了出去。"

"我不这么想,我打听过,这个分量的钻石,市场价顶起码两千万,他现在开价一千两百万,很明显是个真买家,想赚差价,如果他故意给你下套,就会多报点价,报足了,这样才不担心你跑掉。"

"那我加了他之后该怎么讲呢?总不能直接告诉他我手里有。"

"这个简单,你不是心里还有担心么?你就先告诉他你手里没有,'九克拉半'是无意间想到随口讲讲的,看他什么反应,正常的反应应该是相信的,因为九克拉、七克拉、八克拉对于一个随便问问的人来讲是没啥分别的,但假如他不相信,那就有问题了,起码证明他认定九克拉半的钻石是存在的,你既然报得出,他就不相信是巧合。"

"阿爹阿娘嘞!你真厉害!"大川此刻真是太佩服阿辉那充满谋略的大脑瓜了。

"厉害的还在后面,假如他的反应是正常的,也不能马上相信他,你再改口说,九克拉半的确没有,但有一颗七克拉的问他要不要?他不是自称'专收鸽子蛋'么?七克拉也是货真价实的'鸽子蛋'哦,他要是个真买家,就一定想吃进,然后急着要看货、谈价,这样你才能跟他讲实话,但反过来,假如他对七克拉的钻石没有兴趣,那也证明有鬼。"

"阿辉,你如果是个女人,我一定娶你做老婆。"大川已经佩服得五体投地。

"废话少讲,快加!"

在河南光山县的一幢老式居民楼里,一个文员模样的男青年正懒洋洋地趴在客厅的电脑桌前,双目死死盯着电脑屏幕,他的表情在接下来的一分钟里由漠然与倦怠渐变为紧张与兴奋,最后,他朝着卧室的方向用河南口音高喊:"老板,贼出洞了。"

卧室里冲出一个光头中年男人,光着上身,脖子上一条足有麻绳那么粗的金项链,使他看上去就像颈挂大佛珠的花和尚鲁智深,他身后的门里,是一个半躺在床上,袒露着白花花胸脯的年轻女人。这个光头男人就是那"专收鸽子蛋"的老八了。

老八冲到电脑桌前,摸了摸光头,"怎么说? 加 QQ 了?"

"这小子肯定是害怕了,明明论坛里在线,却过了这么长时间才加我的 QQ,一上来就说他手里没有那钻石,骗谁呀? 如果真没有,他也不会加我了,肯定是想探我的底,我说没有就拉倒呗,你猜怎么? 这小子又变了,说九克拉半的没有,七克拉的有一颗,问我要不要? 够贼的!"

"呵呵,跟老子玩这手把戏,嫩了点,告诉他,帖子里说得很清楚,只要是'鸽子蛋',照单全收!"

"我傻吗? 我就这么跟他说的,结果这小子全招了,那颗钻石就在他手里,上海的,我查过 IP,黄浦区的。"

"精彩! 太他妈精彩了! 快跟他约时间,我倒想会会他,看看究竟是哪路神仙。"老八摸了把光头,又撸了把垂奶子,急回卧室接着行那未完的好事去了。

这个老八究竟何许人也？他可是个通吃黑白两道远近闻名的文物贩子，河南一带他最大，长期从事着倒买倒卖文物及名贵珠宝的不法勾当。与其他此类团伙不同，他的手下不多，更少有打手，只用了几个信得过的人，个个精明强干、谋略过人，可谓"高素质人才"，他自己却是个地地道道的大老粗。老八入行十载，行事谨慎，狡兔三窟，交易无数，从未失手，不，应该说只失过一次手，那就是这次——9.53克拉的"鸽子蛋"。

相传那是商纣王在一次巡猎途中为妲己寻得的一枚异石，坚硬无比、无物可摧。妲己得此物后芳心大悦、爱不释手。后命工匠将其镶于白玉发簪之上，每逢重大节庆方才佩戴示人。后来妲己被周武王斩首，此发簪便从此流落民间，几千年来颠沛流离、数经易手。世人只辨那白玉，却无人识得那颗巨钻，只当成一粒用以点缀的平常宝石。1956年，白玉发簪终于回归了政府的怀抱，那巨钻也几近脱落。后经人工修复后，保存于郑州市的河南古都朝歌博物馆中，成了镇馆之宝。

那天的交易是在光山县一个废弃的工地上进行的，交易标的正是那枚巨钻，交易金额为一千八百万。对方来人显然是上家特意指派的，一个化名为二狗的中年男人，而那幕后真正的上家是谁，只有老八一人心中有数，那是省里的一位不便亲自露面的人。

老八的交易手段可谓与时俱进，随着科技的发展，他也不断翻新着交易方式，特别是近两年，无论买卖，不再收受现金，而是改为当面电脑转账。只可惜那不肯露面的上家所托非人，二狗起了歹心，伙同死党赵刚，想等老八验完货、转完账之后动手劫货。老八没有料到在那工地围墙的一角正埋伏着一名狙击手，枪的准星正瞄准了老八的眉心。

正当老八要按下那转账确认键的一刹那,工地四周警笛四起,他们被警方包围了。也正在这千钧一发之际,那躲于暗处的狙击手赵刚将准星转向了那枚差一秒就交易成功的巨钻。那一枪打得很准,且被消了音,"鸽子蛋"瞬间不翼而飞。

交易没有成功,警方在交易现场没能搜到任何交易物和现金。老八和二狗一行人两天后就被放了出来。后来交易双方都分别去那个工地上找过,掘地三尺都没能找到。老八倒是没有损失,一分钱也没从户头里转出,只是念念不忘那差点到手的宝贝。那二狗可就损失惨重了,他疑心是赵刚趁他被关押审讯期间抢先寻得占为了己有,于是就去寻赵刚。寻是寻到了,可赵刚死活不肯承认,说当时确实开了枪,打没打中他是真的不知道,他怕被警方发现,便匆匆逃离了现场,至于说回头去找,他想也未曾想过,以为他们连人带物全被带进了局子。二狗哪肯相信这番说辞,当即与赵刚争执起来,后来发展到对殴。当有人在光山县某租屋里发现两人的尸体时,已经是三天后的下午了。

老八并不知晓,为了这场交易,他险些就赔上了性命,他只是纳闷,那钻石究竟到哪里去了?怎么会从自己的眼皮底下突然消失了呢?

大川的阁楼里,他们与电脑上的老八经过了一阵艰苦卓绝的讨价还价,最终敲定成交价为一千三百万,并约定了交易地点与时间——三天后的中午,上海的锦江乐园。双方还约定,到时候无论双方带多少人前往,只能有两人进入摩天轮中交易,其他人一律在下面等候,交易人当面验货,货不对,交易当场终止,货对了,交货转账,皆大欢喜。在公共场所交易是大川想出来的,他害怕自己在某个阴暗的角落里被人害了都没人知道,起先对方说那太危险,直到阿辉提出了"摩天轮方案",对方才勉强接受。

两人此刻是既兴奋又紧张,特别是大川,又感觉自己的下体在膨胀,甚至还有了尿意。他在心里自骂:没出息的东西,把你惯坏了。阿辉则一脸的踌躇满志,刚刚才结束一件惊天动地的大事,眼下又要开始做第二件……

晚上,大川在 QQ 上遇到了燕子,燕子平常是不太上 QQ 的,大多数时间她会挂在 MSN 上,但这些天来她不敢上 MSN 了,因为他怕张墨然再来纠缠她,他俩就是在 MSN 上认识的。那个男人现在似乎疯狂咬住了诸家不肯放,网络上的专栏文章一篇接着一篇,攻势之猛烈,杀父之仇也不过如此。尽管燕子心中对诸家父子做过多少见不得人的勾当多少有数,但她还是非常讨厌张墨然那一副疯狗做派,他无非就是想报复。

"大川,最近过得怎么样?"

"还好吧,不过还是很穷诶。"

"为什么要这么说话? 挖苦我么?"

"呵呵,哪里啊? 我一向被别人挖苦的啦。"

"那女孩还好么?"

"谁?"

"林姗。"

"哦,名字都写错,是'珊'哦,她本名叫小林珊岛。"

"日本人?"

"中日混血的,呵呵,怎么想到聊她? 说实话,她好不好我还真不

245

知道。"

"怎么了？你们不在一起了么？"

"她去了意大利,我们分手了。"

"是她不要你了么？"

"有分别吗？ 不过,是的!"

"我最近好烦……"

"哦,那你要多想些开心的事。"

"你难道不想知道我烦些什么吗?"

"哦,每个人都有烦的时候啦,我就经常很烦,过过就会好,注意调节心情,你要多保重。"

"看来你真的不想知道,我在你心里已经没有任何地位了么?"

"哦,不好意思哦,我还有点事要办,改天聊吧,88!"

大川设置了隐身,其实他并非不关心燕子,也不像她担心的那样已彻底将她遗忘,有时想到了当初与她的那段感情,内心也还是会痛,只不过那种痛会被另一种痛迅速淹没,那就是林珊带给他的痛。大川此时更期待 QQ 上出现林珊的身影,他不确定远在意大利的林珊还上不上网、开不开 QQ,反正在驴友俱乐部的论坛上没见她再上过一次线。

大川狠狠地甩了甩头,眼下最要紧的是三天后的交易,其他所有事,全都靠边站!

33. 空中交易

　　三天后,天气晴朗,阿辉和刘学都来了,这是一件关乎三人切身利益的大事。刘学为大川借来了一台新的笔记本电脑,大川试着用无线网络登录了自己的银行账号。他们一大早就开始在阁楼里"密谋"着应急方案,设想出各种"紧急状态",如何求救,如何逃脱,如何与"犯罪分子"斗智斗勇……其实他们忽略了一点,一旦与那些"犯罪分子"发生了交易,他们便也成了"犯罪分子"。大川直到上午十点钟才去银行的保管箱里取"货"。

　　中午十二点钟,他们出现在锦江乐园的摩天轮下,三人打扮得都很酷,每人的鼻梁上都架了副墨镜,而且全穿了一身黑。可周围除了几个嬉戏玩闹的孩童和一小撮女中学生之外,见不到一个具有"犯罪分子"气质的人。突然,大川接到一个电话,原来是老八打来的,说很抱歉,他路上堵车,要晚几分钟到,请他们多等一会。大川一听,晕,好像套路不对,"犯罪分子"居然也会堵车?还那么客气打电话来请假?这明显不符合国际惯例。

大约十二点二十分,一个背着单肩旅行背包的光头男人朝他们笑呵呵地走了过来,活像一尊弥勒佛,见面就问:"哪位是'一克拉人生'网友?"大川一听差点扑哧一声笑出来,这也太不靠谱了吧?没错,在那个珠宝论坛上,大川的确给自己取了个"一克拉人生"的网名,可眼下这位不会就是那老八吧?他也太没范儿了,怎么弄得跟网友见面似的。大川觉得似乎哪里不对劲,可能是因为这个光头太阳光、太和善了。

"哦,我就是,你是——老八?"大川一边问着,一边摘下墨镜拿眼望他身后。

"甭找啦,我是老八,一人来的,反正你都说了,就两人交易,多来一个就多一份差旅费,现在是金融危机,都不容易啊。"老八依然满脸乐呵呵,那份友善,那份亲和,那份热情,还有那张足以融化世间一切敌意的笑脸,深深地感染着大川,使大川瞬间产生了一种错觉——老八是组织上派来协助他们搞慈善活动的。

之前还如临大敌的阿辉和刘学,紧绷的神经也一下子松弛了下来,纷纷摘下墨镜。也许一切并不如他们想象的那么黑暗,比如今天这种交易,就完全有可能成为一次阳光交易。当然,没到最后还不能下定论。

大川和老八上了摩天轮,阿辉跟刘学在下面嘀咕:"昏倒!怎么跟我想的不一样?这人搞不好还是个党员你相信吗?搞笑!"

刘学仰望苍穹,叹息道:"地下党员——唉——什么世道?"

摩天轮一圈下来,大川和老八竟然勾肩搭背、有说有笑地走了出来,两只手还紧紧地握在一起,看那副热络腔调就像曾在一个战壕里摸爬滚打过的老战友。

大川豪气干云地说:"有空就到上海来玩,上飞机前一定要通知我!不打招呼我要生气的!"

老八肝胆相照地回:"那当然!什么叫缘分?你要是去河南,老哥给你安排一条龙服务,精彩!"

这次角色错位的交易,令大川内心有些错愕,这似乎在某种程度上模糊了他脑子里法律与道德的界线,难道这桩纠结于内心那么多天,心惊肉跳、矛盾彷徨的大事,仅仅只归于道德范畴?大川心里还有一层忧虑,那个老八将来真的不会给自己带来麻烦么?

不管怎么说,交易真的顺到大川不敢相信,那一千三百万现金可是实实在在地趴在户头上呢,接下来……

回到大川的阁楼里,阿辉是望眼欲穿,刘学是直咽唾沫,就等着大川宣布分配方案了。可大川却气定神闲地爬出窗外去扫鸽棚去了,阿辉见了忙跟着爬出去帮忙。刘学一人待在屋子里站也不是,坐也不是,时不时探出脑袋向外张望。从寻宝计划诞生的那一天起,刘学就无时无刻不在担心同一件事——被甩掉,而此刻也是一样,他生怕窗外一阵密谋之后,他被"暗箱"了。其实大川并不想吊他们的胃口,只是正在心里盘算着该如何分配。

窗外一阵忙活之后,大川回到了屋里,他清了清嗓子,说:"之前的花费,你们俩按事先约定去分摊,我就不管了,我现在愿意拿出来给你们的分红数额是100万,还是按股份分成四等份,阿辉三,75万,刘学一,25万,没有商量的余地,就这么定了。"阁楼上一阵欢呼声,刘学更是大喊一声:"终于扭亏为盈了! 大川万岁!"

楼下的大川妈被惊动了,跟大川爸叹了口气说:"大川这孩子事业上太拼了,出趟差摔断了腿,拆石膏没两天,看样子又为公司赚大钱了,有出息!"

一个月后,上海正式进入了夏天,这间没有空调的房间大川说什么也不愿再住下去了。他一次性付款五百五十万元,在市中心买下了一处一百平方米的精装公寓,还考回了驾照,花五十五万买了一辆跟林珊的一模一样的 2.5 升宝马 Z4 红色跑车。他理直气壮地跟父母说,自己在外面做了笔大生意,赚了笔大钞票,原来那家公司不做了,还要接父母去新房子与他同住。但父母只是去参观了一次,说什么也不肯搬过去,大概是老街住惯了的缘故。

大川终于逃离棚户区,过上了富裕的生活。他每周也回老街看望父母,不过接受整条街膜拜的目光要比看到父母令他兴奋得多。他的车也会经常停在小楼下狭窄的街道边上,就是林珊上次停过的地方,一边在屋里吃着妈妈专为他烧的菜,一边竖起耳朵听街上的骂声,心里非但不慌、不恼,反而有阵阵荣耀感,仿佛骂的人越多,就越能显示他的身份与地位。因为只有自知不如才会不满,只有不满才会骂。自己也是从骂人转变为被人骂的,他完全能体会骂人者心中的酸与苦,所谓"因嫉生恨"嘛,这正是当初他对诸烨的那种情绪。而一旦处于被骂的位置上,心里那份优越感便能抵消天下任何恶毒的语言。

一次,大川发现一个奇怪的现象,隔壁王家姆妈与儿媳好像不再吵了,于是好奇地问妈妈,大川妈告诉他,儿媳在外面找了个有钞票的修车工,搬出去了。大川嗤之以鼻,心想一个修车工能有多少钞票。

与大川比起来，燕子可就没那么幸运了，整日要来回周旋于诸家父子之间，可除了那枚 3.51 克拉的钻戒及平日里靠刷附属卡买回来的一大堆名牌衣服及化妆品之外，燕子从未获得过诸家父子任何资产性的馈赠，说白了，只给你消费，而且是有限额的。

燕子最终帮诸烨说服老头子办成了那件事，诸烨因而从承包商那里一次性获得三百万元现金，应该又够他挥霍一阵的了。之后，燕子被诸烨从老头子身边召回，对她实施精神上的百般折磨，手法可谓推陈出新。先是拿药将她迷倒，拍了她无数张各种姿势的裸照，然后威胁她不准离开他半步。后来又不知从什么地方找来不三不四的女人，有时甚至还不止一个，当着燕子的面与她们调情。燕子因为对这个男人已经彻底失去了兴趣，任他们如何折腾也不去理会，但当诸烨发现她无动于衷时，竟要拉她进来一起嬉戏……

诸烨每个周末都会照常带着燕子去老头子家里吃饭，只有这天，诸烨才会假装出去办事，将燕子留下来给老头子享用，然后临近傍晚才来接她一起回家。燕子渐渐地竟然在老头子身上找到了些许安全感，周末便真的成了她的假期。诸国忠既不会对她大吼大叫，也不会用各种变态的方法来蹂躏她的肉体，只会把她当成宝贝来百般疼惜。一两次之后，一种新的家庭关系与生活习惯竟然在三方高度默契中悄然形成。但有一次例外，就是"亿科"梅花河畔景苑二期的那幢楼倒塌后的那个周末。

那天诸国忠家里来了位贵客，诸烨带燕子进门的时候，就见那人坐在客厅的沙发上正与诸国忠谈事。那是位四十岁上下的女人，一身素装，不苟言笑。诸烨认识那女人，上前尊敬地叫了声"陈阿姨"，那女人只浅笑着点点头。诸国忠手里正翻看着那女人为他带来的一份文件的影印本,越往后翻神色越慌张,直到最后一页的最后一行字,诸国忠已是满头大汗,"还有余地吗?"诸国忠的声音有些颤抖。陈阿姨艰难地闭眼,缓慢地摇头,"很难了!"

诸国忠转脸吩咐诸烨和燕子去厨房看看,中午的菜备得怎么样了,随后手持那份文件请陈阿姨去书房再谈。诸烨和燕子真的去了厨房,厨房里有三个厨子正头也不回地在忙碌,诸烨见案板上摆放的菜式与往常并无多大不同,便自顾自去了洗手间。燕子被那满屋的油烟呛得睁不开眼,也随即退了出来,想返回客厅。但当她来到通往客厅与书房的走廊交叉口时,无意间瞥见那书房的门半扇虚掩,门内诸国忠双膝跪倒在陈阿姨的脚下,痛哭流涕。陈阿姨的一只手搭在诸国忠的肩上,"快起来,这不是钱能摆平的事。"诸国忠一把抓住了陈阿姨的手,就像在抓一根救命稻草,"你不能眼看着我老诸就这么去死啊,我全靠你了。"燕子目睹此状,被惊得目瞪口呆,愣在那几秒钟后,突然意识到必须赶紧逃开。

在逃往客厅的走廊上她恰与从洗手间里出来的诸烨撞了个满怀,手里的包被撞落在地。诸烨瞪了她一眼,"还拿着包做啥? 有什么贵重东西怕人偷? 还不放到客房去?"燕子六神无主,赶紧照办,低头往客房走去。

当燕子从客房里出来的时候,看见诸国忠已来到了走廊上,正跟诸烨耳语交代着什么,诸烨无话,只是连连点头。燕子见走廊上已有用人开始往餐厅上菜,便故作无心地从父子身边走过,径直往餐厅方向走去。

陈阿姨留在家里吃饭,饭桌上没人开口说话,只有诸国忠殷勤地为陈阿姨夹菜。饭后大家于客厅里小坐了片刻，诸烨让燕子先回去，脸上的表情极不自然。燕子无暇揣摩，赶紧起身与陈阿姨道别，识相地离去。

没有车送她，她只有走出小区去拦出租。但当她走出小区大门口的一刻，却想起了遗忘在客房里的包，钱都在里面，若不回去取，怕是连出租也乘不了，于是她只有再返回诸国忠家。

用人帮她开了门，客厅里已空无一人。她不想多停留一秒钟，直接往客房走去，路过书房时，见门已紧闭。当她推开客房的门时，看到了更令她瞠目结舌的一幕，诸烨与那位陈阿姨正赤身裸体地在床上翻滚，由于声响太大，两人并未发觉有人推门而入。燕子赶紧拉上了门，那一刻她情愿自挖双目，也不愿看到如此龌龊的景观。

燕子终于意识到，诸家正面临着一场空前的危机，老头子这棵大树恐怕就要倒了……

34. 我为卿狂

　　无论怎么说,冯大川是个超级幸运儿,他在很短的时间里拥有了别人一生也难以企及的财富,从此不再有生存压力,却也同时失去了发展目标。他不用出去找工作,终日无所事事,鸽子也不再养了,新公寓里也没地方养,全送给了阿辉,包括小灰。

　　刘学偶尔打来电话问候,却一次也没来过他的新家。阿辉继续养鸽子、买彩票、收房租,只在每周末大川回老街看父母时才和他见一面。

　　这个夏天过得很清闲,却也是他有生以来最无聊的一段时光,大部分时间都窝在空调房间里看电视、上网。后来实在腻烦,开始打网游,没打多久也腻烦了。于是他想,不对啊,难道这就是有钱人的生活?居住空间的确大了好多,可生活空间怎么一下子被缩得那么小。

后来他去了趟乐平的画室,乐平对他的变化惊讶不已,问他是哪条路上发的财。大川当然不愿告诉他实情,只说是跟亲戚合伙做生意赚了。大川最终从乐平那得到了答案,有钱男人的生活不是他这样过的,其中有三个要素是必不可少的——女人、交际、享乐。

按照乐平的理论,大川对"女人"的理解确实片面了,应该拓展一下。那既可以是爱情,也可以是情欲,既可以是一个,也可以是多个,既可以是未婚的,也可以是已婚的,既可以是熟女,也可以是萝莉,甚至,既可以是女人,也可以是男人……大川顺着这个思路往下想,越想越觉得害怕。这个乐平还真是"淫贱不能移",按照他的底线,只要精力与经济上能够双双承受,步子就可以迈得更大一些……

说到这"交际",乐平指的显然是上流社会的圈子。这个大川更头疼,他不像乐平,好歹还有个画家云集的美术圈,对了,还有诸烨这样"有实力"的朋友。大川有什么呢,阿辉、刘学、利仁?那实在不靠谱,很难想象这样一幕场景,大川以优雅的姿态端着盛有法国红葡萄酒的高脚杯,与这几个哥们在上海某地标性大厦的天台相聚,满口夹生美语,或感悟商海,或指点江山。阿辉跟利仁摇手指,"No!No!这不过是我们的战略性投资……"刘学朝大川耸肩摊手,"Why not?我刚从纽约飞回来,他们很看好这套系统……"

只有"享乐"这一条,大川自认为是有把握迅速上手的,但细听乐平描述后,他再次陷入了茫然,按照乐平的说法,"喝咖啡要喝牙买加的蓝山,还不能多放糖,糖放多了是乡下人。烟可以戒掉了,改吸雪茄,哈瓦那的上等雪茄。听交响乐要听世界最著名交响乐团的,你要担心打瞌睡,白天先睡饱了再去。爵士其实也可以听听,你不是听不懂吗?多听听就习惯了。"大川似有感悟地插话:"明白了,就像你的画,老实讲没一幅我看得懂,不过这么多年看下来,也就习惯了,反而感觉那些颜料堆在一起很有道理。"

"靠!你还是乡下人!总之,享乐这回事也不是由着性子来的,你说你成了千万富翁之后还去迷恋大饼油条,那就太不像话了——对了,还有就是要加入个像样点的俱乐部,玩些有钱人玩的东西,就算什么也不干,出入就是身份。"

大川向乐平问起了诸烨,乐平长叹了口气:"唉——他父亲正在接受调查。"大川心想,难怪燕子说她最近苦恼得很,原来她好不容易才爬上去的那幢"楼"也快要倒了。乐平似乎也很伤感,好像那接受调查的也是他的父亲。

从乐平那回来,大川开始规划起未来的生活。先从"女人"入手,他身边也确实需要个女人了,哪怕只是临时的。燕子就不用考虑了,林珊想考虑也够不上……他突然想起了一个人——董青卿,转而去寻那块石膏碎片,可怎么寻也寻不到,大概是遗漏在阁楼里没带过来。正当他要放弃之际,猛然间记起可能放在了一个装杂物的盒子里,他忙将那盒子寻出来,打开一看,心里一阵绞痛,里面并排放着两样东西,那块有字的石膏和林珊写给他的信。他心痛是因为那封信,他甚至没有勇气翻开那信再阅读一遍。于是他取出石膏,迅速关上了那盒盖,仿佛那是一只潘多拉魔盒。

大川给青卿打了个电话,青卿说正好也想要找他,问他整个夏天都到哪去了,怎么也不联系她。大川谎称出了趟远门,问她近况。青卿电话里的声音有些哀怨,说她和利仁一个月前分了手,现在要自食其力找份正式点的工作。大川约她明天下午出来聊聊,她建议还是在大川家附近那家茶餐厅里见。大川先是一愣,然后反应了过来,自己脱贫致富的感人事迹她还不知道呢。

第二天，大川料想吃完夜饭青卿定是要上楼来小坐的，于是一大早就去小屋里收拾了一番，还将那片石膏也一同带了去，经过他的精心布置，满屋子一副寒酸依旧的假象。他心想，不知情也好，省得再遇上第二个燕子。这么想着，他决定将停在小楼下的跑车也开到附近停车场隐蔽起来。

一切安排就绪回到小屋时，中午都还没到，他想起了阿辉，很怀念楼梯上那沉重的脚步声。经过那次栖霞山落难，大川对阿辉的看法有了很大的转变，别看他一副势利腔调，骨子里却是有情有义，上纲上线一点讲，他还是大川的救命恩人呢，分给他七十五万也不为过。不过无奈总额有限，讲是讲千万富翁了，在上海也就两套好一点的房子，一觉醒来，那些炒房子的都已经是亿万富翁了。

阿辉被大川的电话招了来，沉重的脚步声，先声夺人的市井俚语，"搞笑！我当今朝周末嘞。"

大川待阿辉从门口一露头，便问："从栖霞山回来到现在，你跟利仁和青卿联络过吗？"

"当然联络过，利仁打给我的，就是他们家前面一幢楼倒掉的第二天，怎么了？"

"一千三百万的事你跟他提过么？"

"神经！那天你腿上还打着石膏，连买家都还没寻到呢，哪里冒出来的一千三百万？搞笑！到底怎么啦？"

"哦，没啥，随便问问，这事不能告诉任何人。"

"当我戆徒了，我拎得清的。"

从阿辉的口中得到了验证，青卿应该不知道大川如今的经济状况,不过上次见面倒是主动告诉了她"鸽子蛋"的事,这次见面估计她会问起,要怎么回她呢?

中午大川请客,带阿辉去了那家茶餐厅,盘算着阿辉吃顿中饭也就该回去了,和青卿约好了两点钟,绝对不会撞车。可不料两人多日不见,有聊不完的话题,一直聊到一点半,阿辉也没有离开的意思,而青卿恰巧又早到了半小时。

这个场面有些尴尬,青卿本和利仁是两口子,阿辉一度曾为他们提供居所,看惯了两人恩爱的样子,如今却冷不丁换成了大川,阿辉自然会有些时空错乱感。他其实并不知道青卿与利仁已经分手,利仁于倒楼那天打来的电话里,只跟他说了退房的事。

"那——你们慢慢聊,我回去看看鸽子。"阿辉起身逃了。青卿坐定后半天都缓不过神来,目光与表情依旧沉浸在方才的尴尬之中。

"青卿,要喝什么?"

"……"

"青卿!"

"……"

"哦,嗯——老样子好了,焦糖玛奇朵……"

两人在茶餐厅里并没有耗到晚饭钟点,大川结了账就带青卿去了小屋。一路上青卿告诉大川,这段时间她总是梦见他的小屋。

来到小屋,青卿首先看到了桌上明显位置摆放着的那片石膏,她走过去拿在手里端详,侧脸浮现出淡淡的笑影。

"我猜你已经很久没在这里住了。"

"啊,哦——你是怎么知道的?"大川仿佛小解没留神弄湿了裤子,一出卫生间就被人发现了。

"呵呵,还真被我猜中了,今天这房间里的空气特别清新,而你又没戒烟,我只能这么解释咯。"女人就是敏感,如此细微的变化都逃不过她的感官触角。

"哦,是啊,我都说了出了趟远门。"大川力不从心地圆着话,松垮地坐到小床上,目光逃向另一侧床头,再转过来时,发现青卿还在端详那片石膏,"我是舍不得扔,这是唯一一件与你有关的东西。"大川用肉麻努力冲减着心虚,这跟他有意将石膏带过来当道具的初衷倒十分吻合。

青卿回眸与大川相视,浅笑盈盈,眉间凝聚着娇媚,"和我有关,很重要么?"

"当然重要,你知道的。"

"我怎么知道? 你可从来没跟我讲过。"

"那现在讲了,知道了?"

"嗯,知道了,但没感觉到。"

大川终于鼓足勇气站了起来,走到青卿的身后,拉起她的手,连同她手中的那片石膏一起轻轻地握在手心里,那是可以流淌出美妙音乐的手指。她笋指微颤,却无丝毫抽逃之意,大川的另一只手已心领神会般地揽住了她的纤腰。青卿仰面枕到了大川的肩头,大川也顺势将脸滑过她的玉颈,深埋于那性感的锁骨之下……

一切都来得那么自然,没有半点矫揉造作。这个下午,两具彼此需要的躯体,没有任何承诺地相互索取着。大川始终感觉这种吸引力由来已久,以至于笃定地认为眼下这一幕,无论早晚,注定都是会发生的。

他俩相拥在小床上没再起来,晚饭也不想下去吃,睡了醒,醒来接着缠绵,然后再睡。一直到了晚上十一点钟,大川拨开熟睡的青卿,独自起床爬出窗外,他想再看看那东方明珠塔,重温以前那种向往繁华的心情。不知何时,他的腰被青卿从后面抱住了,久久地抱着,背上是青卿那滚烫的脸颊。和这个女人在一起真的很舒服,相处不需要太多语言,他们没有提起过利仁,也没提起过林珊,仿佛两人都是初恋,谁也没有可供交谈的历史。

第二天一早起床,大川在窗口又看见楼下阿二头家门口立着一个五大三粗的阿辉,仿佛时光倒流,回到了几个月前林珊的那次来访。大川心想,倒霉,又被阿辉捉了一回奸,这小子绝对是个职业捉奸突击手,可谁也别想捉到他的奸,他可绝对堪称纯洁无瑕。

三天后,青卿事先没打招呼就来小屋找大川,大川自然是不在,青卿立在他门口打他手机。大川一听说青卿在小屋门口等她,立即风风火火赶了过来,跑车也不藏了,就停在小楼下的老位置上,因为没有必要了,已经证明了,青卿跟他在一起并非因为他如今有了钱。青卿见了自然又是一番惊讶,大川也不忙于解释,让她先上车,说要带她去一个地方。

青卿跟着大川来到了他的新家,这是一个富丽堂皇的宽敞公寓,大川一个人住,就更显得宽敞。青卿反倒不如在小屋里那么放得开,拘谨得不肯放下手中的包。大川为她泡了杯蓝山,还是按照自己的习惯加足了糖,然后仰靠在松软的沙发里点起了一只雪茄,青卿是想不到的,原来是一位素未谋面的画家朋友为她塑造了一个新大川。

"我跟你讲过的,我得了颗大钻石,现在出手了,所以就沦落至此了。"大川嘴巴里讲着"沦落",脸上却绽放着"发达"。

"哦,那恭喜你咯。"青卿并不如预想中那么兴奋,若换成燕子便不同了,估计比大川还要兴奋,换成林珊也会不同,那将会是一脸的忧心忡忡,仿佛蜜罐子里泡大反吃厌了那蜜。所以大川的感觉是对的,青卿很多方面都是"(燕子+林珊)/2"。

"你一般拉什么曲子?"大川开始没话找话。

"独奏,有时也为爵士伴奏。"青卿的表情有些木讷,她对这个话题显然没多大激情。可大川却一下子来了劲头,他想起了乐平为他支的招,让他学听爵士,没想到眼前的美人就是表演这个的。

"爵士好像大提琴多一点哦,也有小提琴的么?"

"呵呵,当然有啦,你经常听么?"

"哦,那倒没有,不过我很想听你拉拉看。"

"'拉拉看'? 你以为是看拉大锯么? 没带琴哦。"青卿笑了,带着些许嘲讽。

"好! 今晚! 我一定要去现场听,真的,好期待!"大川边说边熄灭了雪茄,坐过来搂青卿。

当晚,大川真的去了,那是一间高档酒吧,里面几乎没有中国人,连调酒师也大多不是中国人。大川找了个当中的位置坐下,感觉自己在一堆老外中间显得很扎眼,不过当他意识到这是在自己祖国的土地上时,腰杆一下子硬了起来。

眼下大川似乎又重新找回了恋爱的状态,他的内心正为青卿而发狂。自从下午的坦白之后,他感觉与青卿算是正式走入了恋爱的轨道。青卿当然也并不介意他有钱,对他依然柔情似水,只不过她话更少了,也不再愿意主动骑到大川的身上。大川估计她心里多少还是会存有一些阴影,从她下午进门时那一刻的眼神便能看出,她一定是怨大川对她撒谎了。

261

青卿身着一套露背晚礼服出场了,她一眼就望见了大川,大川向她摆了摆手,她也正朝这边微笑。大川感觉倍儿有面子,骄傲地左顾右盼,仿佛在说:看看,这到底还是在祖国的土地上,中国姐终究还是属于中国男人。

青卿先是独奏,然后又加入了爵士乐队的演奏。无论是形象还是演奏,她都是乐队里最出挑的,仿佛正与台下同样扎眼的大川遥相呼应。可随着大川的注意力越来越分散,渐渐发现在这间酒吧的一个角落里,坐着一个与他一样扎眼的中国人。那是一个极熟悉的身影,定睛一看,大川惊出一身冷汗,那人竟是高利仁。

35. 求你，救救他

　　利仁也正盯着他看。原来，利仁何只是今晚碰巧出现在这里，他几乎是天天都光顾的常客。但他每次来，都只躲在不起眼的角落里，从不去惊扰青卿，散场后也不去找她。他只想能天天看见她，知道她过得怎么样。

　　大川的目光迅速逃开了，接下来的演奏也无心欣赏了，他只想等到散场，看看究竟会发生什么。他不觉得自己做错了什么，青卿跟利仁明明已经是分手了的。不过转念一想，又觉得万分尴尬，大家毕竟朋友一场，为了个女人，要挑明了公然对峙，这原本理直气壮的事也会被打了折扣。大川转而又在心里恨得发抖，为何每次都碰到这种事，要与张墨然或诸烨抢燕子，要与阿辉抢林珊，现在又要与利仁抢青卿……

散场前,大川忍不住又往那个角落里瞥了一眼,发现人不见了,心中顿时松了绑,又补上了两针宽心剂,一是看错了人,哪那么巧?二是真那么巧,不过人家未必有纠缠之意。

跑车就停在街道边上,出门走不到十几步便可上车,下一站自然还是大川的公寓。青卿挽起了大川的手臂,朝车子的方向走去。此时路边暗处突然闪出一个黑影,不由分说冲着大川就是一阵拳打脚踢,差点把大川打倒在地。青卿惊得大喊"救命",凄厉的喊叫声隔着两条马路都能听见。大川以为遇到了抢匪,招架之余弯下身去抱那黑影的大腿,背上雨点般重重地挨了好多拳,总算被他抱住了,他猛力向上掀起那人的双腿,两人同时失去了重心,只听一声闷响,那人的脑袋重重地摔在地上,大川沉重的身躯也结结实实地砸在了那人身上。

这是在闹市区,平日里很少见斗殴之类的事,青卿的喊叫声招来不少夜行路人的围观,有人还用手电去照那地上的人。只见那人的后脑已经开了花,枕在一摊血泊之中昏厥了过去。

青卿突然再次尖叫起来,进而俯身扑向那人。大川也看清了,那人正是高利仁。青卿的尖叫声中带着哭腔,她拼命摇晃着利仁的肩膀,试图将他摇醒,然后又一把将他的头死死抱在怀里,抬头对大川说:"大川,求你了,快救救他。"望着青卿那哀求的目光,大川的心都快要碎了,他此刻多么希望躺在地上的那个人是自己。

大川的跑车只能坐两人,青卿另外拦了部出租跟到了医院。

青卿到的时候,大川正要离开,两人面对面碰上了。望着胸前血迹斑斑的青卿,大川心如刀割,无话可说,只站了几秒钟便与她擦肩而过。青卿猛地转过身来,扑向大川的背影,拦腰一把将他死死地抱住,这种感觉很熟悉,却也陌生得宛如隔世的姻缘。大川一根一根地去掰那几十分钟前还流淌着美妙音乐的十指,可青卿却倔强地不肯松手,她心里非常清楚,一旦松开,眼前这个男人将永远不会回头,她竭尽全力想多抱他一秒。背后的青卿已泪如雨下。

大川终于独自离开了医院,青卿也再次回到了利仁的身边。大川在短短几天的时间里就再一次失去了他生命中第三个女人。这回他不怨,因为他终于明白过来,青卿的爱原本就不属于他。他与青卿的这段爱,不过是一场没有灵魂的躯壳之恋。

大川不禁有些困惑,仿佛他这一生最大的幸运便是得了那粒"鸽子蛋",可那幸运的"鸽子蛋"不仅赶走了林珊,也没能为他留住青卿,那么它还能算是幸运么? 不知那粒"鸽子蛋"现在何处,即使它算不得幸运,也不要成为一颗要命的定时炸"蛋"吧……

大川的担忧其实一点都不多余,那个自以为省下了五百万收购成本,满心欢喜回到河南的老八,从飞机降落在郑州机场的那一刻起,便被人盯上了,从郑州一路跟踪到了光山,跟踪他的正是丢了"鸽子蛋"却又迟迟不肯露面的上家。

其实老八一直心中有数,那次失败的工地交易之后,不止一根眼线在死死盯着他,他是乔装成一位老妇离开那幢居民楼的,所以没有人知道他去了上海。接下来的那次欢乐的"空中交易",对于老八来讲也算是职业生涯中最为轻松和有趣的一次交易。他没想到前来跟他交易的人是那样几个书生模样的人,还装模作样地在他面前扮酷。老八也几乎不再需要专业鉴定工具,上次交易中他已经仔仔细细鉴定过了,这回他只认准钻石上的那处阶梯状的崩断口,也就是大川按图索骥于十倍放大镜下看见的那一处。

在接下来的几个月时间里，老八处于警方的严密监视之中。精明的老八怎么可能没有察觉呢，他之所以不怕，是因为"鸽子蛋"不在他身上。原来上海之行他也并非独自前往，他还带了一名助手，是新面孔，他的一个非常信得过的远房侄子，长期游离于他的团伙体系之外，只有需要"分身"的关键时刻才会派他的用场。锦江乐园的交易现场那人倒真的没去，可那枚"鸽子蛋"却在登机前被老八神不知鬼不觉地转移到了那人手里。那人与老八同机返回郑州，却走了不同的路线回光山，正是怕被人盯上，好在最终两路都安然无恙。

　　回到光山后，老八并不急于跟侄子联络，他似乎已经感觉到在不远的某处，有一双眼睛正全天候密切注视着他的一举一动。而警方自从上回接到线报前往工地围捕，却没能从老八一行人身上搜出任何赃款赃物，于是就怀疑交易物很有可能已被狡猾的老八转移至了别处。后来又于某租屋内发现嫌疑人——那个卖家与一名陌生男子互残并双双毙命。警方因而暂时解除了老八的嫌疑，转而将怀疑目光锁定在那个已经身亡的卖家身上。无奈线索已断，却依然不见任何交易物的踪影。直到再次接到线报，称老八不知何时动身去了趟上海，现正独自一人在郑州机场返回光山的途中，警方这才又将目光转回到老八身上，怀疑货很可能已经回到了老八的手中。于是先后两次贸然上门搜查，结果依然一无所获，反而引起了老八的高度警觉。

　　连续几个月，老八深居简出，就这么耗着，只等外部压力全部释放后再想办法联系下家出货。这天老八终于接到了一个神秘电话，正是那位始终不肯露面的上家。

　　"老八，你够黑的啊，杀我的人，吞我的货，你还想不想吃这碗饭了?"

"呵呵,你这话就太不实事求是了,我老八的为人,道上那是有口皆碑的,我一没杀人,二没越货,你可别想赖在我身上。"

"哼哼,我知道现在货不在你身上,不过我也可以告诉你,警方现在可是盯死你了,你目前只有三条路可走,要么把货还我,脱了你自己的干系,要么往我账户上打钱,我也不要一千八百万了,你给个整数一千万,这事咱们之间就算了了,还有第三条路,呵呵,鱼死网破,咱就这么耗下去,只要你有出货的一天,警方抓不到你,我也放不过你。不过话说回来,你要是真的被警方抓住了,那咱们全完玩儿。"

"精彩!不过你跟我说这些没用,我再次跟你声明,我一没杀人,二没越货,那天工地上验完货,我正打算转账给你,就被警方包围了,钱没转成,一低头货也没了,规矩你是懂的,这可不能算成交,你派来的人也在当场,都是看见的,况且后来进了局子,也没从我身上搜出一根毛吧?"

"狡辩!难道货自己长上翅膀飞了?我的人是在当场,正因为他知道你的鬼把戏,才刚出来就被你干掉了,你以为死无对证就万事大吉了吗?你想错了!这事盖不了多久,我找不回那货,那我就等于死路一条,我拿不到钱,也就出不去,最后还是死路一条,既然一样是个死,我不会走在你的前头。"

"真他妈精彩!我觉得这个想法你可以跟警方去交流,就说那人是我老八干掉的,看看有没有人相信你?呵呵,你还真他妈恐吓不了我,我老八什么风浪没见识过?就凭你?动不了我!"

"你狠!那咱们就走着瞧吧。"

电话被那人挂断了,警方的监听设备也跟随着自动关闭,刑警支队办公室里一片欢呼雀跃。

没想到那上家最终还是沉不住气打来了这通电话,要知道如果没有这通电话,此案侦察到这一步还真是进入了一个死胡同里,一筹莫展。接下来就顺利多了,根据对电话音频数据的筛查比对,警方最终将上家的目标锁定在了一个人身上——河南古都朝歌博物馆馆长单羽昌。

案件调查因此而进入了一个崭新的阶段……

大川心中虽然存有隐隐的担忧,但这并未战胜那顽固的侥幸心理,就算真的有东窗事发的一天,他也不相信最终能够查到自己头上。他的逻辑其实很简单,这样一件宝贝,留在手里就只有收藏价值,比如之前自己就将那宝贝存放在银行的保管箱里,不能吃不能用,只有及时出手,方能获得让渡价值,而几个月过去了,如今这件宝贝已转了多少道手估计是无从考证了,还如何去追查整个交易链条?

说大川是个幸运儿,这其实也能算上一“条”,他的逻辑于某种程度上似乎还真的是成立的。

接下来的日子里,大川不再去想青卿,也不再为“鸽子蛋”的下落而忧心,他重新回到了网游的世界里,打打怪兽、穿越冒险,在无聊中打发着有钱人的时光。

两个月后,天气转凉,上海进入了深秋。金融危机的恶势似乎在全球范围内得到了遏制,看上去“二次探底”的可能性并不是很大,也就是说,糟糕也就只能糟糕到这一步了,接下来就看是否有可能转好了,这令所有人都看到了一线曙光。

这本不关大川什么事,即使是国家的积极财政政策直接带来了全民的通胀预期,对于大川而言那也不过相当于未来现金的少许贬值。他到底还是缺乏了一些投资手段，股票是再也不敢碰了。房子？他也不愿意再去买第二套，那样他相当于又没钱了。

不过阿辉倒不这么看，他虽然不懂什么通胀，但他认为买房子准没错。他给大川出了个主意，说不一定非要买市中心的房子，反正买来也不是自己住，那就干脆买远一点，买到郊区去，总价便宜，既有升值空间，又可以坐收租金。大川还真动了心，于是就开始留意起郊区的房子。十二月初，大川终于下定决心，花了两百多万元在松江区买了一套投资房。那块地方在若干年前是不属于上海的。

大川怎么也没想到，自己有一天也跟阿辉一样开始收起了租金。

大川又记起了乐平的那番话，什么样才算是有钱人的生活，他心想，"女人"这方面看来自己是真不行，那就寻找另外两条突破口，总不能老是窝在家里打网游。

他想起了在诸烨生日宴会上的那件生日礼物——千万富爷俱乐部的金卡，于是上网查了一下，这家俱乐部还真有名气，吸收会员的门槛也是相当严苛、相当高，要求流动资产过千万才能加入，像大川这样都拿来买了房子的还不行。不过大川转念一想，不就是一个俱乐部嘛，有钱赚难道他们会不肯？又不是什么审计部门，他们有什么手段来查验资产？于是一个电话打过去咨询，对方告诉他，目前俱乐部正在吸收一批潜力会员，总的有形资产过千万即可加入，但必须出示实际拥有资产的相关证明。大川会意地笑了，啥"潜力会员"？讲得那么动听，不就是给人留了个口子么？

几天后，大川正式加入了这家俱乐部。

36.第二次分手

大川加入这家俱乐部的最初想法可谓是"一箭双雕","交际"与"享乐"两不误,说不定还能意外收获"女人"。叵他第一次光顾就犯了难,里面各式项目名目繁多,有赛马、高尔夫、贵妇宠物……特别是收藏和极限运动这两项,着实把大川吓了一跳。所谓"收藏",那可不是一般的收藏,要么是价值不菲的古玩,要么就是各类名车。那"极限运动"听起来跟大川以前参加的驴友俱乐部有些相近,可一打听,人家是专跑两极或专登世界几大峰的,普通人去一趟北极一二十万够了,而他们则要求配备最昂贵的装备,去一趟就得花费两百多万。难怪他们设了那么高的入会门槛,普通人还真玩不起这些玩意。大川最终选定了高尔夫,这个看起来算是最便宜的了。

大川去高球会选购了一套自认为拿得出手的球杆,专挑周末盛装出场,他感觉周末有闲的富人毕竟还是要多一些。可一到俱乐部就傻眼了,几乎没有人穿西装,再名牌的西装也没有,手工的也没有,只有侍应才穿西装。这简直是个玩笑,大川事先怎么可能了解这些,他心想,换上阿辉来,也一定是西装。

正当大川站在不起眼的墙边内心挣扎之际,他看见了一对男女。一对狗男女,当然,这是大川的心里在骂。燕子正挽着诸烨的手臂向他这个方向走来。时隔半年,燕子花容依旧,但略显憔悴,诸烨依然气宇轩昂,却少了些以前的锐气。两人都身着英姿飒爽的骑士服,看来是赛马一组的,没准还同时在玩收藏。大川见躲是肯定躲不过了,干脆原地站定与他们对视。

"大川?你怎么会在这里?"燕子惊异地打来招呼,诸烨斜睨着装作不相识。

"呵呵,我出现在这里很奇怪么?"

"没有,我只是觉得好巧哦。"

"人生何处不相逢,相逢何必曾相识,还好么?"大川一脱口便觉得自己太没出息,都这份上了,还流露出关切的语气。

"嗯——一般吧。"燕子用余光扫了一眼身边不远处的诸烨,似有顾忌地说。

"哦,那就好,你先去忙吧。"大川在无所适从之中下着逐客令,他看到燕子的眼神里流露出几分期许和几分无奈。

那个眼神一整天都萦绕在大川的脑际挥之不去,他设想燕子离开自己之后过得并不好,她或许真的还爱着自己。到了晚上,大川接到了燕子的来电,电话里她哭了,"大川——对不起——我好想你——"

大川给了她现在的住址,燕子大约两个小时之后,也就是接近零点时分赶来了。一进门就扑到大川的怀里,像个犯了错的小孩子一样只管哭,"你原谅我,原谅我嘛好不好,我会补偿你的,大川——"大川的心顷刻间被融化了,以前那个冷艳的燕子已不复存在,眼前的燕子俨然是一个在外面受了莫大委屈的孩子。大川摸了摸燕子的头,安慰道:"别难过了,回来就好,一切都过去了,我还在。"

这一晚,大川终于拥有了燕子的身体,那是一具如此灵动、如此富有激情的躯体。她真的在用自己的躯体补偿着大川,那样熟练,那样投入,仿佛赎罪一般。不过大川却感觉她与任何其他女人都没有太大的分别,以前对燕子的渴望仿佛在这一刻烟消云散了。他想,也许是因为等待的时间太久了,也许是因为自己不行了,抑或……他的心早已被其他女人占据着,再也没有多余的空间留给她了……大川很清楚那个女人是谁,只不过一直在心里逃避着。

燕子最终下定决心离开了诸烨,她不再恐惧,因为诸烨目前已自顾不暇,她从这一秒开始,抱定不再离开一直深爱着的大川的念头。眼下大川的条件虽比不上诸家,但一切似乎都已经足够了,燕子在心里劝自己要知足。

不过,有一件事令她挺头疼的,那就是她晚上睡不着。不是因为有心事,而是大川的动静实在太大了,像一台有故障的大功率柴油发电机,整夜在耳边轰鸣,根本找不着停止运转的开关。

第二天,燕子回了趟家,诸国忠送的那枚大钻戒已戴在了燕子妈那粗壮的手指上。燕子见状一把拉住妈妈的手,惊恐地问:"你怎么敢戴出来? 都有谁看见了?"

"啊哟——妈妈戴戴又怎么样啦,又戴不坏的咯,这么小气的女儿天下少见的,白养你这么多年。"

"不是呀,我问你都给谁看过啦?"

"给谁看过?你大姨妈咯,你小阿姨咯,对了,还有你表姐,怎么啦?"

"哦,那还好,我是随便你戴的,但有一条,千万不能戴出去,给外人看见了,这可是要命的事情。"接下来燕子就将诸家的近况及她离开诸烨回到大川身边的经过原原本本地告诉了妈妈。

"没想到诸家这么不牢靠,蛮可惜的。"燕子妈妈抚摸着那枚大钻戒惋惜地说,转而想到了那大川,便又一脸的鄙夷,"大川?我才不会相信那个穷光蛋买得起市中心的房子,还开跑车?你在做梦是吧?"

"真的!我亲眼看见的。"

"你了解清楚了吗?他哪里的这么多钞票?"

"他讲是做生意赚的,管他哪里来的,你不是只要他有钞票,能够达到你提的要求就可以了吗?"

"我是觉得诸烨要是不灵,还有张墨然,什么时候轮得到他冯大川?"

"张墨然?切!你想得出的!这趟我无论如何也不好再听你的了,我已经决定了!"燕子终于在妈妈面前强硬了一回。

接下来,燕子就正式住到大川那去了,两人厮守在公寓里好几天没有出门。燕子精心服侍着大川,大川似乎也渐渐从燕子的身体里获得了一些乐趣,不管怎么说,燕子的美貌总是凡人难以抗拒的。

这一天,他们正躺在床上筹划着出国旅游的事情,乐平打来了电话。乐平在电话里哀伤地告诉大川一个惊人的噩耗,许学厚去世了,比预想的要早,是死在租屋里的,房东发现他时,已经腐烂得不成形了,身旁堆满了奖杯和荣誉证书。大川惊得说不出话,在电话里"啊"了好半天。另外乐平还告诉他,诸家也不行了,诸国忠已经被逮捕,估计是无期徒刑。

大川那天没有下床,整整睡了一个白天,燕子喊他下床吃饭,他也不理睬。到了晚上,大川终于起床了,他先是躲进书房里好半天,然后走出来,在饭桌前与燕子面对面坐下。

"你走吧。"大川的声量并不大,语气平静而低沉。

"嗯?什么?"

"我说你走吧。"

"走?到哪去?莫名其妙!"

"到哪都行,离开我。"

"你认真的么?大川,你别吓我——"

"千真万确!"大川从裤袋里取出一张银行卡,"里面有八十万现金,密码是我的生日,如果你还记得的话。"

燕子紧张得如天快要塌下来一般,赶紧起身绕过餐桌跑到大川的身边,将大川的头紧紧地揽入怀里,"大川,你不能这么对我,大川,我求你了,你赶我走就是让我去死……你告诉我,我哪里做得不对?你讲出来,我一定改,真的,我一定能改好,你相信我,你相信我呀……"燕子哭着,苦苦地哀求着,但她并没有意识到,这一切都是徒劳的。她的臂弯之中,大川泪眼模糊,脸上却是一副毅然决然的神情……

燕子最终带着遗憾与伤感离开了,她没有行李需要收拾,临走前只能依门环顾这所公寓。她是那样依依不舍,刚刚开始几天的美好新生活,这么快便又要失去了,且除了大川给的那八十万银行卡,带

274

不走任何东西。

她转身离去前留给大川最后一句话："你已经不是以前那个大川了，那个住在阁楼里的大川不会这么绝情！"

就这样，大川与燕子经历了第二次分手。大川心里真的痛，但他宁愿痛入骨髓，也不愿再与燕子待在一起了，不仅是因为她离开诸烨重返自己怀抱的真实原因，更是因为他深深意识到必须正视自己内心的那个女人，尽管那女人不在身边，也许永不回来，可那份爱却依然根深蒂固地存在着，坚如磐石。

许学厚的死带给他的不只悲伤，更有启迪，他自问：一个人该如何度过他的一生？曾经的荣耀与辉煌那都是过眼云烟，人不可能永远活在那些浮华的假象之中，生命中必有真实的、值得毕生珍视的东西存在着，林珊的爱便是如此。

大川再想起林珊时，心痛被希望所取代，他突然领悟，林珊才是他真正要寻找的"鸽子蛋"。他决定要想尽一切办法找到她，告诉她，是她唤醒了自己迷失的心，为了挽回她的爱，他愿意放弃一切本不属于他的东西，回到那个破旧的小屋里，一切从零开始，用自己的双手为他们的将来打造出一个新世界。即使他最终找不到林珊，他也决定永远为这份爱而守候。

可林珊究竟在哪里？她信中说是说去了佩鲁甲，可佩鲁甲也绝不是东极岛那么小，大川又要到哪里去找呢？

于是第二天他又去了趟林珊的家，终于找到了她家唯一一个会说汉语的司机老周。老周当然会说汉语，他是个土生土长的懂日语又会开车的上海人。了解了大川的来意后，老周被大川的诚意感动了。他为大川提供了一条线索，说他也是从老板的口中得知的。就在林珊吵着要去意大利的那一阵子,老板在车里接过女儿的电话,电话里父女俩又吵了起来,林珊铁了心要去意大利找妈妈,可老板却坚决不同意。后来老板竟扬言如果林珊执意要去,那就别想从他那拿走一分钱。不过最终老板还是疼爱女儿,说他们公司在佩鲁甲也有一家分公司,到了那之后可以先去找一位叫青山的叔叔,那人会为她安排一切。老周觉得这也许是个突破口,建议大川回去查一查那边分公司的联系方式,如果真能找到那位青山,说不定就能找到林珊了。

这条信息实在太珍贵了,大川不知道要以什么方式感激他,竟学着日本人的腔调给他狠狠地鞠了一大躬。

37.11 月 4 号广场

回去后,大川在网络上疯狂地搜索,试图找到那家佩鲁甲分公司的主页。他既不懂日语,也不懂意大利语,只得于网络上到处求助。最终被他找到了,他欣喜若狂,但并没有打电话过去,因为语言不通,即使联系上了也白搭。于是他到外面找了一家翻译社,将自己事先写好的一封中文信带了过去,要求翻译社为他翻成日、意、英三个译本。大致的意思是说,他叫冯大川,来自上海,想通过贵公司的青山先生联系从上海来的林珊(小林珊岛)小姐。为什么要联系她呢?因为冯大川快不行了,想见她一面,或跟她说一两句心里话。

翻译社的工作人员看了之后当时就问他,"快不行了"是什么意思?是不是不久于人世的意思?大川说:"你就给我按模棱两可的意思翻,既要让人感觉形势危急,又不要定指'死亡',三个语种都按这个思路来翻,价钱你们说了算。"其实就这么一点点内容,翻着跟头收也收不了他几个钱。

大川拿着这三个语种的译本到那家分公司的主页上留言,然后坐在家里等回音。他设定了一个等候期限,若三天还没有回音,他便要请一个同声翻译到家里来帮他打国际长途了。

林珊自拿到留学签证来到佩鲁甲已有半年多时间了。她妈妈的工作室开在佛罗伦萨一条名叫 VIA DOMENICO VENEZIANO 的街上。她原本报的是佛罗伦萨大学服装经济专业,但首先要在佩鲁甲接受为期三个月的语言培训,于是她就按爸爸的授意先去找了那位青山叔叔。青山叔叔为她安排了住处,就在佩鲁甲市中心一个名叫 PIAZZA 4 Novembre 的热闹广场旁边,中文翻译过来应该是"11 月 4 号广场"。林珊在佩鲁甲的三个月中,三次去佛罗伦萨看妈妈。尽管妈妈开心得不得了,但每次都只是短暂的相聚。她妈妈实在太忙了。

三个月后,林珊并没有去佛罗伦萨大学报到,也不再去找妈妈,原因是她发现自己怀孕了。起先她紧张极了,从医院回到住处后一整天都没有出门,同时她的内心很矛盾。首先是要不要让大川知道?他有这个权利,但她却不愿告诉他,她怕自己再走回头路……其次是这个孩子该不该留?留下来没有爸爸,不留却又怎么都不忍心……最终她还是做出了决定,留下孩子却不告诉大川。可这样做又将面临一些现实问题的困扰,妈妈不知道这件事,她实在没有勇气告诉妈妈,求助于青山叔叔显然也不在她的考虑范围之内,回国又难以面对严厉的父亲,当然,留下孩子的决定就更不可能跟任何人说了。这就意味着她要独自承担一切,如今身在异乡,孤立无援,她又将如何独自完成这一神圣的使命呢?

就这样,她进退维谷,迟迟想不出一个万全之策。好在经济上暂且不成问题,她爸爸讲是讲不给她钱,但早已委托青山叔叔定期往她的账户里打钱。就算实在不够时,她问妈妈开口要也是很自然的事情。

六个月过去了,林珊的肚子就这么一天天大了起来,她已经很久没跟青山叔叔见面了。开始的三个月里,青山叔叔每个周末都要抽出时间陪林珊去"11月4号广场"附近一家有名的餐馆吃饭,吃完饭还总要陪着林珊在广场上散散步。但三个月后,林珊全都推辞了,借口是学业繁忙。当然,青山叔叔对她的学业计划几乎是一无所知的,并不知晓她最终还要去佛罗伦萨大学读书。其实说白了,这位慈爱、热情的叔叔仅仅只是在履行总裁托付给他的职责,内心只在意林珊的生活、健康与安全,而并不真正关心她的学业及其他。不管出于何种原因,如今林珊不愿见他,他倒也并不十分介怀,每周通个电话问候一声,得知她的近况良好,心中便也安心了。

林珊经常一个人立在临街的小阳台上,手扶浑圆的胎腹,面朝祖国的方向,在心里默念:大川,请给我力量!让我能支撑下去,让我们的孩子能顺利降生到这世上……

其实林珊偶尔也上网,她会回到当初认识大川的那个驴友俱乐部的论坛上看帖子,也会隐身登录QQ,每当她看到大川在线时,心里都会涌起抑制不住的欣喜。通过这种方式,她最起码能够感受到生命中最重要的那个男人的存在。她有时也会母性十足地跟腹中的宝宝讲悄悄话:"宝宝,看见没有?那只胖企鹅就是你爸爸,你看他的肚皮多大多圆呀,就像妈妈一样……"可她讲完这些傻话之后,便又会陷入沉思,她其实根本就没打算让大川知道这个孩子的存在,自然也不会让孩子于将来的某一时刻得知世上还有这样一个爸爸……

　　有时想想自己可真苦，曾经爱过、为之付出过的男人，如今却要强迫自己不再拥有，其实她完全有资格永远留在大川的身边，她知道大川其实是很爱她的，无论他最终变成怎样一个人，只要她愿意，她便不会失去他。可那终究不是她想要的，大川已不再是她最初认识的那个大川了……也不知他现在怎么样了，寻宝肯定是以失败收场了，但愿他不会一错再错，去动那"鸽子蛋"的脑筋。

　　随着腹中的宝宝越来越大，林珊在意大利的开销也与日俱增了。开始一个人的时候，房租、交通、学费、生活基本开销连带购买书籍，每个月一千五百欧元足够了，可近两个月平均两千两百欧元都还显得拮据。而那青山叔叔是不知道的，只管每月很有规律地转来两千欧元。眼看着手头越来越紧，真到生产的那个月，花费可就要大得多了。她这两天正在心里盘算着，如何开口跟妈妈一次性要三万欧元留在身边备用。其实三万欧元对她妈妈来讲真不算什么钱，记得妈妈跟她讲过，她的一双手工皮鞋也要五万多欧元呢。关键是如何开这个口，妈妈最了解她的脾性，平常从来不存钱，可也不会乱花钱。

　　这一天是周六，佩鲁甲的天气特别好，入冬以来，这还是头一回遇上个暖阳。林珊早上七点钟就起床了，推门来到小阳台上，看见广场上像往常一样已经有了晨练的身影，她今天很想到广场上走一走。八点半，她来到楼下的一间咖啡馆，像往常一样点了羊角面包和咖啡。

　　她爱极了这间咖啡馆，老板是一位名叫安东尼的很热情的白胡子老头，平常林珊行动不方便，只要一个电话下来，安东尼会亲自为她送餐点上来。他的手艺非常好，拿手绝活是做巧克力，这在整条街都是有名的。安东尼喜欢东方姑娘,偶尔会送她一份精致的巧克力。

就在那广场上刚落幕没多久的巧克力节上,安东尼参与了那只据说是申请吉尼斯纪录未遂的巨型巧克力的制作,上面用奶油即兴写上去的"bacci bacci"便是他的杰作,翻译成中文很浪漫,是"亲吻"的意思。这间咖啡馆里有一台吊在天花板上的老式电视机,那是专供欣赏意甲联赛的,和大多数意大利男人一样,安东尼是个球迷,他是佩鲁甲队的忠实追随者,不过林珊发现,他偶尔也会移情别恋,去为 AC 米兰加油助威。

可爱的老头正微笑着向林珊走来,为她亲自端来了羊角面包和咖啡,今天的餐盘上多了一样东西,一只信封。林珊一眼便认出了那信封上的标识,这一定是青山叔叔留给她的。果然,安东尼告诉林珊,这是以前那位经常来找她的日本男士昨夜路过时留下的,那时林珊的窗内已熄了灯。林珊好奇地拆开那信封,里面是大川留给她的一小段日文留言。看完之后,林珊猛地站立起来,把还未来得及离开的安东尼吓得往后一个趔趄,险些连人带椅翻倒在地。林珊顾不得道歉,拖着臃肿的身躯跑出咖啡馆,她要上楼去给大川打电话……

电话接通了……

"大川,你怎么了?"

"林珊? 是你吗? 真的是你?"

"嗯,是我,你究竟怎么了? 你快告诉我啊!"

"哦——哦——哦——"

"哦你个头啊——快说呀!"

"我没怎么,就是好想你,就是想听见你的声音,好想看到你,就是想让你回来……"

"什么？你骗我?! 那你怎么说你'快不行了'，什么意思?"

"本来就是嘛,我是快不行了,我想你想得都快要发疯了,你说我还行不行?"

"无赖！不要脸！大骗子！"

"随便你怎么骂,林珊,我求你回来当面骂我,骂我个屁滚尿流好不好?"

"谁稀罕骂你? 变态受虐狂！没事我挂了哦——"

"求你！给我五分钟,就五分钟,我有话要讲。"

"好吧,你快说,我现在是穷学生,国际长途很贵的。"

"珊珊,我知道你还在生我的气,我知道我混蛋,没有听你的话,一切都被你料中了,确实没有什么宝藏,但你知道吗? 我却找到了更大的宝藏！"

"什么? 你的梦还没醒啊?"

"是的,这个梦也许永远也不会醒,那个宝藏就是你珊珊！我突然发现世上再大的宝藏也不如你在我心里那么珍贵,真的！我发誓！还不及你的万分之一,没有你我活不下去,再多的钱也买不回和你在一起时的快乐,珊珊,你能原谅我么? 就一次,最后一次！可以吗?"大川的语速很快,而且越来越快,生怕林珊中途挂断,这段话显然并非他事先演练的台词。林珊这头沉默了,她眼中噙着泪,手与唇都正难以自控地颤抖着。

"珊珊,珊珊,你说话呀,可以吗?"

"我需要时间考虑一下。"林珊实在难以控制自己的情绪,挂上了电话,坐到沙发上双手掩面,像个受了莫大委屈的孩子似的嘤嘤抽泣。

林珊再次下楼来，出现在咖啡馆的门前，但她没有推门进去，只是站在门前远眺那些盘旋在广场上空的鸽子，她想象着大川就站在那广场上喂鸽。安东尼推门走了出来，站在林珊的身旁，用他健壮的手臂揽住了林珊那瘦削的肩头，轻揉着引她向那广场走去。

"珊，你知道我为什么要在广场边上开这家咖啡馆吗？"安东尼第一次用这种老朋友的口吻跟林珊说话，可林珊不懂，若有所思地摇了摇头。

"二十年前，我是一个从罗马来这里旅游的游客，就在这个广场上，我认识了她，一个米兰来的游客，我一生的至爱 Beatrice，在这里，我与她分享了同一块写有'bacci bacci'的巧克力，并与她共度了我一生中最美好的两个星期。后来她不辞而别，我从此就再也没有离开过这个广场，还开了这间咖啡馆。我可能不是在等她，她也一定不知道我留了下来，更不会回到这里来找我，我只是在想，既然我最美好的东西留在了这里，那我也就没有必要再离开了。珊，我相信你的心里也同样有一个 PIAZZA 4 Novembre，那里是真正属于你的地方。"

林珊的一切都被这位历尽沧桑的老人看在了眼里。她站定了下来，凝望着老安东尼那布满皱纹的脸，仿佛想从那些皱纹里读懂读透当年那段浪漫的爱情故事，可此刻，她只在那慈祥的眼神里读出了鼓励，她的心里涌动着一股暖流，缓缓地张开双臂，心怀感激地去拥抱老人。

林珊懂了，她的 PIAZZA 4 Novembre 在中国，在上海，在那条老街上，她明白自己要怎么做了。回望广场上那些自由飞翔的鸽子，她的心仿佛也被插上了翅膀……

38.定时炸"蛋"

这天早上林珊的来电给了大川一些希望,他的精神又开始振作了起来。他想开车出去兜兜风,他知道万体馆附近的 FOXTOWN 里有一家很有味道的台湾甜品店。

他将车停在了万体馆里,付了停车费走出来时,迎面遇见了一个人。这是个已被大川淡忘了的人——范思彝范经理。如果不是这次偶遇,大川几乎已记不清范经理的长相了,那仿佛是一张一条热毛巾就能将五官全洗没了的脸。她的肚子高高隆起,怕是就要临产了,旁边有个男人正搀扶着她,一定是她的老公了,他们是来散步的。范思彝一眼便认出了大川,亲热地喊他的名字,语调与神态可亲到如同邻家大嫂。

范思彝和变了个人似的,目光中不再有职业女性特有的敏锐与犀利,话语中也少了 HR 惯有的严谨与矫饰。她关心地询问大川的近况,大川随口敷衍着她,眼睛不时地瞥她身边的男人。范思彝说她生完孩子也不打算再出来做事了,大川问她原因,她笑说看破了红尘。当大川正欲借着一阵揶揄之笑结束这次计划外的会面时,范思彝却又阴下脸来告诉了大川真实原因。

原来当初她门上的那张"滚蛋"字条是刘学贴上去的,范思彝当时心中愤怒且委屈,那次裁员,刘学为了能留下来,在范思彝面前打了大川的小报告,说他平日不思进取,沉迷于养鸽子……可没想到大川走后,第二个被算计的人竟这么快就轮到了范思彝,且是在范思彝主动提出离职的情况下。

大川听了吃惊不小,只当那刘学是个小家子气的"精小人",没想到还是个深藏不露的"憋脸刁"。大川摇了摇头,"算啦,不再提了,人心难测啊。"大川有一万条理由鄙视刘学,却有一条天大的理由原谅他,栖霞山上,若没有他跟来,阿辉一个人想把大川背出山去是够呛的。

范思彝的话并没有影响大川的好心情。与她道别后,大川在内心羡慕起范思彝来,她如今的生活远离了纷争,宁静而又安逸,且又即将迎来新生命的诞生……其实大川也渴望能有个孩子……大川一直有一种感觉,自己始终是追着这个看似平淡、无足轻重的女人的足迹在走。她对大川的影响也许已远远超出了他的估量。

他从那家甜品店出来后就直接回了公寓,一进门便打开了电视。电视上正在播报一条新闻,日前郑州市警方已查明,河南古都朝歌博物馆中的一件珍贵藏品,商朝时期的文物——白玉发簪被发现有人为损毁痕迹,镶嵌在上面的一颗 9.53 克拉的巨钻被人以狸猫换太子的手法调了包,警方怀疑是博物馆监守自盗,目前此案正在进一步调查中……

大川整个人傻了,一屁股瘫倒在沙发上,完了,那颗定时炸"蛋"终于进入爆炸倒计时了……

光山县的看守所里,老八正在接受审讯,他对第一次工地上的交易供认不讳,但对之后的事却矢口否认,他的供述中一口咬定,那次上海之行只是独自出门旅游,想赶在世贸会开幕前参观一下场馆,根本就不存在第二次交易,而那段与单羽昌的电话录音中,老八的话也是滴水不漏,警方拿他还真是一点办法都没有。

单羽昌也在第二天被逮捕,调查中因证据确凿,他无从抵赖,只得将指使他人监守自盗,然后携赃物潜入光山与老八交易的事实经过全部招了出来,但对巨钻的下落,单羽昌一口咬定是被老八吞了。调查过程中,警方还在单羽昌办公室的保险柜里搜出了大量受贿赃款,单羽昌的问题变得更加严重了,只是令人费解的是,一个博物馆的负责人,竟也开得出受贿之门?

案件除了巨钻至今下落不明之外,似乎已水落石出,老八的拒不交代,令警方十分头疼。媒体对此事高度关注,老八被抓的第二天,便有跟踪报道再上电视新闻,报道称老八团伙已被一网打尽,警方已掌握了重要线索,相信不日巨钻将重见天日,幕后元凶也终将落网,最后还补了句"法网恢恢,疏而不漏",把坐在电视机前关注事态进展的大川几乎推了精神崩溃的边缘。

看到新闻的还不止大川一人,阿辉、刘学、青卿也都在不同时段的重播中看到了。阿辉和刘学万分紧张,十万火急打来电话找大川问询。青卿则在心里为大川捏了把汗。

当晚,阿辉和刘学聚到了大川的公寓里来,三人开始紧张地研究起对策……

"我那二十五万明天从银行取出来退还给你,这事其实跟我是没有关系的。"刘学首先开口,很明显,他打算推卸责任了。

"这账你是赖不掉的,拿钱的时候你手最快,搞笑!现在出事了,想跑?门也没有!"阿辉毛了,他没想到刘学今晚是来推卸责任的。

"你们别吵,吵也没用,我保证你们都没事,是我一个人的事。"大川说的是真心话,他现在考虑的是如何补救,"你们来之前,我已经把两所房子和车子都挂到中介去了,只望能早一天成交,不过人家中介也明说了,现在房子不好卖,车子更不用说了,短期想出手很困难,我再想想其他办法。"

阿辉低头沉思了片刻,一只大手猛拍在大川的肩头,下了狠心般说:"大川!无论房子还是车子,急于出手一定会亏,到时候你未必能凑足那一千三百万,你放心,我不会看着你完蛋,我有五套房,有个买家盯上了一套,纠缠了我好几个星期了,虽然没有你这所公寓值钱,出手也能保证不亏,我今晚回去就联系他,能成交的话,你缺多少我补给你多少!如果还不够,我还有房子卖,卖到你大川不用坐牢!"

大川被阿辉的这番话感动了,他没想到阿辉平日里疙里疙瘩,有时甚至还惹人厌,可每到生死关头,却总能挺身而出。大川的眼睛有些湿润,他反过来拍了拍阿辉的手臂,"不用的,真的不用,你那是祖业,放心,我搞得定。"

"搞得定个屁!我又不是送给你的,你紧张什么?搞笑!当是借给你,以后发了财,要算利息给我的。"

两人推搡了半天,相持不下。刘学,这个自称继承了十六分之一朝鲜血统的小伙子,此刻坐在一旁面露愧意,低头不语,其实他也很想豪爽一回,可怎么都舍不得自损半根羽毛。以前大川自然而然地将他与阿辉划为同一类人,但现在看来,简直是天壤之别。

最后大川和阿辉讲定,阿辉与刘学先前从大川这领的共计一百万是一定要全部退回来,大川手头还剩下两百三十万,刚给妈妈的二十万是拿得回的,而给燕子的八十万及"千万俱乐部"的会费恐怕就别想了。另外,大川的两所房子挂牌价为七百五十万,这已经是亏着在卖了,暂时不必再降价,到时候除去交易税费,能剩下七百万以上就是胜利。还有跑车,顾不了那么多了,过手就是旧货,只期望能以四十万快速出手。这样总计就能凑到一千零九十万,还有两百十万的缺口,由阿辉帮忙想办法,若借得到,将来就由大川来还,若实在借不到,阿辉就去卖自己的房子,将来大川也是要还的,但不立契约、不设期限。

送走阿辉和刘学后,大川躺在沙发里给乐平打了个电话,他想探探乐平的手头是否宽裕。

"乐平,还记得我跟你说我做生意发了笔财吗?"

"嗯,当然,怎么了? 不会是又发了笔财吧?"

"没有,反过来,这回亏了,欠了债了。"

"呀! 真的啊? 欠了多少?"

"几百万的样子吧。"

"挺严重啊,损失还能挽回么?"

"亏了就是亏了,还挽回个屁啊,你最近手头还宽裕么?"

"不瞒你,我最近手头还算宽裕,但我这点钱也帮不了你啊。"

"嗯,我就随便一问,你以为我真的会向你借钱啊? 呵呵。"

"你向我借,我也不怕啊,有多少就帮多少,超出能力范围的,我也就爱莫能助了,不过——你到底欠人家多少啊?总有个具体数目吧?"

"两百十万。"

"哦,还真他妈不少,要得急么?如果不急的话,我以前那几幅获奖作品倒是可以想办法出手,帮你解决个几十万我想应该是没有问题的吧。"

"这事还真的十万火急,越快越好,三天之内吧。"

"昏倒!这也太急了,没可能了,真不是我不想帮你啊,你千万别误会。"

"咳!都说了是随便问问的,我知道你帮不上忙。"

"那你也别跟我耗着了,赶紧去想其他办法吧。"

挂上电话,大川虽然满心的失落,却对乐平心存感激。以前以为他对学厚的那份情谊总掖着那么些虚假的成分,可如今看来,那最多也就是一点点心疼的成分,绝谈不上虚假。钱毕竟不是那么好赚的,心疼也属正常。乐平帮朋友的心确实是有的。

39.末路狂奔

树倒猢狲散，诸国忠的倒台引起了连锁反应，他以前所有通天及地的神经末梢顷刻间全被斩断，头上的大人物力求自保，麾下的小人物择木而栖，诸烨的北京之行也未能给全局带来丝毫的转机，诸国忠最终被判死刑应是毫无悬念的了。一个房地产开发商，一个有着雄厚政治资本、呼风唤雨的商人，就随着那幢轰然倒塌的楼房一起顷刻间覆灭了，加在他头上的罪状可谓罄竹难书，该他背的背了，不该他背的也背了，因为那位曾在诸国忠家的客房里与诸烨翻云覆雨的陈阿姨答应过为他保住儿子。

而此时，陈阿姨正在诸烨别墅的客房里。这段时间这位陈阿姨频繁造访，诸烨每次都是在自己的客房里满足这个老女人无底洞般的欲望，从不带她去卧室。陈阿姨显然也并不介意。

诸烨头枕着陈阿姨那松弛的胸脯,横躺在客房的床上,嘴巴里大口大口猛吸着雪茄。陈阿姨一手搂着诸烨的颈,另一只手正手背向上五指叉开摊于眼前,漫不经心地欣赏着那些尚未随身体老去的手指。

　　"你想想办法,保住老头子一条命。"诸烨的眼中闪烁着只剩下一星半点希望的微弱之光。

　　"呵呵,你一个没心没肺的浪荡公子,什么时候变成大孝子了?感人啊——"

　　"你别管,当我最后一次求你。"

　　"你的命都是老头子舍命向我求下来的,他可是把所有黑锅全背了下来,想翻案有那么容易么?你现在又反过来求我?烨烨,听话,别闹腾了。"

　　"不一定要翻案,只求留下一条命,再想想办法。"

　　"我都说过一万遍了,太难了,几乎办不到!北京你也跑过了,这时候,谁敢收你的钱,谁就是不想活了。"

　　"那是因为钱还不够多,压不弯他的腰。"

　　"他要多少?"

　　"一千五百万。"

　　"你有多少?"

　　"五百万,最多只能拿出这么多了,是我这两年从牙缝里省出来的,老头子的账户全被冻结了。"

　　"好吧,你凑够一千万来找我,我想想办法,要快,一周内凑不齐,也就不用凑了,记得只准多,一分钱也不能少,否则你等着给老头子收尸吧。"

陈阿姨走后，诸烨回到了卧室，一个人陷进了沙发里。他实在凑不够一千万，借都没处借，眼下没有人落井下石就已经算不错了，还有谁会借钱给他？如今他身边一个人也没了，燕子也离他而去，现在恐怕又回归当初的情敌——冯大川的怀抱了。

他跟冯大川之间的战争一共持续了三个回合，第一回合被冯大川抢得先手，第二回合诸烨完胜，而这第三个回合，连诸烨自己也没想到会输得这么惨。那冯大川如今人模狗样的，竟然也有资格加入千万俱乐部，要知道那个俱乐部的会员个个都是亿万富翁。难怪那天俱乐部里只见了一面，燕子当晚便出走了。

自燕子离开诸烨后，他从一开始的不习惯，到后来的挂念，一直发展到最后思之如狂，但他连一个电话也没有给燕子打过。他回忆着与燕子朝夕相处的这半年时光，在内心忏悔着对燕子做过的一切，可是悔恨并未转化为半分诚意而从他的嘴巴里表达出来。他的冷傲与生俱来，倔强得如同那坚不可摧的钻石，他只对权势低头，却在他认为的一切美好面前冷傲，他要亵渎它们，直到它们变得与他的心一样卑贱。

不过此刻他决定要给燕子打个电话，为了筹得那救命的五百万，他要做最后的一搏。他的目标是冯大川。

"燕子，你好像忘记了，你还有一些见不得人的东西在我这里。"

"无赖！流氓！你想怎样？"

"放心，我不会妨碍你们的好事的，但请你转告大川兄，他似乎需要支付给我五百万的过户费，我认为你燕子值这个价。"

"你这个丧心病狂的恶魔！欠你的我全还了，大川更是不欠我什么，我是不会替你转告的，有本事你自己去敲诈他，看看他肯不肯为我付这五百万。你以为你还威胁得了我吗？你们诸家已经彻底完蛋了！你和你那个陈阿姨的勾当以为我不知道？你诸烨凭什么能活到今天？我劝你还是不要去找大川，因为像你这样一条丧家之犬，现在连给大川当看门狗都不配，真的！最后送你一句话，你的存在只有负价值，包括对你自己而言。"

诸烨彻底绝望了，他在别墅里一张一张地烧着燕子的那些裸照，每烧一张，都还要再次淫邪地亵赏一番，一边烧，一边放声淫笑。火光中，昔日那俊美的面庞被扭曲到狰狞。他突然萌生了一个可怕的念头，那床单、那浴巾，还有那沙发……到处都留有燕子的气息与痕迹，他想将它们统统烧光，将一切美好连同罪恶一起化为灰烬……

当消防队赶到失火现场实施扑救的时候，整幢别墅的骨架已经坍塌。诸烨最终葬身于火海之中，被消防员从废墟里拖出来时，已是一堆冒着烟的焦炭。但消防员却在他的手中找到了一枚大钻戒，这正是那枚诸国忠受贿得来，又转赠给燕子的3.51克拉的钻戒。

这是昨天燕子托乐平还给他的，诸家大厦将倾并极有可能殃及池鱼，燕子思前想后还是忍痛将这只烫手山芋及时脱了手。

去诸烨的别墅还戒指回来的途中，乐平情绪十分低落。他跟诸烨见的那最后一面竟然一句话也没说，他觉得其实应该说些什么的，哪怕只是不痛不痒的几句安慰也是好的。在他的理解之中，他不仅是个画家，更是个文人，而文人应该是有良心的，没有良心便不配被称为文人。尽管他尚未来得及从诸大少爷那里获得任何实质性的恩惠，但依然觉得有责任为他悲伤……

眼下最心焦的便是大川了，他东奔西走，将房产挂到不同区域的不同中介门店里去，试图增添几分成交的希望。他的内心极度恐惧，他无时无刻不在计算那末日的大限，他要拼尽全力赶在末日来临之前补上那被他捅出个大窟窿的天。但幸运这回并没有再次光顾他，房产买卖没有那么立竿见影，那有可能是一个漫长的等待过程。车子也一样，尤其是二手跑车。

阿辉那头进行得也极为不顺，他找到了几个房产刚刚出手不久的炒房朋友，试图从他们那里借钱，可那几个朋友一听那么大的数额，没一个愿意借给他。他突然想起昨晚大川说给过燕子八十万，一时急昏了头，竟一个电话打到燕子那，要她将那八十万赶紧还回来。燕子问为什么，阿辉就将事情的大致经过告诉了她。燕子当时心想，昨天刚刚忍痛还了枚大钻戒，今天又要还八十万，实在有些舍不得，但她没有立即表态，不说拒绝，也没说答应。

放下阿辉这通火烧火燎的电话之后，燕子心里矛盾极了，她的确怨大川绝情，也确实很爱钱，但在经历了那么多事情之后，这些都不能熄灭她对大川那愈加炽烈的爱。如今爱这个男人，不再与金钱有关。昨天在她决定将那枚钻戒通过乐平之手还给诸烨之前，犹豫了半天。她无意间再次打开首饰盒，看到当初大川为她亲手制作的那枚山寨版孔雀石戒指，她将两枚戒指摆在一起，发现那枚不值钱的孔雀石戒指竟然更令她心动，这坚定了她归还钻戒的决心。

眼下大川遇难了，她绝不能见死不救。她最终决定，八十万不仅要还回去，而且还要帮大川想更多的办法。她首先想到的竟然是向张墨然求助。电话里，张墨然告诉燕子，他已经与老婆离婚，现在已是自由身，除非燕子答应嫁给他，否则他不可能为大川做任何事。为了救大川，燕子顾不得太多，给了他一个充满希望但同时又留有退路的答复，如果他愿意帮这个忙，她可以考虑嫁给他，如果他不答应，从这一秒开始，他们便将成为永远的陌路人。张墨然答应了。

　　还有一个人在为大川的处境担忧，那就是青卿。她看了那条新闻之后，心里已明白了大半，料定大川有麻烦，但她昨天并未打电话问大川，她要在心里想清楚，怎么开口问，如果他真的有麻烦，要想什么办法来帮他。

　　青卿爱利仁，当然也爱大川，只不过一定要让她在两个男人当中选一个，她会条件反射般地选利仁。自从那次在医院里目送大川的背影离去，她的心痛极了，她舍不得让这个好男人就这样在自己眼前屈辱地离开。她守在利仁的病床前，直到他苏醒过来，然后她做的第一件事便是跑回自己临时的租屋里找出那块写有她的祝福的石膏碎片，那是大川留给她的唯一纪念。她抱着它哭了一整夜，她为自己最终做出了如此残忍的选择而伤心，她要在心里永远珍藏大川的爱，并要找机会加倍补偿他。但她不确定还有没有机会或以什么方式来做。

　　今天她终于鼓足勇气打电话给大川，大川当时还在外面跑中介，电话里只印证了她的担忧，而没有细述经过。青卿也不想了解太多细节，只问他还缺多少。大川不想让她跟着担心，随口报了个五十万。

　　这事青卿上了心，这一次她决心无论如何也要帮他挺过这一关。晚上她将此事告诉了利仁，并与他商量，是否可以将退房所得的首付款先拿出来给大川救急。利仁起先醋意大发，坚决不同意，之后又担心大川将来不能及时还款而影响他们新的购房计划。青卿最后只说了一句话便降服了利仁，"你能不能像一回男人？"

　　当青卿欣喜万分地再次打电话来告诉大川这个消息时，大川感

295

动得在电话里半天说不出一个字来。他本不指望青卿的帮助,可一听说青卿为了帮自己连房子首付都准备要搭进来时,说什么也不能再瞒她了,于是实话告诉她,假如他的房子和车子不能及时出手的话,缺口将近一千万,她真的帮不上忙。青卿这回傻眼了,电话里竟哭了起来,仿佛还不上钱即将去坐大牢的人是她似的。

刘学还了那二十五万之后就再也没有出现过,手机也一直关机。

虽然幸运之神没有再次眷顾大川,但如今他身边还有人愿意倾其所有来帮他,这又何尝不是另一种幸运呢?坐在公寓的沙发里,大川回顾着这半年来戏剧般的人生,是喜剧,也是悲剧,是闹剧,更是荒诞剧,发生于这半年里的悲欢离合、命运沉浮,比他过往三十二年的总和还要多,他的心还没有那么大的容量,难以承载这一切。2009 年就要过去了,新世纪即将迎来它新的一年,他只盼他的朋友们能好好地生存下去,即使某些时候,是那样的艰难。为此,他愿意为他们带走所有生命中的瑕疵。是时候结束这一切了……

40. 归途

　　老八姓钱，他的侄子也姓钱，叫钱家宝，一个外表忠厚老实却游手好闲的农民，曾在深圳打过工，回到光山县后被老八相中，秘密指使他做一些运货、藏货的事，深得老八信任。这枚"鸽子蛋"是钱家宝入行以来接触到的最大一笔生意。老八事先有交代，和他单线单向联系，老八一天不找他，那便一天按兵不动，藏货地点也只许钱家宝一人知道。

　　为了这枚"鸽子蛋"，已经搭进去二狗和赵刚两条人命，如今老八和单馆长一干人又被一网打尽，这些消息钱家宝都知道，他心里十分恐惧，也曾想过要将"鸽子蛋"主动交出去。可如今的"鸽子蛋"已然成了一柄双刃剑，既能成为争取宽大处理的交换条件，也能成为最终定老八罪的铁证，关键要看老八在里面是什么表现。几天过去了，依然没有动静,钱家宝猜测老八在里面是想死扛到底了,于是便也不敢轻举妄动,只能继续藏匿下去……

林珊前天去领馆开了回国证明后就去跟青山叔叔道别。久不见面的青山叔叔见了林珊的体态后十分惊讶,惊讶之余还有些慌张,他半张着嘴,说不出话。林珊知道他不好开口问,便主动告诉他自己来意大利前就已有了身孕。青山叔叔这才恢复了正常表情,总算不是在他的"辖区"里发生的"事故",自然没有担责任的必要。青山叔叔请林珊吃了最后一顿饭,作为给她送行,临别第一次给了她一叠现钞,让她留着路上用。

今天早上林珊又起了个早,暖阳没有再次临幸佩鲁甲,推开阳台的门时,一阵寒风迎面袭来,"11 月 4 号广场"上不见了鸽子的踪影,一片萧瑟入冬的景象。她想到了楼下的老安东尼,这几天他的风湿病犯了,不知今天他是否好一点了。这么想着,林珊打算下去提前与老安东尼道个别。

老安东尼坐在一张面朝大门的餐桌前,自林珊出现在门口的那一刻起,始终眼中带笑地凝望着她。林珊在他的对面坐了下来,双手握住了老人的手,只说了一句,"谢谢你,安东尼。"安东尼从他身边的另一张餐椅上拿起一只早已预备好的精致小纸盒,摆在桌子上,然后推至林珊的面前,他做了一个"打开"的手势。林珊好奇地打开了那盒子,呈现在眼前的是一排排整齐的巧克力,每一块上都有"bacci bacci"的字样。林珊的眼眶湿润了,她明白这是老安东尼给她的祝福,是在用他一生中最精彩的故事来给予她的祝福。

林珊给妈妈打了一个电话,告诉她自己即将回国的消息,妈妈并未感到吃惊,在电话里亲吻了女儿。林珊带着心爱男人的骨肉、老安东尼的祝福及妈妈无声的爱,即将飞往那魂牵梦萦的方向,她心中的"11 月 4 号广场"……

　　三天后,2009 年的最后一天,大川没有开车,那辆跑车正停在二手车店的门口,他也没带公寓房门的钥匙,那把钥匙正安静地躺在公寓里的茶几上。他又一次回到了老街,如今他已不再陶醉于那些崇拜的目光。他打开了小屋的房门,立在门口很长时间没有进去,他在环顾这间小屋,以阿辉的视角,以燕子的视角,以林珊的视角,以青卿的视角……他认为他们所能看到的与自己看到的很不同,他们看到的是这样一个居住环境,或者是穷酸的,或者是朴实的,或者是亲切的,或者是与老电影有关的,而大川看到的则是自己的一生,他所有的美好与不美好,喜悦与忧愁。

　　他属于这里,却在长达三十二年的时光里想逃离这里。当他有一天真的逃了出去,到了一个不属于自己的地方后,却发现自己失去了一切,甚至是重回这里的机会。他决定要在这里了却自己的一生,为此,他已经备好了足够的安眠药。但他又不愿像许学厚那样邋遢地死去,他不想在几天后尸虫遍体时才被人发现,因为,那些都是他深爱着的人,绝不可以让他们看到这样的景象!所以,他必须等待,等待新年钟声敲响的那一刻,他要给每一位他认为值得祝福的朋友发一条短信,告诉他们,他走了,同时也回来了。如果他们当中的某个人在第二天明白了这条短信的真实含义,那么他们便可以很轻易地来到这里,寻见他冰冷的尸体……

　　新年的到来并没有给阿辉带来任何喜悦与期盼,他的眼前与大川一样灰暗。等到最后一只鸽子进棚后,他开始去拨那个纠缠了他好几个星期的买家的电话……

刘学正呆坐在浦东的租屋里,手里捏着一把应接不暇的账单。他再次没了积蓄,也没了工作,脑子里却不再是面试与机会,而是阿辉的那些话,还有那次寻宝途中的艰险与乐趣……

燕子终于躺在了张墨然的怀抱里,可她的心里却装满了大川,她打算明天就催张墨然卖掉那幢青浦的联排别墅,空关着也实在是毫无意义,如果大川能够因她而摆脱困境,说不定……

林珊在飞往浦东国际机场的航班上,她刚刚问空姐要了一只靠枕,她要将自己的后腰垫高一些,方才那一阵乱流,宝宝似乎有些不舒服,在里面踢得很厉害,她用心语跟宝宝说:别闹,爸爸要不喜欢你了……

青卿正在租屋里洗碗,是的,他们退了房之后又开始过起了租房的生活。她此刻还在为大川的事耿耿于怀,一想到那一千万的天文数字,她的眼前就是一片绝望的黑……

乐平没有回家,一直待在画室里,凝望着许学厚留给他的那幅油画,回忆着学生时代他们一同在西递留下的美好时光。他潸然泪下,一张一张地撕着手中的便签,"2008-11-5:学厚,￥5000./"……"2009-2-7:学厚,￥3000./"……"2009-3-11:学厚,￥7500./"……

新年的钟声终于被敲响了,大川拿起了手机,群发了那条事先编辑好的短讯,然后关机。他想象着那些短讯闪电般的投递速度,几秒钟后,应该只有一个人没有收到,那就是他生命中的至爱——珊珊。不过不要紧,他有更好的礼物留给她,那支林珊送给他的录有他雷公般鼾声的录音笔。他把录音笔摆放在了枕边,然后往那张行军床上躺了下去……

41. 苏醒

　　大川在去往另外一个世界的途中，就像坐在一列从生命的终点开往起点的火车上。他从这间小屋出发，沿路看到了朋友们为了解救他而四处奔波。也看到了他生命中的三个女人，青卿、林珊、燕子，她们分别出现在酒吧的小舞台、东极岛、海上元素画室。他还看到了那枚"鸽子蛋"及为了寻找更多"鸽子蛋"而在山里艰难跋涉的情景。当然，他还看到了很多人与事，甚至有许学厚和范思彝，甚至有非人类——小灰。他一路回到了自己的中学时代，看见乐平背着画夹，坐在开往杭州的列车上，正与站台上送行的同学们告别……再往前，他回到了童年，看见那个跟屁虫似的小阿辉，正啃着大川从阿二头家门前偷来的风肉。最后，他又回到了这间小屋……他感觉仿佛这一生就是在做这么一个圆周运动，他最终哪也没去。是的，大川确实哪也没去……

从闭上双眼到睁开双眼，当中夹了一个时光倒流的梦。大川的眼前很模糊，但他隐约看到了三个熟悉的身影，燕子、青卿，居然还有林珊。她们正坐在沙发上交谈，语气如同姐妹般亲热，一切看上去都是那样的不真实。濒死的体验大川并非第一次，在那栖霞山脚下奄奄一息的一刻，大川也曾产生过类似的幻觉，所有的人与事都一股脑聚拢在眼前，根本顾不得他们之间的逻辑关联。他想，这个梦还真长，要是能一直做下去，倒也比现实中随心所欲得多。可他的四肢开始有了知觉，他不明白为何人死后还能感觉到躯体的存在？他试着扬起自己的手臂。

"醒了！大川醒了!"这是燕子的尖叫声，青卿和林珊闻声扑向大川。大川又一次回来了，而且是又一次被那神经敏感的阿辉背回来的，这个男人注定是大川的救星，如果还有第三次，一定还是阿辉。

当新年钟声响起的时候，阿辉终于跟那买家谈妥了成交价格，满意地挂上电话的一刻，他收到了大川的那条短讯。其实只有阿辉最了解大川当时的绝望心情，他看了一遍又一遍，中学语文水平并不影响他凭借那根敏感神经做出的直觉判断的准确性，大川要做傻事！阿辉立即拨打大川的手机，关机。随后又马不停蹄地赶往大川的公寓，大门紧锁。这更坚定了他的判断，他断定大川去了小屋……

眼前三个女人活生生地围在病床前，眼中都噙满喜悦的泪。三人于同一处聚首，这还是头一回，她们就像三朵争奇斗艳的花，你比我标志，我比你娇艳，大川见了既喜又羞。

原来，林珊一下飞机便直奔老街而去，她一刻也不想耽搁，盼着早一秒见到大川。可到了大川家，却从正处于极度悲伤中的大川妈妈嘴里得知了一切,于是家也没回,直接跟随大川妈妈去了医院。那时大川已脱离了生命危险,被转移至特护病房。大川迟迟没有苏醒,林珊一直陪在他的身边。

第二天,林珊匆忙中回了趟家,把行李放好,并跟爸爸深谈了一次。她把自己跟大川的事及此次回国的全部想法原原本本地告诉了爸爸。爸爸被女儿的这段感情经历深深地感动了……

当天,林珊再次赶回医院去看护大川,她希望大川醒来的那一刻第一眼看到的是她和宝宝。她比任何时候都清醒地意识到自己在大川心中的分量,她希望与肚子里的宝宝联手,给他生的勇气。

当她再次回到医院时发现,有另外两个女人守在大川的身边,她们便是燕子和青卿,都是阿辉打电话招来的。阿辉一见这场面,以为自己好心办了坏事,难料接下来将是怎样一场战争。但阿辉想错了,面对曾经爱过的同一个男人,三个女人没有争风吃醋,更没有唇舌之战,在阿辉的一番语无伦次的介绍之后,反而彼此同病相怜、惺惺相惜。病床前,三姐妹相拥而泣。

眼望着林珊的大肚子及她那风尘仆仆的样子,燕子和青卿心中了然,病床上躺着的那个男人如今属于谁,那颗差点就停止了跳动的心,此刻又是在为谁而起搏,在历经磨难之后,那颗心终于找到了它的主人……

"我怎么——还活着?"

"你当然活着!"还是燕子先开了口,青卿和林珊也纷纷使劲点着头。

既然还活着,那林珊就真的是回来了! 这是大川脑子里冒出来的第一个念头。他的目光立即移向了林珊,她整个人都变了,变得丰腴了，肚皮居然也大了。还未等大川做进一步的联想，林珊已经坐到了病床上，一把拉过大川的手，把它轻轻搭在自己那隆起的肚子上，"别紧张，是你的。"大川的表情相当复杂，既惊又喜且茫然不知所措。他的心里就更复杂了。

不过他脱口而出的话却走了样："人回来就好，还带这么大件礼物，这也太客气了吧？"这个时候能开得出玩笑，证明他还是原来的大川。

"无赖！下作坯！"林珊笑骂道，挥起小拳头在空中一阵舞动，不过她不敢真的去肆意捶打尚且虚弱的大川。

病房门被推开了，等候在门外的众人争先恐后鱼贯而入，有刘学、利仁、乐平、张墨然。阿辉最后一个进来，"搞笑！寻死多便当啦，事情没做完就走，我们要顶上去当炮灰咯，麻烦你下次死远点，跑到西藏无人区去死，省得老是被我一寻就寻到。"阿辉的脸上并没有怒气或怨气，明明心里比谁都开心，可嘴巴却一如既往的不听使唤。众人了解此人脾性，无一人来劝阻他，反而都跟着哄笑了起来。

阿辉救了大川的命，而真正救回大川的心，靠的便是林珊的归来了。不过此刻大川心中除了那滚滚而来的幸福感之外，依然有恐惧和担忧，正如阿辉所说，事情还没有解决。

阿辉似乎看穿了大川的心思，"别担心了，我已经和那个买家谈好了，约好明天去房产交易中心，你那边的房子可以把挂牌价压下来，好卖一点。"

"你要卖自己的房子？天！不行的！我不同意！"林珊终于开口说话了，现在回到了上海，一圈人当中就数她家里最有钱了。

"那又怎么办？除非你能解决，那我就不管这事了。"

"老公是我的,老公出的问题,当然是我来解决,我跟家里谈好了,只要我留在上海不走了,我爸爸答应高于市场价把大川的两所房子买下来,哦,对了,还包括那辆跑车——呵呵,一开始,我还以为大川把我的车偷走了呢,居然跟我的一模一样。"林珊坐于床头,搂着大川的颈,"再说了,大川,还记得我跟你说过我有一颗四克拉的钻石么? 我早想好了,就算我爸爸不帮我,我也有办法填上这个缺口。"

这是一间独立的特护病房,屋内的电视机一直都开着,大川此刻并没有跟随大家一道庆贺问题的解决,他正目不转睛地盯着人缝里的电视机屏幕。他突然微微坐起身来,双手拨开床边的人群。大家被他反常的举动弄糊涂了,停止了喧闹,电视的声音浮现了出来。

"……备受关注的河南古都朝歌博物馆巨钻失窃案又有了新进展,日前一直被关押在光山县看守所里接受审讯的犯罪嫌疑人老八,于今日凌晨在看守所中突然身亡,经法医鉴定,犯罪嫌疑人老八系'散步死',目前警方正着手调查这起离奇的狱中猝死事件。至此,寻找失窃巨钻的唯一线索中断……"

"厥倒! 这样也行? 想象力可真够丰富的,还有什么死法没见过? 我看今年一定会再出个'大便死',你们信不信?"张墨然愤愤不平道。

"墨然兄此言差矣,'大便死'实在不雅,若果真是排泄至死,法医定性也一定是'脱肛死'或'便秘导致脑血管破裂而死'……"晕,不知为什么,只要跟张墨然碰到一块,乐平讲话一定会变成这副腔调。

"太好了! 大川,你听到了么? 老八死了。"阿辉兴奋了。

"死了又怎样?"刘学有时精明有时迟钝。

"怎样? 老八一死,大川就没事了,房子也不用卖了。"

"太好啦！太好啦！大川没事啦！"青卿抢过阿辉的话，跳起来手舞足蹈地庆贺。这确实有些失态了，青卿平日里给人的感觉是矜持加稳重，偶尔的俏皮也只会很有分寸地为她平添几分可爱。她的强烈反应首先引来了利仁的不满，他拿白眼翻她。青卿低下了头。

一众人聊了一下午，晚饭前纷纷离开了，只留下林珊一人在病房里守护。

"珊珊，我爱你！"大川有生以来第一次那么正式地说出了这三个字，情之所至，非常自然。

"不要讲得那么好听，你再爱我，不还是想丢下我？"林珊故作生气状，"还有孩子！"

"原谅我吧，我没想到你会回来，更没想到我们还有个孩子，对了，怎么会这么巧？一次就有了？"

"我怎么知道，我还正想问你呢。"林珊羞涩地背过脸去。

"哦，那等他出来后采访他一下，中了幸运大奖什么心情。"

"去你的！"

"对了，你怎么会愿意回来的？"

"哦，这你可要感谢一个叫安东尼的老头了……"林珊将安东尼的故事讲述给大川听，大川听得都入迷了，不过听完后的评价却依然没个正形，他感慨道："唉，还是国外好啊——旅游到哪，就可以定居到哪，都不用考虑户口问题的。"

42.再见，鸽子蛋

三天后，大川出院了，暂时还是住在公寓里，林珊搬了过去。

"大川——你看呀——我以前的衣服都不能穿了，我不管，你要给我买新的!"穿衣镜前，林珊噘起了嘴。

"好——买新的——"大川从卧室的卫生间里探出了笑脸。

"我出来前，爸爸说了，今年要我们俩结婚。"

"好——你说什么时候就什么时候。"

"可我怎么穿婚纱啊——难看死了!"

"那就等孩子生出来后再结。"

"孩子一出世，事情就多了，哪还顾得上结婚?"

"那你说怎么办？等孩子再大点？干脆等他会走路了，帮你提婚纱。"

"去你的！对了，我们的新房安排在哪里？这里么？"

大川一下子被林珊给问住了，他从医院里苏醒过来的这三天里，心里有个结一直解不开。眼下一切麻烦看似都已经过去，幸福的日子近在眼前，但他依旧感到一丝不安，真的都过去了吗？那一千三百万不用还了？房子、车子不用卖了？之前算是犯了回傻、白寻了回短见？自己在那阁楼里对人生的最后一段思考难道也都是错觉？更加令他感到困惑的是，当他再次回到现实世界中以后，仿佛一切都没有发生过，一切都再次回到了先前的轨道上，难道这仅仅是因为他冯大川是个超级幸运儿，侥幸又躲过了一劫吗？

不！不该是这样的，大川在心里告诉自己，他想获得真正的新生，他想让自己的生命更有价值，那种价值，不该再由运气来主宰！他曾在心里发过誓，假如上天再给他一次机会，他愿意放弃一切本不属于他的东西，回到那个破旧的小屋里，一切从零开始，用自己的双手为他和林珊的将来打造出一个新世界，最终，他要找到那颗真正属于自己的"鸽子蛋"……

林珊听卫生间里久久没有大川的回应，又问了一遍："问你呢，大川，新房你打算安在哪？要我说，这里也还不错，爸爸跟我提过，要我们跟他住在一起，我才不要呢，一口回绝了，然后他又说，不跟他住也可以，他在附近再买一幢送给我们，只要别离他太远就可以，我想吧，最好还是不要他送我们房子，他以后送给宝宝我倒是没意见的，外公的心意，跟我们无关，我就是想听听你的意思……"当林珊再转过脸来时，大川已经站在了她的侧身之后，低头沉思，默不作声。

"大川，你怎么了？"

"哦，没什么，珊珊，我想跟你商量件事。"大川把林珊拉到床边坐下，他环顾四壁，然后郑重地说，"我不想在这里住下去了，这里不属于我们。"

"哦？你的意思是——还是要卖掉？"

"这不是关键，卖掉也好，保留也罢，总之要上交。"

"你说上交？交给谁？"

"这事我已经考虑得很清楚了，珊珊，你一定要理解我、支持我，我想去投案自首……"

"什么？你这个混蛋！大骗子！那天在医院里还说你爱我，都是骗人的！现在我们回来了，你又要丢下我们不管了吗?"林珊因大川这一突如其来的想法震怒了，几秒钟前，她一只脚刚刚跨入幸福的门槛。

大川也急了，他再也不想伤林珊的心了，"不是不是，珊珊你听我说，还记得你曾经跟我说过的话吗？就是我刚刚得到'鸽子蛋'的时候，你不是一直鼓励我把它交出去吗？现在我想通了……"

林珊弹立起来，情绪激愤地打断他的话，"以前是以前，你现在想到要听我的话了？我当时的确担心你做错事，让你交出去只为图个心安理得问心无愧，可你死活就是不肯，后来居然还自作主张卖掉了，你不觉得现在才交出来已经太晚了吗？你想向我证明什么呢？你后悔了？知错了？OK，你已经证明了，只要你大川的本色没变，我林珊的心也不会变。"

"不是想向你证明什么，我就是觉得我应该承担些什么。"大川坐在床上，耷拉着脑袋，语气低沉得几乎只有自己听得见。

林珊猛转过身来，抓住大川的双肩，正颜厉色道："那我来告诉你要承担些什么，你现在要承担我和孩子，今非昔比了，大川，你就要做爸爸了,你怎么可以再丢下我们呢? 你知道我对房子、车子无所谓的,只要你人没事,少了这些,要我和孩子跟你住回到老街去我也心甘情愿,但是你怎么可以在这个节骨眼上自说自话去要投案自首呢? 你也太自私了吧,那可是要坐牢的呀! 况且完全没必要啊,买你钻石的人死了,没有人会追究你的责任,你是不是安眠药吃得太多把脑子烧糊涂了?"林珊从未用这种语气跟大川说过话,这番话也绝不只代表她一个人的立场,还有肚子里的孩子。

大川稍有些动摇,不过,当他抬头望见林珊的双眼时,他看到的是责任,想到的却是大于责任的使命。他的眼神不再游移,扶起林珊的双臂,把她再次拉回到床沿坐下,然后搂住她的肩,上下轻抚着,想借此平息林珊胸中的怒气。

"珊珊,你是我的一切,有你我才有希望,就算是坐牢,我也会坐得很开心,可假如我失去了你,就算阿辉把我救回来一百次,我也还是会在绝望中死去,其实是你救了我。但你知道吗? 你救回的不仅仅是一颗爱你的心,也是一颗懂得了自爱的心。这是我冯大川有生以来犯过的最大一个错,我不能就这么稀里糊涂地混过去,我得付出代价你懂么? 必须受到惩罚! 我了解你现在的心情,我知道这个结果对你和孩子不公平,甚至是一个巨大的遗憾,可你想过没有? 假如我不这么做,我要如何心安理得地面对未来的生活? 我将来又如何面对孩子? 你难道希望给他一个犯了错只知道逃避的爸爸吗? 这难道就是你回到我身边的本意吗?"

"但是——你已经受到惩罚了……你不都已经死过一回了吗? 还要怎么样嘛——"林珊的心软了下来,意志也随之松垮了下来。

大川苦笑着摇了摇头,"傻瓜,我又不是法官,无权定自己的罪,如果死真的可以代替惩罚的话，你们又何必来救我？就让它既成事实好了，那样倒也真的一了百了了。"

"我不许你这么说！你不许死！永远都不许死！"林珊的眼中闪烁着泪光。

"永远都不死的那是老妖精。"大川很想逗她开心，但此刻他自己的心里也是酸酸的，"放心好了，这件事你就当是满足我的一个心愿，以后我一切事情都听你的。"

"那你说——他们会让你坐几年牢啊？"

"别担心，投案自首，加上坦白从宽，再加上我愿意归还所有非法所得，这些应该都是可以减刑的。"

两人紧紧地依偎在一起，大川低头去吻林珊脸上的泪痕，却被林珊灵巧地反口咬住了唇，然后松开，赌气似的说："那你答应我，明天就跟我去登记结婚，我可不想挺着大肚子去牢里看你的时候，还要跟人家说是你的女朋友。"大川听了幸福得几乎要流泪，"嗯！"

第二天，他俩一大早便去了婚姻登记处。上午十点半，冯大川和林珊正式成为中华人民共和国合法夫妻。下午，大川在林珊的陪同下去了公安局，有林珊在身边，大川什么都不怕……

还是那句老话，冯大川绝对是个超级幸运儿。他最终被免于起诉，原因是投案自首、认罪态度好、主动交还非法所得，最重要的是还有立功表现，怎么回事？这又得说回到那个倒霉的"散步死"的老八身上。

警方通过大川对事实经过的叙述，得知老八那次的上海之行千真万确有过交易，并千真万确将那枚巨钻带回了河南。但光山警方称，当时从老八的身上及住处却怎么都搜不出赃物。所以结论已经很清晰了,肯定有同伙协助,且那名同伙并非老八犯罪团伙的成员。于是上海警方协助光山县公安局去虹桥机场查阅了老八那次航班的乘客名单,终于发现了另一名同为河南光山籍且与老八同姓的乘客。随后光山县公安局追查到了钱家宝,"鸽子蛋"终于如新闻报道上所说"重见天日"了。

一个月后……

"再过五十年,我们来相会,送到火葬场,全部烧成灰。你一堆,我一堆,谁也不认识谁,全部运到农村做化肥……"阿辉口中唱着那首脍炙人口的《年轻的朋友来相会》的"老年版"吊儿郎当地走进了婚宴大厅,伴郎刘学及时听见,赶紧跑过来要捂阿辉的嘴,"呸呸呸! 臭嘴! 人家大喜的日子,你唱什么'火葬场',积点口德好不好?"阿辉才不管,用手架开刘学,更加大声且欢快地接着唱:"啊亲爱的老头们,让我们共同烧成灰,挺胸膛,压压腿,光荣属于八十年代的老一辈……"

这是在冯大川与林珊的婚礼现场,宾客们还没有到齐。大川站在大门口迎宾,林珊挺着大肚子站在他的身旁,脚边备有一张椅子,远远看见有宾客进来时,林珊就站着,宾客进去了,她就坐下来休息一会。

燕子和张墨然到了,离老远张墨然就热情地开口打招呼:"大川兄弟,好福气啊,奉子成婚,洞房可免,绿色环保啊。"燕子在他的脚后跟上狠狠地踢了一脚,"十三点!"

青卿和利仁也来了,青卿亲热地挽起林珊的胳膊,用手去抚摸那浑圆的肚皮,然后喜笑颜开地俯耳跟林珊说:"恭喜妹妹了,姐姐也快了。"

乐平是一个人来的,走过来跟大川来了个深情的拥抱,然后拉起大川的手,斜睨林珊的肚皮感慨道:"不简单啊!财色兼收还有配赠的,你冯大川是古今中外第一人。"大川挣脱他的手,轻搡了他一把,他佯装往后倒去,过后又凑近身来跟大川说:"我最近结识了一位很有实力的朋友,怎么样?改天帮你引荐一下?"

乐平进去后,林珊嘟囔着跟大川抱怨道:"小家伙又在踢我了,都怪你,办这么土、这么吵的乡下婚礼。"

大川无奈地一摊手,"唉,你也知道我爸妈都是哪个朝代的人,他们非要这样弄,我有啥办法?老婆,你再坚持坚持,回去我帮你揉腿。"

"揉腿就完啦?还有腰呢?背呢?全身呢?咦?奇怪!我妈妈一个小时前电话里明明说已经下了飞机,怎么磨蹭到现在还没来?"林珊开始四下张望。

大川也跟着在人群中搜索,但他那是瞎看,他压根就不知道林珊妈妈长什么样。突然他看到了一个意料之外的人——范思彝,她正笑盈盈地朝他们走来。最后一次见到她,至今已近两个月了,如今她的肚子已消了"肿"。大川心里感到纳闷,婚宴名单里应该是没有她的。

范思彝向大川伸出了手,大川腼腆地接受了她的祝福,还问候了她家的宝宝。范思彝进去前凑近大川的身边小声说:"很奇怪吧?我不请自来了,其实是刘学通知我的,前段时间他打来电话,为那张纸条的事向我道了歉,我当时就猜到一定是你教训了他,呵呵,上个月我家宝宝的满月酒他也来吃了呢。"大川听了云里雾里摸不着头脑,心想他几时为这事教训过刘学?不过他很快就反应过来了,刘学恐怕已经不是从前的刘学了。

说曹操曹操到,刘学拿着手机向大川一路小跑过来,满脸的兴奋,"大川放出来了,放出来了大川……"

"昏倒,我啥时候进去的,就放出来了?你想把我的客人都雷飞啊?"

"不是,我们今天只顾忙婚礼了,都不晓得,你看,巴菲特·李的短讯,我们那只停盘的股票今天正式复盘了,首日不设涨跌幅限制,现在已经涨了十几倍了。"

"真的啊!?真他妈是守得云开见月明,十万,十几倍,那就是一百多万啊,那还不赶紧抛掉?"

"怎么抛啊?我是你的伴郎,走不开啊——不过不要紧,我已经把股东账号和交易密码给了巴菲特·李,他会见机行事的。"刘学这也许是有生以来第一次把成人之美、助人为乐看得比赚钱更重要。

于是,大川和林珊的小家庭就有了属于他们自己的第一桶金。还是那句老话,冯大川可真是个超级幸运儿!但他的幸运也许还不在于总能碰上千载难逢的大好事,而在于他终于明白了一些道理……

每个人的心中其实都有比"鸽子蛋"还要珍贵的东西,纯洁地活着,并能拥有一段纯洁的爱,便是人生最大的财富了。"鸽子蛋"终究是有价的,即便再给他十个,也换不回心中那"无价之宝"……

生活中,有些幸运带来毁灭,有些磨难换来重生,再见,鸽子蛋!

(全文完)